우아하고
커다랗고
완벽한 곡선

옮긴이 방진이

연세대학교 정치외교학과를 졸업하고, 같은 대학교 국제학 대학원에서 국제무역 및 국제금융을 공부했다. 현재 펍헙 번역 그룹에서 전문 번역가로 활동하고 있다. 『당신에게 잘 자라고 말할 때』, 『모임을 예술로 만드는 법』, 『지도에 없는 마을』 등을 우리말로 옮겼다.

Gather at The River: Twenty-Five Authors on Fishing

Edited by David Joy with Eric Rickstad

강과 바다를 사랑하는
작가 25명의 낚시 이야기

# 우아하고
# 커다랗고
# 완벽한 곡선

데이비드 조이·에릭 릭스태드 외 지음
방진이 옮김

현암사

낚시에는 일종의 믿음이 있기 때문이다.
모든 것의 덧없음이 씁쓸하지만은 않으며,
고요한 물가에서 보내는 고요한 순간이
곳곳에서 상처받은 모든 마음을 달랠 수 있다는 믿음이.
-알렉스 테일러, 「대낮의 저녁」

○

## 차례

# 서문

데이비드 조이

나는 낚시꾼 집안에서 자라는 행운을 누렸다. 늘 누군가가 나를 물가에 데리고 갔다. 네 살 정도로 보이는 사진 속의 어린 나는 메기의 무게를 못 이겨 구부정하게 서 있다. 내가 자란 노스캐롤라이나주 샬럿Charlotte의 고향집 앞에서 찍은 사진이다. 커다란 메기가 내 어깨에 올려져 있고, 꿰미에 꿰어진 작은 얼룩메기들이 내 머리부터 발끝까지 축 늘어져 있다.

처음부터 낚시는 나를 구성하는 모든 것의 중심에 있었다.

내가 어릴 때 우리 가족은 매년 가을이면 아우터뱅크스Outer Banks로 향했다. 일부러 10월 말이나 11월 초에 갔다. 그 무렵이면 만으로 쏟아져 들어와 남쪽으로 향하는 연어와 바다송어 떼를 염두에 둔 일정이었다. 내가 열한 살이 되었을 때 마침내 그 여행에

낄 수 있었다.

할머니는 그해 크리스마스에 내게 첫 바다낚시용 낚싯대를 선물로 주셨다. 야영을 즐기는 가족들 사이에서 자라면 처음 가진 주머니칼, 처음 쥐어본 소총 등 통과 의례에 해당하는 순간들을 맞이하게 된다. 할머니가 선물한 낚싯대는 지금까지도 내가 받아본 선물 중 최고로 남아 있다. 아마 그 선물이 내가 우리 가족의 어엿한 구성원이 되었다는 의미였기 때문일 것이다. 나는 더 이상 꼽사리로 어쩔 수 없이 데리고 가는 어린아이가 아니었다. 제 몫을 해내는 한 사람으로 인정받았다.

그해 가을 여행에 참여하기 위해 6학년 학기 중 일주일을 결석했다. 아주 오래전 일인데도 우리가 빌린 집에서 비늘을 벗기던 두 손이 얼마나 시렸는지가 기억난다. 가족들 모두가 하나같이 웃고 떠들면서 그날 잡은 물고기를 손질하고 있었다. 매일 밤 이어지던 카드 게임을 하려고 누군가가 트럼프 카드를 섞을 때 나던 냄새도 기억난다. 그중에서도 어떤 장면 하나가 유독 선명하다. 바로 해가 지는 대서양 해안에서 낚시하는 할머니와 그걸 지켜보는 나다.

11월의 찬바람이 동쪽에서 불어와 모래알을 굴리고 해초 냄새를 내륙으로 밀어넣고 있었다. 거친 파도 너머 바다가 직선 하나로 평평해진 곳, 수평선을 따라 하늘의 짙은 청록색과 주황색이 뒤엉켰다. 그 위로는 하얀색이 노르스름한 아마색으로 서서히 물들고

있었다. 겨울 해가 키 큰 풀의 가느다란 줄기들 뒤로 떨어져 모래
톱 아래로 천천히 빨려 들어갔다. 젖은 모래사장이 매끈한 유리처
럼 빛났다.

우리 가족은 해안을 따라 나란히 서 있었다. 각자 자신의 낚싯
대를 초록빛 파도 속에 드리우고 있었다. 멀리 있을수록 짙은 윤곽
선이 점점 작아졌다. 그림자 하나하나가 밀려오는 물살에 구부러
진 낚싯대를 들고 있었다. 가장 멀리 있는 사람의 옆모습이 모래톱
쪽으로 몸을 꺾었고, 낚싯대가 한껏 휘었다. 할머니가 물고기를 낚
은 것이다.

해안을 따라 서 있던 가족 모두가 고개를 돌려 할머니를 아주
잠깐 쳐다보고는 다시 자기 앞에 놓인 낚싯대에 집중했다. 나는 쌀
쌀한 해안을 따라 늘어선 우리 가족들을 바라봤다. 할머니는 자리
에서 릴을 감고 있었고, 바다 위로 첫 별이 모습을 드러냈다. 숲에
서 시간을 보내건, 물가에서 시간을 보내건 내 마음에는 언제나 이
런 부류의 디테일이 각인된다.

나는 아름다움에 대한 모든 것을 손에 낚싯대를 쥐고 있을 때
배웠다.

이 책은 이런 이유로 탄생했다. 이 책의 페이지를 채운 작가들
은 모두 물에서 시간을 보내면서 배운 것들을 다른 것으로는 대체
할 수 없다고 믿는다. 우리는 이 책을 통해 아이들을 위한 캐스트

재단C.A.S.T. For Kids Foundation에 기여할 수 있기를 바랐다. 아이들을 위한 캐스트 재단은 '아이들을 위한 캐스트', '낚시하는 아이들', '전사에게 낚시를'이라는 세 가지 프로그램을 운영하는 낚시 관련 비영리단체이다. '아이들을 위한 캐스트'는 장애아와 장애아를 돌보는 이들을 위한 프로그램이다. '낚시하는 아이들'은 도시 아이들을 위한 프로그램이다. '전사에게 낚시를'은 군인과 그 가족을 지원하는 프로그램이다. 세 프로그램 모두 사람들, 특히 아이들에게 물과 친해질 기회를 준다.

고백하자면 나는 강이 없는 유년 시절은 상상조차 할 수 없다. 몇 년 동안은 하루도 빠짐없이 물가로 나갔다. 말 그대로 하루도 빠짐없이 말이다. 지금은 예전만큼 자주는 아니지만 여전히 1년에 50일에서 60일은 낚시를 하며 보낸다. 내 직업이 소설가이다 보니 다른 사람보다 더 자주 숲을 찾는 게 가능한 덕분이기도 하다. 소설가라는 직업의 또 다른 장점은 현재 활동하는 뛰어난 작가들을 만날 수 있다는 점이다. 그리고 감사하게도 그들과 서로 친구라고 부를 수 있을 정도로 친해졌다. 이 책은 낚시에 대한 내 집착과 뛰어난 작가 친구들의 따뜻한 마음, 그 두 가지의 정수를 보여주는 결과물이다.

이 책을 내기 위해 문학상 수상자와 베스트셀러 작가 스물다섯 명에게 낚시를 주제로 글을 써달라고 부탁했다. 이 책의 편집을 도운 《뉴욕 타임스》 베스트셀러 작가 에릭 릭스태드처럼 나 못지않게 낚시광인 이도 있고, 에릭 스토리처럼 버튼만 누르면 되는 캐스팅*조차 못하는 낚시 문외한도 있다. 이 책은 거창한 낚시 일화 모음집이 아니다. 여기에 실린 이야기들은 낚싯대와 미끼를 중심으로 펼쳐지지 않는다. 지렁이를 잡았던 일이나 가재 덫을 놓았던 날, 상어 떼 사이에서 미끼가 된 기분을 맛본 경험에 관한 에세이도 있다. 펜포크너상 최종 후보인 론 래시는 젊은 시절을 보낸 산에 대한 에세이를 썼고, C.J. 복스는 죽은 뒤 자신의 재를 뿌려야 할 장소를 일러둔다. 이 책은 우정, 가족, 사랑, 상실, 그리고 그 사이에 존재하는 모든 것에 관한 산문집이다.

푸에르토리코와 오스트레일리아를 오가고 애팔래치아산맥의 계곡에서 송어를 쫓는 일부터 루이지애나주의 늪에서 개구리를 잡는 일까지 아우르는 이 책은, 페이지마다 웃음과 눈물이 가득하다. 끈기와 아름다움과 강렬한 추억의 힘이 담겨 있다. 소로는 이렇게 썼다. "많은 사람이 평생 낚시를 하면서도 자신들이 낚고자 하는 것이 실은 물고기가 아니라는 사실을 깨닫지 못한다." 이 책은 소로의 말에 담긴 진실을 여러 형태로 입증한다. 그러나 무엇보

---

＊ 물속에 낚싯바늘을 던져 넣는 행동. 여러 가지 방법이 있다.

다도 이 책은 아이들을 물가로 내보낼 것이다. 이 책이 아니었다면 그런 기회가 없었을 아이들에게. 그러니 친애하는 독자여, 그것만으로도 당신에게 고맙다고 말하고 싶다.

당신이 이 이야기들을 재미있게 읽었으면 좋겠다.

# 굴즈만

테일러 브라운

우리는 낡은 지프를 타고 해변으로 들어섰다. 바퀴 밑에서 모래가 바스락거렸다. 친구 리 홉킨스가 기어를 주차에 놓았다. 뛰어난 유격수이자 핸디캡이 거의 없는 골퍼인 그는 빛바랜 금발머리에 주근깨가 나 있다. 맑은 눈 아래는 핑크빛이 살짝 돌았다. 야구 선수가 눈 밑에 칠하는 물감 색이었다. 그는 늪과 개울을 가장 좋아했다.

우리 앞에는 굴즈만Gould's Inlet이 펼쳐져 있었다. 굴즈만은 우리가 사는 조지아주 동남부의 세인트시몬스섬Saint Simons Island과 시섬Sea Island 남부의 경계선 역할을 하는 강과 염습지로 들어가는 줍다란 하구였다. 시섬은 고급 휴양지로, 나는 그곳의 자전거 가게에서 일하며 부자들에게 해안을 둘러볼 수 있는 자전거를 빌려주었다. 우리는 둘 다 열여섯 살이었다.

여름 햇살 아래의 굴즈만은 해변과 강가 모래톱의 부드러운 살을 가르는 장검처럼 반짝거렸다. 아름다운 물 한 조각이었지만 아주 위험한 조각이기도 했다. 이곳에서는 파도가 수문을 통과하듯이 거친 소리를 냈다. 새똥으로 뒤덮인 낡은 표지판이 수영 금지라고 경고하고 있었다.

새하얀 이빨과 구릿빛 팔뚝을 자랑하던 체격 좋은 운동선수들도 이곳에서 실종되었다고 했다. 한번은 굴즈만이 의사 두 명을 빨아들여 바다로 내보냈다. 의사들은 물의 소금기 때문에 눈이 퉁퉁 부은 채로 밤새도록 바다를 떠다녔다. 그들은 보이스카우트에서 가르쳐주는 것처럼 바지를 벗은 뒤 다리 부분을 묶어서 즉석 구명조끼를 만들었다. 눈이 거의 보이지 않았기 때문에 밀물의 파도를 타고 해변으로 돌아올 때까지 자신들이 처한 상황을 전혀 몰랐다.

썰물로 바닷물이 빠져나간 뒤라 해안선에서부터 거의 1.6킬로미터 이상 이어지는 넓은 모래톱이 드러나 있었다. 이 반도의 가장자리가 깊은 바다의 모서리에 닿아 있었다. 바로 거기가 우리의 목적지이기도 했다. 우리는 지프의 트렁크 문을 열어 그 안에 놓인 무기 집에서 오늘의 낚싯대를 골라 들었다. 낚시 도구로 가득 채운

20리터짜리 양동이와 빨간 이글루 보냉 상자도 챙겼다. 보냉 상자는 빛이 바래서 오래된 벽돌 같은 색을 띠고 있었다. 그 안은 얼음과 미끼, 물과 콜라로 가득 차 있었다.

우리 아버지는 유년 시절의 대부분을 플로리다주 세인트피터즈버그Saint Petersburg에서 보냈다. 스키를 타고, 낚시를 하고, 보트를 타면서. 그러나 우리 가족은 내가 고등학생이 된 후에야 보트를 소유하게 되었다. 그것도 아버지 친구 중 한 명이 하도 험하게 타서 팔리지 않는 낡은 스키 보트를 줬기 때문이었다. 그래서 내 유년 시절의 낚시는 주로 해안가에 한정되어 있었다.

우리는 나무 산책로를 따라 부드러운 모래사장에 닿았다. 발밑의 노래가 눈처럼 뽀드득거렸다. 사람들이 커다란 수건을 깔고 누워서 오일을 잔뜩 바른 몸을 햇볕에 크리스피 크림 도넛처럼 굽고 있었다. 우리는 엽서에나 나올 법한 이 모래사장을 뒤로하고 해변 끝자락에 있는 발목 높이의 넓은 물길을 건넜다. 굴즈만의 지류에 해당하는 그 물길이 상단의 해변과 광활하게 펼쳐진 모래톱을 구분 지었다.

물길 건너편에서는 바닥이 더 까맣고 단단하며 수압에 들썩이는 모래로 확 바뀌었다. 발밑의 땅이 이상하리만치 차가웠다. 마치 바다 밑바닥을 걷고 있는 듯한 기분이 들었다. 썰물 때가 아니었다면 실제로 그랬을 것이다.

우리는 그 너른 모래사막을 걷고 또 걸었다. 파도에 깎여 돌처럼 단단한, 마치 외계 행성의 지표면 같은 곳이었다. 우리는 썰물이 남기고 간, 오줌처럼 미지근한 물이 고인 웅덩이를 첨벙첨벙 건넜다. 웅덩이에 갇힌 피라미들이 무리를 지었다 흩어졌다 하면서 돌아다니고 있었다. 우리가 새우잡이 배라도 되는 양 갈매기가 따라와 머리 위에서 빙빙 돌며 울어댔다. 멀리서 우리를 봤다면 달랑거리는 막대기와 그물과 도구 상자를 짊어진 기이한 순례자 행렬처럼 보였을 것이다. 챙이 넓은 벙거지 모자가 바람을 따라 꿈지럭거리고 팔랑거리면서 우리 머리에서 벗어나려고 애를 썼다.

나는 발이 아프고, 아프고, 아팠다. 나는 태어날 때부터 발목이 뒤틀려 발바닥이 기도하는 손처럼 서로 마주보고 있었다. 발목을 펴기 위해 여러 번 수술을 받아야만 했다. 당시 가장 최근에 수술을 받은 게 방학이 막 시작했던 3개월 전이었다. 그 전날까지 내 여름은 모르핀 진통제, 환자용 변기, 스펀지 목욕, 책, 그리고 발삼나무 모형 비행기로 채워졌다. 한 달 전, 나는 의사가 플라이어로 내 왼쪽 발뒤꿈치에서 40센티미터짜리 못을 제거하는 걸 지켜봤다.

단단히 굳어서 돌처럼 날카로운 모서리가 생긴 모래가 발바닥을 찔러댔다. 나는 저 멀리, 선반 아래로 쑥 빠지듯 모래톱이 푹 꺼지면서 깊어지는 곳에서 크림처럼 부드럽게 부서져 내리는 파도에 시선을 고정했다. 파도 너머로 보이는 바다는 은빛 햇살 조각이 점점이 박힌 검은색에 가까웠다.

고향인 조지아주의 해안에서 보이는 물을 떠올릴 때면 그림자와 암흑이 생각난다. 그 물은 미스터리 그 자체다. '남부의 아마존'으로 불리는 알타마하강Altamaha River을 비롯해 검은물이 흐르는 네 개의 강이 바다 쪽 주 경계를 따라 입을 벌리고 물을 토해낸다. 댐이 없는 거대한 알타마하강에는 어뢰 크기의 철갑상어와 악어동갈치(빛이 들지 않는 물속에서 스르륵 돌아다니는, 선사 시대의 유물 같은 판피류* 어종이다)가 사는 것으로 널리 알려져 있다. 게다가 그곳에는 유명한 해안 바다 괴물 알타마하-하**가 살고 있다고 전해진다. 알타마하-하는 내 두 번째 소설 『왕들의 강』에도 등장한다.

알타마하강은 수백억 년에 걸쳐 흙을 운반해 방파제 구실을 하는 사주섬들을 바다 아래에서부터 차곡차곡 쌓아올렸다. 그 검은 퇴적층이 그곳 물을 탁하게 만든다. 펼친 손을 수면 밑으로 15센티미터만 내려도 전혀 보이지 않을 정도다. 얕은 물에서도 다음 발

---

* 고생대에 번성한 원시 어류. 턱을 지닌 최초의 척추동물이다.
** 알타마하강 하구에 산다고 전해지는 전설 속의 괴물. 상어의 몸에 지느러미 같은 앞발, 악어 주둥이를 지녔다.

걸음이 어디에 닿을지 알 수 없다. 그런 물은 미스터리와 전설을 낳는다. 물론 공포도 함께.

우리는 계속해서 너른 모래사장을 터벅터벅 걸어가 거품이 이는 해안에 닿았다. 우리는 곧 배꼽까지 오는 물속에서 파도에 안긴 채로 낚싯바늘을 던져 넣었다. 하얀 미끼 조각들이(오징어였다) 낚싯대 끝에서 마치 꼬마 유령처럼 이리저리 몸을 꼬고 펄럭이면서 허공을 날더니 모래톱 선반 바로 아래에 착지했다. 그렇게 어둠 속으로 사라졌다. 그 창백한 살점은 스테인리스 낚싯바늘의 반짝임 뒤로 숨었다.

파도가 초록빛 산처럼 눈앞에서 솟아올랐다. 한 번, 그리고 또 한 번. 매번 우리 등 뒤에서 무너지고 부서져 모래톱에 거품을 만들어냈다. 내 통증도 금세 가라앉았다. 몸이 가벼워졌다. 나는 바닥에서 아주 느린 속도로 뛰어올라 엉덩이로 파도를 탔다. 우주 비행사라도 된 듯한 느낌을 주는 기묘한 부력을 느끼고 있었다.

솔직히 말하면 물고기를 잡는 데는 별 관심이 없었다. 이곳으로 걸어올 때부터 내게 이 외출은 이미 낚시나 모험, 심지어 우정과도 아무 상관이 없는 다른 무언가, 즉 일종의 시험장이 되었다. 야외 콘서트나 학교 댄스파티나 보이스카우트 행사 등 내가 한 시간 이상 서 있거나 걸어야 하는 일들과 다를 바 없었다. 무대에 선 밴드나 미식축구 경기나 산행의 목적지에 관심이 없었듯이 물고기에도 관심이 없었다. 내게는 다른 사람들과 똑같이 이 일을 완수하는 것이 중요했다.

리는 달랐다. 리는 야망을 품고 이곳에 왔다. 물고기를 잡으러 온 것이었다. 그는 눈을 가늘게 뜨고 파도 너머를 지그시 바라봤다. 주근깨로 뒤덮인 얼굴이 홍조를 띠고 있었다. 그는 타고난 운동선수답게 자연스럽고도 우아하게 움직였다. 그의 그런 점이 부러웠다. 그는 야구 방망이와 골프채와 낚싯대를 휘두르려고 태어난 사람 같았다. 나는 그가 운동화 밑창에 묻은 빨간 흙을 털어낸 뒤 이스턴블랙매직 야구 방망이를 어깨에 걸치고는 처음 날아온 공을 곧장 필드의 중앙 펜스 위쪽으로 넘기는 모습을 봤다. 그때 마지막 타순이었던 나는 필드 오른쪽 구석에 처박혀 있었다.

나는 리가 부러웠지만, 그를 존경하기도 했다. 우리는 리의 집 마당에서 뛰어난 쿼터백인 그의 아버지와 일대일 미식축구 태클 놀이를 자주 했다. 한번은 리가 태클을 걸다가 우연찮게 팔뚝 올려치기에 당했다. 우리가 아마 열 살쯤 되었을 때였다. 리는 입가에 흐르는 피를 핥으며 씩 웃고 벌떡 일어났다. 그런 아이를 어떻게 좋아하지 않을 수 있겠는가.

어쨌거나 리는 패배에 익숙하지 않았다. 상대가 바다라 해도 말이다. 리는 초조해하기 시작했다. 리의 눈동자에 불꽃이 튀었다. 관자놀이와 뺨의 근육이 파르르 떨렸다. 그동안 해가 저물기 시작해

등 뒤로 떨어지기 시작했다. 곧 밀물이 시작될 것이고 이 광활한 모래 반도를 뒤덮을 것이다. 이미 그렇게 되고 있었다. 우리는 내륙 쪽으로 장비를 옮겼다. 그것도 두 번이나.

리가 낚싯줄을 감았다. 갈고리 모양의 낚싯바늘에는 아무것도 걸려 있지 않았다. 쇠로 그린 물음표 같았다.

"어떻게 할까?" 내가 물었다.

리의 시선은 부서지는 파도 너머 검은 계곡 뒤의 먼바다에 고정되어 있었다.

"10분만 더 있자." 그가 바늘에 다시 미끼를 끼우며 말했다.

나는 어깨를 으쓱했다. "좋아."

10분이 지났다. 15분이 지났다. 수면이 배꼽 위로 기어 올라가는 게 느껴졌지만 걱정하지 않았다. 햇살이, 파도 소리가 나를 달랬다. 통증도 느껴지지 않았다. 그래도 나는 떠날 준비가 되어 있었다. 다시 차가 있는 곳으로 돌아가고 싶었다. 이 일이 과거의 사건이 되기를 기다리고 있었다.

20분이 지났다. 리는 이를 악물고 낚싯줄을 감았다. 얼굴에 패배의 그림자가 드리워졌다. 나는 그를 보고 있었다. 리가 이제 가자고 말하기를 기대하면서. 그런데 그때 내 낚싯대 끝부분이 두 동강 나면서 낚싯대를 손에서 놓칠 뻔했다.

"뭔가가 물었어, 리! 뭔가 걸렸다고!"

리의 눈이 번쩍 뜨였다. 그는 자기 낚싯대를 물 위로 들고서 첨벙거리며 내 쪽으로 왔다.

"보통이 아니야!" 내가 말했다.

그 물고기의 힘이 낚싯줄을 타고 흘러와 고스란히 느껴졌다. 기운이 넘치는 근육의 몸부림, 바늘에 걸린 성난 턱이 내 손바닥과 바로 연결되어 있어서 그 힘을 있는 그대로 느낄 수 있었다. 그 물고기는 내게 말하고 있었다. '나는 물속 깊은 곳에 있고, 화가 났고, 힘이 세다.' 정제되지 않은 무언의 메시지였다.

내 가슴께에서, 그렇게 높은 곳에서 파도가 부서졌다. 나는 눈 깜짝할 사이에 칼에 찔린 사람처럼 내가 완전히 낯선 외계 행성에 갇혔다는 사실을 깨달았다. '낚시를 하면서 공포에 사로잡히는 사람은 없지 않나'라는 생각이 들었다. 온몸에서 힘이 빠져서 연체동물처럼 창백하게 흐느적거리는 사람도 없을 테고.

리는 고문당하는 탄소 섬유 낚싯대와 춤추는 낚싯줄을 바라봤다. 나는 리를 바라봤다.

"뭘 어떻게 해야 돼?"

"도망가게 해줘. 그러다 힘이 빠진 것 같으면 드랙*을 조이고

---

* 줄이 풀려나가는 정도를 조절하는 릴의 장치. 느슨하게 조이면 낚싯줄이 잘 풀리고 꽉 조이면 잘 풀리지 않는다.

미친 듯이 릴을 감는 거야." 리가 말했다.

"힘이 빠질 것 같지 않은데. 고래일지도 몰라, 리."

"고래는 이빨이 없어, 친구."

어떤 물고기이건 간에, 믿을 수 없을 만큼 힘이 셌다. 나는 뾰족한 꼬리를 흔들면서 스텔스 폭격기처럼 바닷속을 가르는 커다란 가오리를 떠올렸다. 완전히 다른 무언가일 수도 있었다. 미끼 가게 메모 보드에 붙어 있던 빛바랜 폴라로이드 사진이 기억났다. 이 지역 선창에서 잡힌 상어들의 피에 젖은 붉은 입들이 찍혀 있었다. 사람들은 세인트시몬스섬에서 남쪽으로 2킬로미터 정도 떨어진 제킬섬Jekyll Island과의 사이에 있는 세인트시몬스 해협Saint Simons Sound이 동부 해안에서 가장 큰 상어 서식지라고들 했다.

물고기는 수평선을 향해 비스듬히 튀어나갔다. 낚싯줄이 위험할 정도로 팽팽해졌다. 가슴 주위로 물이 차오르고 있었다. 나는 릴을 아주 가끔, 아주 조금씩밖에 감지 못했다. 나는 천천히 뒷걸음질 치기 시작했다. 모래에 뒤꿈치를 박고 물고기를 더 얕은 곳으로 천천히 끌고 갔다. 수술 때문에 근육이, 체력이 약해져 있었다. 팔의 힘줄이 불붙은 도화선처럼 타올랐다. 호흡이 가빠졌다. 침이 고여 씹을 수 있을 정도의 덩어리가 되었다. 심장이 귓속에서 울리는 것 같았다. 리는 계속 큰소리로 지시했다.

"나도 노력하고 있다고, 제길!"

줄다리기는 계속되었다. 5미터, 10미터. 그리고 15미터. 그때 긴 초록빛 파도가 우리 눈앞에서 솟아올라 태양을 향해 높다랗게 굴렀다. 낚싯줄이 솟아오르는 파도 속에서 잽싸게 튀어 올랐고, 바로 거기에, 햇살이 꽂힌 파도의 온실 속에서 내가 잡은 물고기의 윤곽이 드러났다.

"상어야!"

누가 봐도 분명했다. 창끝처럼 뾰족하고, 제트기처럼 지느러미가 달린 상어의 윤곽이었다. 공포가 핏속으로 흘러들었다. 피로 물든 빨간 바닷물에 콩팥이 동동 떠다니는 모습이 눈앞에 아른거렸다. 꿰맨 지 얼마 안 된 내 발이 작고 뒤틀린 것처럼 느껴졌다. 비쩍 마른 내 종아리가 어두운 물속에서 날카로운 이빨에 물리기만을 기다리며 물고기 배처럼 빛나고 있을 것만 같았다. 허리 높이의 물속에서 상어가 사람들을 공격했다는 이야기를 들은 적이 있다.

그런데 낚싯줄을 끊어야겠다는 생각은 들지 않았다. 용기나 두려움이나 자존심의 문제가 아니었다. 마치 내가 바늘에 걸린 쪽인 것처럼, 스테인리스 가시가 턱이나 손이나 심장에 박힌 것처럼, 그냥 그게 가능하다는 생각조차 못했다. 가느다란 줄로 전해지는 상어의 꿈틀거림과 밀고 당김 하나하나가 생생하게 느껴졌다. 입에서 피 한 줄기를 흘리는 상어가 어둠 속에서 요동치는 모습을 상상했다.

나는 낚싯대를 거대한 손잡이처럼 움켜쥐고는 파도 속에서 계속 뒷걸음질을 쳤다. 숨을 제대로 들이마실 수가 없었다. 두 팔은 더 이상 타는 것 같지는 않았다. 그저 기운이 다 빠져서, 축 늘어진, 이상한 느낌만 났다. 그래도 아직은 움직이고 있었다. 파도가 허리께에서 부서지고 거품을 냈다. 다음에는 허벅지에서, 그리고 무릎에서. 우리는 한 발, 한 발, 점점 올라가고 있었다. 마른 땅으로, 유리한 고지로 되돌아가고 있었다.

물에 잠기지 않은 모래톱에 뒤꿈치가 닿았을 때 나는 무릎을 꿇고 앉아서 낚싯줄을 힘껏 잡아당겼다. 지친 상어는 이제 납덩어리나 쇳덩어리처럼 느껴졌다. 마치 닻을 끌어올리는 것 같았다. 나는 릴을 감고 잡아당기고, 릴을 감고 잡아당겼다. 잡아당기는 일이 막바지에 달했을 때, 즉 내 힘줄이 끊어질 것 같은 찰나에 낚싯줄이 갑자기 느슨해지면서 긴 곱슬머리처럼 돌돌 말렸다. 저기 끄트머리에서 뭔가가 발작을 일으키며 파도 속에서 몸부림치고 있었다. 리가 펄쩍 뛰어올라 물거품 너머를 내다봤다.

"땅에 걸렸어!"

우리는 발끝으로 살금살금 다가갔다. 밀물이 우리 발목 부근에서 소용돌이쳤다. 상어는 5센티미터 정도 되는 물에 갇혔다. 힘없이 팔딱거리는 게 사투 끝에 전사하기 직전인 듯했다. 내가 생각한 것만큼 크지는 않았다. 아마 1미터 남짓 되었을 것이다. 녀석의 철

회색 몸통이 햇빛 아래서 반짝였다. 등지느러미 끝이 마치 잉크에 담갔다 뺀 것처럼 새까맸다.

"블랙팁 상어야." 리가 말했다.

배를 바닥에 대고 엎드린 상어의 아가미가 부풀어 오르고 있었다. 질식사하는 중이었다. 바늘은 입속 뾰족뾰족한 틈 사이에 걸려 있었다. 검은색 지느러미가 덜 자란 날개처럼 퍼덕였다. 눈은 단추처럼 동그랬다. 이 무시무시한 생물이, 내가 바다에서 억지로 끌어낸 한 생명이 내 발치에서 죽어가고 있었다.

죄책감이 가슴에 콱 박혀 숨을 앗아가기 시작했다. 나는 갑자기 공황 상태에 빠졌다. 리는 상어 옆에 쪼그리고 앉아서 펜치로 바늘을 잡고서 비틀어 빼고 있었다. 나는 다른 생각은 떠올리지도 못하고 바로 한쪽 무릎을 꿇고 상어 배 밑에 두 손을 집어넣어 상어를 들어올렸다. 리는 빼낸 바늘을 물음표처럼 들어올렸다.

"뭐 하는 거야?"

리가 막아설 새도 없이 나는 상어를 높이 들고 바다로 뛰어들었다. 팔을 쭉 뻗어 상어의 배가 위쪽으로 향하도록 하고 무릎을 한껏 올려 달렸다. 넵투누스인지, 포세이돈인지, 아무튼 바다의 신에게 제물이라도 바치는 듯한 모습이었을 것이다. 리에게 긴장성 부동화에 대해 들은 적이 있다. 상어와 가오리를 배가 위로 향하게 뒤집으면 일종의 최면 상태에 빠진다고 했다. 샌프란시스코 인근

파랄론 제도Farallon Islands에서는 범고래가 무적의 백상아리를 뒤집어서 죽인다고 알려져 있다.

그런데 통하지 않았다. 상어는 내 손에서 갑자기 생명력을 분출했다. 놀라울 정도의 위력을 발휘해 몸을 이리저리 비틀고 펄떡거리면서 이빨을 드러냈다. 제대로 들고 있을 수가 없었다. 그 상어가 허공에서 나를 향해 몸을 돌리면서 악랄한 미소를 짓던 게 기억난다. 하지만 그때 나는 이미 몸을 돌려 반대쪽으로 달아나고 있었다. 그 이빨이 아킬레스건을 고무줄처럼 끊어내는 장면을 상상하면서 죽어라 달렸다.

해변으로 돌아온 나는 극적인 몸짓을 취하며 쓰러졌다. 리가 나를 내려다보며 쪼그려 앉았다.

"야, 내가 지금까지 살면서 본 것 중 가장 바보 같은 짓이었다."

다시 몸을 일으킨 나는 밀물이 우리 낚시 도구 주위로 소용돌이치고 물거품을 일으키면서 모래톱을 야금야금 덮고 있다는 걸 알아차렸다. 아마 상어에게도 제때 도달했을 것이다. 아마도. 이제 우리는 해안선까지 1.6킬로미터를 걸어가야 했다. 우리 등 뒤에서 바다가 모래톱을 집어삼키고 있었다.

우리는 장비를 챙겨서 모래사장을 가로지르기 시작했다. 기다란 그림자를 뒤로 늘어뜨리면서 오후의 태양을 마주보고 나아갔다. 발에 박힌 쇠심이 느껴지는 것 같았다. 뼛속이 아렸다. 쇠못을 빼낸 뒤꿈치의 입 모양 상처가 울부짖고 있었다. 그러나 이 통증은 달랐다. 내가 선택한 통증이었다. 나는 자랑스럽게 절뚝거릴 수 있었다.

그러다 모래톱이 끊긴 곳에 도달했다. 길을 나설 때는 발목 높이였던 물길이 밀물에 한껏 부풀어 올랐다. 지금은 하천만큼 넓고 물속이 안 보일 정도로 깊었다. 얼마나 깊은지 알 수 없었다. 수면이 바람에 흔들리면서 비늘로 덮인 뱀 가죽처럼 모래톱 사이를 미끄러지듯 빠져나가고 있었다. 그만큼 유속이 빨랐다.

나는 리를 바라봤다.

"건너도 괜찮을까?"

리는 부서지는 파도 쪽을 돌아봤다. 그새 바다는 훨씬 가까워져 있었다.

"선택의 여지가 없는 것 같은데."

리는 도구가 든 20리터짜리 양동이를 머리 위에 올리고 물길 속으로 들어갔다.

"다리를 한껏 벌리고 걸어. 말을 탔다고 생각해." 리가 말했다.

나는 고개를 끄덕이고 뒤따라 들어갔다. 물살이 우리의 발목과 종아리와 무릎을 잡아당겼다. 조류에 손가락이 달린 것 같았다. 우리 다리를 감싸쥐고는 모든 걸 빨아들이는 만의 입구 쪽으로 끌고 갔다. 우리는 점점 더 깊은 물속으로 들어갔다. 거의 물길의 한가운데까지 왔다.

물이 허리께에서 찰랑거리자 다시 상어가 떠올랐다. 우리는 어릴 때부터 상어가 가까운 곳에 있다는 걸 알고 있었다. 하지만 내가 여전히 블랙팁과 묶여 있기라도 한 것처럼 이제야 상어가 우리와 얼마나 가까운 곳에 있는지 실감 났다. 상어는 더 이상 추상적인 관념이 아니었다. 어둠 속에서 맹렬하고 강렬하게 약동하고 있었다. 여기에 있었다. 깊은 물속으로 한 발 한 발 들어갈수록 위험에 노출되는 것을 느꼈다. 나는 10센티미터 높이의 물속에서는 왕이었지만 1미터 높이의 물속에서는 고깃덩어리에 불과했다.

물길 한가운데 들어서자 물이 가슴까지 왔다. 장비를 머리 위로 높이 들어올려야 했다. 물살이 우리를 쓰러뜨리겠다고 위협하면서 목 근처에서 부딪히고 휘돌았다. 만의 깊고 검은 물 속으로 빨려 들어가거나 블랙팁이 복수하려고 돌아와 내 배나 하반신을 갈가리 찢어놓을 수도 있었다. 물론 둘 다일 수도 있었다. 물이 턱밑을 쓸었다.

드디어 우리는 점점 물 위로 올라왔다. 계단처럼 각이 진 육지 쪽 모래톱을 천천히 올라갔다. 몸 전체가 물을 벗어나자 호흡을 고르면서 해변 상단의 부드러운 모래 위에 발을 디뎠다. 일광욕을 하던 사람들은 그림자가 길어지자 서둘러 떠났는지 한 명도 남아 있지 않았다. 우리는 나무 산책로로 향했다. 모래가 발밑에서 뽀드득거렸다.

곧 우리는 지프 옆에 서서 모래톱을 내려다보았다. 모래톱은 거의 사라졌다. 만의 입구에 자그마한 조각만이 남아 있었다. 언제든 사라질 섬 같았다. 밀물은 강물처럼 빠르게 움직이면서 범람하고 있었다. 나는 우리가 그 물속 어두운 세계에서 끌어냈다가 다시 돌려보낸 살아 있는 무기를 떠올렸다.

그날 우리는 왕이었다.

# 자장가

J. C. 새서

네가 잠에서 깨기 전에 내가 죽을 수도 있으니 꼭 해줘야 할 이야기가 있구나. 네 엄마인 내가 꼭 해줘야 하는 이야기가.

꼬마 신사들아, 너희처럼 나도 한때는 어린아이였단다. 엄마 가족도 주택에서 살았는데, 그 집은 끝없이 펼쳐진 조지아주 남부의 숲속에 있었지. 그곳에서 처음으로 솔잎 담배를 폈고, 처음으로 못을 밟았고, 처음으로 《플레이보이》를 정독했어. 나를 자유분방한 사람으로 키운 곳이지.

예전 엄마 집 뒤편에는 흙길이 나 있어. 너희도 아는 그 길. 2킬로미터 정도 이어지고 하염없이 숨바꼭질을 하게 되는, 끝없이 늘어선 초록색 소나무 군인들 사이를 지나가는 길. 그 길 양 옆으로 자라는 산딸나무들은 메마와 실즈 할머니가 50여 년 전에 심은 거야. 너희가 증조할머니 루비라고 부르는 사람이 메마야. 메마는 얼굴에 베일을 쓰고 태어났대. 산파가 그건 초자연적인 힘을 지녔다는 증거랬어. 메마는 페니 동전이랑 투명 테이프로 피부에 난 사마귀를 사라지게 할 수 있고 무시무시한 가뭄이 들었을 때도 메마의 신묘한 손길 덕분에 수천 그루의 산딸나무 묘목이 살아남았어. 메마의 나무들이 여전히 거기 있단다. 그 자손들도. 작은 기적들처럼 숲속 여기저기서 번창하고 있지. 메마는 꿈이 있었고, 그래서 자신이 원하는 집을 포기하면서까지 이 땅을 샀어.

나는 업혀서 그 길을 다녔어. 그 길 위를 기고, 걷고, 달렸어. 맨발로도 다니고, 하이힐로 길 한가운데에 구멍도 냈지. 세발자전거도, 두발자전거도 타고, 안장 없이 당나귀 호키를 탔어. 혼다, 야마하, 카와사키 오토바이를 타고는, 헤크 오빠랑 TV 드라마 〈해저드 마을의 듀크 가족The Dukes of Hazzard〉*에 나오는 보와 루크인 척,

•

* 1970~1980년대에 방영한 코미디 드라마. 해저드의 농장에 사는 사촌형제 보와 루크가 부패한 공무원 보스 호그와 맞서 싸우며 말썽을 부리는 내용이다.

그리고 엄마의 낡은 크라이슬러 자동차가 그 드라마에 나오는 '제너럴 리' 닷지 자동차인 척, 레이싱카처럼 마구 달렸어.

그 길은 그 뒤로도 그다지 변하지 않았어. 거북과 야생토끼, 제비나비와 표범나비를 여전히 볼 수 있어. 여우, 날다람쥐, 칠면조, 메추라기 떼도 만나지. 사슴도 여전히 사는데, 길에서 사슴을 볼 수는 없어. 다른 지역 사슴보다 똑똑하거든. 우리 아빠가 몇 년 동안 어린 사슴들한테 속삭여서 길로 나오지 못하도록 단단히 세뇌시켰으니까. 그래야 사슴이 죽지 않을 테니까.

달라진 게 딱 하나 있는데, 길모퉁이의 논밭이 사라졌다는 거야. 칼턴의 트랙터 때문에 뒀던 가스통도 없어졌지. 칼턴도. 칼턴과 칼턴의 아내 클로딘은 눈 깜짝할 사이에 어디론가 사라져 버렸어.

그 길 끝에는 회관이 있어. 회원만 이용할 수 있는 그 회관의 회원인 게 너희에겐 행운이야. 그 회관은 원래 제2차 세계 대전 당시 막사로 사용된 낡은 건물이야. 거기 현관에 허술한 사이프러스 나무 기둥과 울타리를 세워서 포치를 만들었지. 레이스 커튼이나 피뢰침 같은 건 없어. 그 건물에 화장실이 있는 건 1955년에 누군가가 시장을 초대했기 때문이야. 시장은 휴식과 안정, 무엇보다 오줌을 눌 수 있는 제대로 된 장소가 필요했던 모양이야.

내가 어릴 때와는 조금 달라지기도 했어. 마루가 좀 더 물렁해졌고, 더 비뚤어졌어. 그 건물에 내 물건도 있고. 너희 할아버지의 사슴 조각상과 화살촉, 방울뱀 껍질, 먼 옛날에 멸종한 검치호랑이 모형, 신생대의 거대한 상어인 메갈로돈 이빨이 박힌 고래 척추 뼈 말이야. 지금은 화장실이 하나 더 생겼고, 잘 수 있는 곳도 마련되었지. 서랍에는 수건이 색깔별로 정리되어 있고, 복도에는 너희 친척 사진들이 걸려 있어. 그건 너희 할머니 가가의 솜씨야. 그 건물은 이제 할머니 거니까. 그녀도 꿈이 있었어. 가끔 덫에 쥐가 걸리고, 심지어 뱀이 걸릴 때도 있지만 냉장고 안에 지렁이가 가득한 컵이나, 방충망을 두른 포치에서 울고 있는 귀뚜라미 한 상자를 발견하는 일은 없어졌지.

회관이 있는 언덕을 넘어가면 연못이 나와. 넓이가 10만 제곱미터에 이르는 축축하고 까만 거울이지. 그곳에 가면 늘 나는 그런 냄새가 나. 내가 병에 담을 수 없는 냄새. 유년 시절의 냄새야. 나루터의 나무는 이제 다 썩어버렸지만 기둥은 여전히 남아서 누군가의 낚싯줄과 빛바랜 빨간 부표로 장식이 되어 있어. 메마가 모래를 옮겨서 호숫가의 흙빛이 옅어졌어. 그곳에서 우리는 모래성을 쌓았고 피라미들이 발가락을 간질였지. 그 작은 땅은 이제 풀로 뒤덮였지만, 얕은 물로 들어가면 여전히 피라미가 보이고, 새하얀 모래의 흔적이 남아 있어.

그 얕은 물이 바로 갈대밭 개울로 이어져. 우리는 그냥 갈대밭이라고 부르지만. 메마가 붙인 이름이야. 그 연못으로 흘러들어오는 개울에는 갈대가 무성했으니까. 우리는 그곳을 도피처로, 낚시 터로, 모임 장소로 삼았어.

내가 처음 물고기를 잡았을 때는 기억에 남아 있지 않아. 그걸 기억하는 사람은 아무도 없어. 너처럼 나도 둘째였으니까. 하지만 헤크 오빠가 처음 물고기를 잡았을 때는 모두가 기억해. 헤크 오빠는 세 살이었어. 블루길을 나루터로 올렸는데, 낚싯줄에 매달려 팔딱거리는 걸 본 헤크 오빠는 이렇게 말했지. "망할."

나도 물고기를 꽤 많이 잡았어. 레드브레스트선피시, 메기, 블루길, 배스 등. 또 그에 못지않게 잡초, 나뭇가지, 맥주 캔, 1950년대에 만들어진 선글라스도 많이 잡았지.

나는 온갖 미끼를 다 써봤어. 지렁이, 큰지렁이, 먹다 남은 식빵. 곤충 모양 스피너*, 고무 지렁이, 귀뚜라미도 달아봤어. 귀뚜라미 같은 경우는 나도 맛을 봤지.

"그 귀뚜라미 그만 먹는 게 좋을걸. 네 목소리를 앗아가서 입도 뻥긋 못하게 될 테니까." 내가 한 마리를 머리부터 먹는데 메마가 말했어. 그게 내가 마지막으로 먹은 귀뚜라미였어.

*

* 블레이드를 단 인조 미끼. 타원형 금속인 블레이드는 물속에서 회전하고 빛을 반사한다.

평범한 막대 모양의 낚싯대, 릴을 단 낚싯대, 나뭇가지, 양동이, 정말 아무것도 없을 때는 내 새끼발가락으로도 낚시를 했어.

그렇지만 낚시라고 하면 물고기를 잡은 다음에 벌어지는 일이 더 기억에 남았단다. 현관 앞 포치에 놓인 배수판이 달린 싱크대와 6미터는 족히 되어 보이는 나무 탁자 두 개 위에서. 해가 지면 모두들 온갖 종류의 물고기를 잡아서 꿰미에 줄줄이 매달아 왔어. 팔딱거리는 전리품이 가득 담긴 스티로폼 상자와 빨간색 이글루 보냉 상자를 들고 왔어. 남자들이 들어와서 자리에 앉고, 남자들보다 더 많은 물고기를 잡은 여자들이 칼을 들고 나왔어. 땅거미가 내려앉았어.

수도꼭지 손잡이가 끼익 소리를 내며 돌아가고 물이 쏟아져 나오는 소리가 들렸어. 비늘과 껍질을 벗기고, 살을 잡아 뜯고, 뼈를 자르는 소리가 들렸어. 피가 작은 강이 되어 흐르는 소리가 들렸어. 우리 엄마도 거기 있었어. 짧은 반바지에, 첫눈에 반할 만한 늘씬한 두 다리로 서서 물고기 머리를 떼고 있었어. 팸도 거기 있었어. 눈꼬리가 올라간 팸은 애교 섞인 목소리로 재잘댔는데 불타오르는 듯한 빨간 머리에는 비늘이 잔뜩 붙어 있었어. 완다는 손에 물고기 알을 가득 쥔 채로 농담을 했고, 젊은 시절의 리즈 테일러보다 더 화려한 메마는 손가락에 낀 다이아몬드 반지에 물고기 내장을 잔뜩 묻히고서는 큰 소리로 웃었어. 나방이 날아다니고, 쏙독새가 울었는지도 모르겠어. 나는 그들의 발치에 앉아 있었어. 이런 학살 현장이 어떻게 이토록 아름다울 수 있는지 감탄하면서.

누군가 튀김기를 켰어. 뜨거운 기름 냄새가 났어. 엄마가 물고기를 튀김기에 넣는 걸 보려 달려갔어. 옥수숫가루 별똥별이 소용돌이치는 검은 우주 속을 들여다봤어. 이상하게도 손가락을 집어넣고 싶은 충동을 느꼈지.

J. T.가 늘 감사 기도를 올렸어. 그전에는 하인스가 하던 일이야. J. T.가 죽은 뒤에는 해롤드가 했고, 지금은 본드의 일이지. 언젠가는 너희 중 한 명이 그 일을 맡기를 바라고 있어. 우리는 다 함께 앉아서 우리가 직접 재료를 잡아 열심히 요리한 음식을 먹었어. 저녁을 먹고 나면 나는 식탁 밑으로 기어들어가 복잡하게 얽힌 무릎들 사이에 숨었어. 곧 이야기보따리가 풀렸어.

내가 태어나기 전에 죽어서 한 번도 본 적이 없는 사람들 이야기를 들었어. 이를테면 담배를 씹던 내 고조할머니 비다 같은 사람들의 이야기를. 강둑에서 낚시를 하던 그녀는 배에는 결코 발을 들이지 않았다거나, 레드아이배스를 잡을 때마다 그녀가 지르던 비명을 언덕 위에서도 들을 수 있었다거나, 블루길이 전혀 나타나지 않으면 어떤 징조라고 말했다거나, 블루길이 나타나면 치마를 걷어 올리고 더 깊은 물로 들어갔다거나.

주 베이비에 대해서도 이야기했어. 그는 금고털이범으로 조지

아주 주립교도소에서 형을 살았어. 그곳에서 전기의자 헬멧을 닦는 일을 했어. 주 베이비는 말을 더듬었고, 모리라는 뚱뚱한 여자를 아내로 뒀어. 낚싯대와 황강달이 한 주머니, 방울뱀 몰이 대회에서 방울뱀 잡는 데 쓸 가솔린 한 통을 들고 갈대밭에서 나오곤했대. 대회에 참가해서 상금을 받고 나면 뱀을 죽여서 먹거나 얼렸고, 가죽으로는 지갑과 허리띠를 만들었어.

나는 주 베이비는 모르지만 내 엉덩이는 알지. 그가 아빠한테 만들어준 허리띠로 자주 맞았으니까. 우리는 그 허리띠를 방울뱀 허리띠라고 불렀어.

네가 그 독의 맛을 처음 본 건 네가 유치원에 간 첫날, 교실 장난감 통에서 장난감 자동차를 슬쩍하는 걸 들켰을 때였지. 꼬마 신사들아, 도둑질은 매로 다스려야 한다는 게 내 지론이야.

"왜 동생들한테 못되게 구는 거야?" 며칠 뒤에 내가 물었지.

"방울뱀이 아직도 내 안에 있어서요." 네가 답했지.

나는 웃을 수밖에 없었어. 주 베이비가 네 안에 살고 있다는 게 자랑스러워서.

모델 에이라고도 불린 마셜 버드의 이야기도 했어. 리즈빌 교도소에서 막 풀려난 모델 에이는 삼촌 하인스의 가구점에서 일하겠다고 했지. 모델 에이에게 사람을 죽인 적이 있느냐고 물었더니 이렇게 답했대. "아니요, 나는 죽인 적이 없어요. 그냥 칼로 베기만 했어요. 그런데 죽었죠."

대공황과 땜장이에 얽힌 옛날이야기도 했어. 증조할아버지 톰 왓슨 브랜틀리 보안관은 운전을 할 줄 몰랐다는 이야기나, 그가 완벽하게 교화했다고 믿었던 죄수가 그의 가슴 한복판에 총을 쏴서 죽었다는 슬픈 이야기를 했어. 그러면 한동안 조용해져. 누군가 또 다른 이야기를 하기 전까지는. 소프 이모와 사피 사리나 사파이어에 관한 이야기를 했어. 좋은 시절에 대해 이야기했어. 이곳에서 보낸 여름들, 카드 게임을 하고, 부부가 돌아가면서 장작불을 돌보던 시절 이야기를 했어. 한번은 아이들을 언덕 위 회관에 두고 나가서는 물고기를 98마리나 잡았다고 했지. 돌아왔더니 완다가 도끼로 자기 발목을 잘라버릴 뻔한 걸 발견했다고도 했어. 우리가 유년 시절을 무사히 넘긴 건 기적이야.

그 점이 가장 달라졌어. 우리는 더는 그런 일들을 하지 않아. 아침 10시에 갈대밭으로 나가서 해가 질 때까지 낚시를 하지 않아. 햇볕에 그을리며, 귀뚜라미 진액과 물고기 내장 같은 비린내를 풍기면서 100명은 족히 먹일 물고기를 끌고 방충망을 두른 포치로 들어오지 않아. 여자들은 칼을 들고 나오지 않아. 수도꼭지가 끼익 하면서 돌아가는 소리가 들리지 않아. 물고기 내장을 빼고 손질하지 않아. 밀가루와 옥수숫가루를 묻히지 않아. 기름을 데우는 냄새가 나지 않아. 함께 모여서 고개 숙여 기도하지 않아. 그곳에서 그런 사람들을 볼 수가 없어. 밤이 깊어가도록 이야기보따리를 풀지 않아. 이것만큼은 내가 너희에게 줄 수가 없어. 내가 아무리 재주가 좋아도 이것만큼은 재연할 수가 없어. 그래서 슬퍼. 왜냐하면, 꼬마 신사들아, 내게는 이것이야말로 진정한 낚시인데, 사라졌어. 감쪽같이.

너희가 자라는 동안 내 유년 시절을 너희에게 물려주려고 애썼어. 이런 것들이 나와 함께 사라질지도 모른다는 사실이 내게는 가장 큰 걱정거리야. 하지만 그렇게 되도록 내버려 두지 않을 거야. 나는 네게 그들의 이야기를 들려주고, 내 이야기를 들려주고, 언젠가는 너희도 너희만의 이야기를 들려주게 되겠지.

오늘 우리 넷은 저 흙길을 달려 내려갈 거야. 너희가 운전대를 잡아보게 허락할 거야. 개가 우리 뒤를 쫓아오게 할 거야. 나는 너희 아빠 손을 잡고, 우리가 가진 것에, 우리가 이룬 것을 보면서 미소를 짓겠지. 솔직히 말하자면 나는 여전히 이곳에서 자라고 있어.

"여기는 누구 땅이지?" 내가 물으면.

"우리 땅!" 너희가 답하는 거야.

"여기는 누구 땅이지?"

"우리 땅!"

이 구호를 기억하렴. 맨몸으로 미역을 감고, 무지개 속에서 다이빙하는 걸 기억하렴. 첫 개미집과, 숲에서 길을 잃는 것과, 다시 집으로 돌아오는 걸 기억하렴. 가가 할머니와 할아버지, 완다와 팸, 본드, 네 정신 나간 마이크 삼촌도. 삼촌이 옷은 거의 벗다시피 하고는 J. T.의 사파리 모자를 쓰고 AK-47 소총을 어깨에 메고 다이어트를 한다면서 분말 주스를 섞은 보드카를 들이키며 종말에 대해 이야기하는 걸 기억하렴. 아빠가 스노클링을 하며 블루길 산란장과 배스 은신처를 찾아 연못 전체를 샅샅이 돌아다니는 것을 기억하렴. 아빠가 늘 배에 서서 물고기를 낚고, 잡는 족족 물로 돌려보내는 것을 기억하렴. 너희에게 가르친 낚싯바늘 던지는 법을 기억하렴. 처음으로 물고기를 잡은 때를 기억하렴. 너희 둘 모두.

가끔 아침에, 너희가 아직 침낭에서 깊은 잠에 빠져 있을 때 나는 포치에 앉아 너희 아빠가 낚시하는 걸 보거나, 물속에 홀로 서 있는 걸 봐. 그는 배에 서서 안개 속에서 낚싯줄을 던져. 물 위를 걸어가.

나는 앉아서 귀를 기울여. 새소리와 나비의 날갯짓 소리, 뱀이 스르륵 기어 다니는 소리를 들어. 바람이 불기 시작해. 소나무 숲 사이를 돌아다니는 그 소리를 들어. 내가 태어나기 전에 왔다가 간 사람들, 내가 추모하고 땅에 묻은 사람들. 그들이 이야기보따리를 푸는 소리를 들어.

어느 날 너희가 잠에서 깼을 때 나는 사라지고 없을 거야. 꼬마 신사들아, 약속해줘. 우리가 계속 살아가게 해주겠다고.


자장가

# 낚시 수업

론 래시

노스캐롤라이나주 블로윙록Blowing Rock과 분 Boone을 잇는 길인 블루리지 파크웨이Blue Ridge Parkway를 따라가다 보면 "아호갭Aho Gap 고도 1,134미터"라고 적힌 갈색 표지판을 만난다. 그 표지판 왼편으로 도로가 나 있다. 그 길 오른쪽에는 작고 하얀 농가가 내려다보인다. 지금은 우리 이모가 살고 있지만 한때는 할머니가 살던 집이고, 나는 여덟 살부터 열일곱 살까지 거의 매해 여름을 그곳에서 보냈다.

나는 지금은 상상조차 할 수 없는 유년 시절과 청소년 시절을 보냈다. 『허클베리 핀의 모험』과 딜런 토머스의 시 「펀 힐Fern Hill」

을 반반 섞었다고 하면 이해가 되려나. 할아버지는 죽었고 자녀들은 모두 타지로 떠나서 할머니는 혼자 살았다. 농가에는 자동차 같은 이동 수단이 없었고 흑백텔레비전은 운이 좋아야 채널 하나가 잡힐까 말까 했다. 여름에 할머니는 달걀, 소스나 잼 또는 직접 만든 버터를 곁들인 캣헤드 비스킷*, 그리고 외양간의 젖소에서 짠 우유로 아침을 차려주셨다. 아침을 먹고 나면 나는 대개 삼촌이 군대에서 가지고 온 물통과 비스킷 몇 개를 배낭에 넣고 낚싯대와 릴을 챙겼다. 열두 살에 크리스마스 선물로 플라이 낚싯대와 릴을 받기 전까지는 헛간 근처에서 지렁이 몇 마리를 잡아서 갔다. 그 낚싯대와 릴을 선물로 받은 뒤로는 송어용 드라이 플라이**를 썼고, 스피닝 낚싯대를 들고 나가는 날에는 멥스 브랜드 스피너를 썼다.

여러 개울에서 낚시를 했지만 웬만하면 흙길을 따라 올라가 블루리지 파크웨이에서 왼쪽으로 걸어갔다. 그러면 곧 고센크리크 Goshen Creek 개울 상류에 닿았다. 외가쪽 조상들은 1800년대 초부터 그 지역에 정착했다. 이 개울에서 그들은 삶의 중요한 순간들을 맞이했고, 그중 한 사람은 죽음도 맞이했다. 고센크리크에 들어설

---

\* 노스캐롤라이나주에서 먹는 부드러운 빵. 고양이 머리만큼 크다고 캣헤드라는 이름이 붙었다.

\*\* 깃털과 실을 이용해 만든 곤충 모양 인조 미끼. 수면에 띄운다.

때마다 시간을 관통하는 물살에 들어선 것이나 마찬가지였다.

하지만 상류 쪽에서 바로 물에 들어가지는 않았다. 블루리지 파크웨이를 따라 고셴크리크 다리가 나올 때까지 3킬로미터 정도를 더 내려갔다. 당시에는 몰랐지만 나는 그때부터 이미 작가가 될 준비를 하고 있었다. 그 길을 따라 내려가면서 내 삶의 중요한 일들에 대해 생각하고 공상에 빠졌다. 그 길을 지나가는 이국적인 자동차들에서 영감을 얻을 때가 많았다. 수년간 나는 미국 모든 주의 자동차 번호판을 봤다. 심지어 알래스카주와 하와이주의 번호판도 봤다. 진한 초록색은 플로리다주 번호판, 파란색은 켄터키주 번호판 같은 식으로 굳이 주 이름을 확인하지 않고도 어느 주의 것인지 알아볼 수 있었다. 열여덟 살이 되어서야 처음으로 캐롤라이나주의 경계를 벗어난 내게 그 번호판들은 학교에서 글과 그림으로만 배운 지역들을 대변했다. 자동차가 지나가면 그 자동차 번호판의 주에 대해 배운 내용을 떠올렸다. 캔자스주는 바다의 파도처럼 일렁이는 밀밭이 펼쳐진 곳. 워싱턴주는 삼나무숲과 비가 잦은 날씨로 유명하고, 뉴욕주는 북적거리는 인파와 마천루로 알려진 곳. 나는 그런 것들에 대해 생각하면서 머릿속에 지도를 그려 그 주를 찾아보곤 했다. 하지만 무엇보다 그런 곳을 찾아가면 어떨지 상상했다.

고셴크리크 다리에 도착하면 개울로 내려가 물에 들어갔다. 개울가를 따라 하워드 삼촌의 양배추 밭이 있었다. 그러나 거기서 낚시를 하는 일은 드물었다. 하류의 느린 물에서는 서커나 호니헤드 잉어밖에 잡히지 않기 때문이다.

다리 부근에서 상류 쪽으로 올라가다 보면 개울 바닥이 갑자기 껑충 솟아올랐다. 그곳 풍경은 달력이나 잡지에 실려도 손색이 없을 정도로 아름다웠다. 하지만 낚시를 하기에 만만한 곳은 아니었다. 바닥의 돌은 미끄러웠고 개울가에는 발을 디딜 만한 마른 땅이 없었다. 상류로 가려면 돌에서 돌로 건너뛰거나 물을 가르며 나아가야 했다. 이렇듯 낚시를 하기에 좋은 곳이 아니기도 했고 나는 대체로 주중 아침에 낚시를 하러 갔으므로 그 첫 번째 폭포 위쪽에서 다른 낚시꾼과 마주친 적은 단 한 번도 없었다. 몇 시간이고 죽치고 있어도 인기척을 느낄 수 없었지만 그게 전혀 싫지가 않았다. 어릴 때부터 나는 혼자가 편했다. 고센크리크에서 몇 시간이고 홀로 시간을 보낸 것도 훗날 작가로서의 삶에 적응하는 데 도움이 되었다.

그곳으로부터 약 1.5킬로미터 위쪽까지는 주로 맑은 물로 채워진 깊은 웅덩이와 폭포가 번갈아 나타난다. 그곳에서는 늘 무지개송어가 잡혔다. 무지개송어가 하도 높이 튀어 올라서 돌이나 모래 위에 떨어져 있기도 했다. 일반적으로 길이가 20~30센티미터 정도 되는 날렵한 몸통에 분홍색 줄무늬가 있는 무지개송어는 요리해 먹기에 딱 좋은 크기였다. 무지개송어를 꿰미에 걸어서 집으로 돌아와 저녁으로 먹곤 했다. 1800년대 말 우리 조상은 그 부근에 물레방아를 설치했다. 내 고조할아버지가 그 물방아를 수년간 운영했는데 어느 날 집에 돌아오지 않아서 아들들이 찾으러 갔다고 한다. 고조할아버지는 거대한 물레방아 바퀴에 끼어서 죽어 있었다. 무슨 일이 있었는지는 끝내 알 수 없었다고 한다.

상류로 계속 올라가면 개울 바닥이 평평해져 폭포는 거의 볼 수 없지만 연어 모양의 연못을 만날 수 있다. 연못의 크기가 큰 편은 아니었지만 깊이는 상당히 깊었다. 나는 고센크리크에서 큰 송어는 낚아본 적이 없다. 다만 열네 살 때 그럴 뻔했던 적은 있다. 폭포 아래 거품이 이는 곳에 스피너를 단 낚싯줄을 던졌다. 미끼가 가라앉는 느낌이 들었을 때 낚싯줄을 감기 시작했다. 송어 한 마리가 내 스피너를 따라 고개를 내밀었다. 엄청나게 큰 놈이었다. 낚시 잡지에서 말고는 본 적이 없는, 그런 작은 개울에는 어울리지 않는 대물이었는데, 그런 큰 놈이 내 눈앞에 나타난 것이다. 70센티미터는 훌쩍 넘을 것 같았다. 연어만큼 커 보였다. 물론 지금 와서 생각해보면 그래도 무지개송어였으니까 아마 45~50센티미터 정도였을 것 같다. 다른 지역 같으면 결코 대물로 쳐주지 않겠지만 노스캐롤라이나주 서부의 작은 개울에서는 대물이라고 할 만했다. 송어는 등지느러미가 수면을 뚫고 나올 때까지 쫓아왔다. 그런데 막 스피너를 물 것 같던 녀석이 갑자기 등을 홱 돌리더니 물속으로 사라졌다. 그 뒤로 45년 동안 다시는 모습을 드러내지 않았다.

열네 살 소년이 일생일대의 대물을 아슬아슬하게 놓치고 나면 밟는 단계가 있다. (1) 부정. 그런 일은 일어나지 않았다. 햇빛의 장난이었고, 환각이었다. (2) 그렇다, 진짜로 일어났다. 그러니 다시 낚싯줄을 던지면 잡을 수 있을 것이다. (그런 일은 일어나지 않았다.) (3) 내일, 다음주, 다음 여름에도 다시 와서 잡으면 된다. (그럴 리가.) (4) 시간이 충분히 흐르면, 수십 년이 걸릴지라도, 언젠가는 그 물고기를 놓친 것이 이 우주의 큰 그림이었다는 것을 받아들이게 될 것이다. (그럴 리가.)

그 뒤로 거의 800미터 정도까지는 그런 웅덩이를 연달아 만났다. 그러다 물길이 둘로 갈라졌다. 한 줄기는 왼쪽으로 방향을 틀었고 다른 하나는 계속 길을 따라 올라갔다. 남북 전쟁 중에 바로 이 갈림길에서 산동네 젊은 아낙이었던 또 다른 조상이 빨래를 하러 왔다가 부상당한 북부 연맹의 군인을 발견했다. 군인은 도와달라고 빌었고, 그녀는 그 군인을 도왔다. 음식을 주고 보호했다. 그러다 북부 연맹을 지지하는 자신의 삼촌의 도움을 받아 북부 연맹 점령 지역인 테네시주로 무사히 돌려보냈다.

나는 왼쪽으로 방향을 튼 더 작은 물길을 따라 계속 올라갔다. 무지개송어는 더 보이지 않았다. 민물송어밖에 없었다. 내가 아는 사람들은 다 점박이송어나 점박이라고 불렀다(엄밀히 말해 같은 연어과라도 무지개송어는 연어속, 민물송어는 곤들매기속이다).

애팔래치아 남부의 유일한 토종 물고기였다. 아주 맑은 물에서만 살았고 강송어나 무지개송어와의 경쟁에서 밀리고 있었다. 크기는 작았지만 제일 아름다웠다. 몸통은 황녹색, 금색, 빨간색 점무늬로 뒤덮였고, 등지느러미는 바늘꽃 같은 주황색이었다. 나이가 들면서 나는 이 개울에서 점박이를 잡아먹는 데 죄책감을 느끼기 시작했다. 열네다섯 살 무렵에는 점박이 낚는 걸 그만두었다.

백여 미터만 더 가면 이 물길이 협곡을 벗어나 블루리지 파크웨이 옆을 따라 흘렀다. 폭포와 물웅덩이는 사라지고 산월계수에 종종 숨어버리는 느린 물로 바뀌었다. 손가락만 한 잡어들밖에 못 살 정도로 물길이 좁아지면, 개울 밖으로 나와 무릎 밑이 흠뻑 젖은 채로 도로 옆 잔디 위를 걸었다. 협곡에서 낚시를 하다 보면 오전이 훌쩍 지나 있었고, 그래서 강둑에 앉아 챙겨온 햄이나 잼을 바른 비스킷을 먹었다. 지나가는 자동차들을 보며 그들이 떠난, 그리고 다시 돌아갈 마법 같은 장소들에 대해 생각했다.

올해 나는 환갑을 맞았다. 그때로 돌아가 파크웨이 옆 잔디 위에 홀로 앉아 있는 소년에게 이야기할 수만 있다면 이렇게 말할 것이다. 지금은 상상이 안 되겠지만 네가 꿈꾸는 그런 장소들에 갈 때가 올 거야. 그냥 다른 주만이 아니라 다른 대륙에도 가게 될 거야. 그러다 평생 가장 행복하고 가장 멋진 장소는 바로 여기였다는 사실을 알게 될 거야.

# 번개 같은 과거에

M. O. 월시

우리를 본 물고기들은 콧방귀도 뀌지 않았다. 물고기들을 탓할 수는 없었다.

우리는 우리가 똑똑하다고 생각했다. 나와 내 친구 브룩은 정말로 그렇게 생각했다. 우리는 대학원 수업을 빼먹고 스프링 호수 Spring Lake에 낚시를 하러 가는 작가들이었다. 스프링 호수는 7번 고속도로 옆에 있었다. 옥스퍼드와 홀리 스프링스 사이에 있는 희끄무레한 도로 끝이었다. 우리 말고는 그곳에서 낚시하는 사람이 없는 듯했다. 때는 2004년이었고, 그곳은 미시시피주 북쪽이었다. 나는 서른 살을 목전에 두고 있었고, 여전히 풍성한 머리숱을 자랑했고, 막 결혼을 한 참이었다. 브록은 나보다 어렸다. 아마 스물다섯 쯤 되었을 것이다. 하지만 이미 다섯 번째 아내와 살고 있었고, 그래서 그만의 방식으로 나보다 더 나이 들어 보였다. 우리에게는 낚싯대와 낚시 도구와 맥주와 내 소유의 보트가 있었고, 이야깃거리로 삼을 만큼 물고기도 많이 잡아봤다. 낚시 기술도 제법 좋았다. 그러나 이런 건 한 번도 보지 못했다.

"쟤들 좀 봐. 그냥 우리를 쳐다보고만 있잖아." 브록이 손가락으로 스콜 맥주 캔을 두드리면서 말했다.

우리가 돼지다리라고 부르곤 했던 커다란 큰입우럭 두 마리가 우리 보트 옆, 빤히 눈에 보이는 곳에 유유히 떠 있었다. 아마 수면에서 30센티미터쯤 아래였을 것이다. 마치 버스라도 기다리는 것처럼 얽히고설킨 수초 뿌리 옆에서 같은 방향을 보며 떠 있었다. 악수라도 할 수 있을 정도로 가까워 보였고, 그렇게 거리낌 없이 모습을 드러내는 게 우리의 신경을 긁었다. 스프링 호수에서의 지난 경험을 돌아보면, 그러니까 지난 한 해 동안 거의 2주에 한 번 꼴로 낚시를 하러 온 경험에 비추어보면, 마치 예티 두 마리를 발견한 것만큼이나 대단한 사건이었다.

나는 무슨 일이 벌어지는지 보려고 인조 미끼를 던져봤다. 마치 꿈속인 양 미끼가 조용하고 재빠르게 물속으로 가라앉았는데, 우리가 그걸 볼 수 있다는 것이 문제였다. 우리가 잡으려는 물고기가 빤히 보이는 것처럼 말이다. 그 순간의 내 미끼만큼 인공적인 티를 팍팍 낸 물건도 없을 것이다. 검은색 금속 머리, 회색 철사 스커트, 초록색 고무 꼬리, 빨간색 바늘. 살아있는 것도, 그렇다고 죽어 있는 것도 닮지 않았다. 라디오를 던져 넣었어도 그보다는 자연스러웠을 것이다. 내가 던진 미끼는 두 놈 중 더 큰 놈을 2센티미터도 채 안 되는 거리로 빗나갔지만 두 마리 다 꼼짝도 하지 않았다. 배고픈 기색도, 자신을 보호하려는 기색도, 은신처를 찾아 재빠르게 숨어들 때 생기는 잔상도 보이지 않았다. 대신 뭔가에 집중하고 있는 것처럼 보였다. 심지어 철학적인 성찰을 하는 중인 듯도 보였다. 이 모든 소동에는 아무 관심이 없는 것 같았다.

"흠. 이건 정상은 아닌데." 내가 말했다.

우리 두 사람은 우리가 살며 그려낸 지도의 중간 지점에서 만났다. 정말로 그랬다. 나는 루이지애나주 남부에서 왔고, 브록은 테네시주 동부에서 왔다. 그러니 우리는 미시시피주 북부까지 그럭저럭 비슷한 거리만큼 고향에서 떨어져 나온 셈이었다. 대학원의 다른 동기들은 필라델피아나 뉴욕 같은 곳 출신이었고, 브록과 나는 남부성을 연결고리 삼아 유대감을 쌓았다. 남부성이라는 말이 있다면 말이다. 그러나 우리에게도 서로 다른 점이 있었다. 나는 카톨릭교 집안에서 자랐고, 브록은 침례교 집안에서 자랐다. 나는 루이지애나의 팝 음악을 선호했고, 브록은 컨트리 음악을 더 좋아했다. 이게 무슨 소리냐 하면, 내가 "어이, 우리 한잔 더 하자. 갈 데까지 가보는 거야."라고 하면 그는 핸드폰을 확인한다는 말이다. 집에 가서 개를 산책시키거나 잔디를 깎으라는 아내의 문자가 왔는지 확인한 그는 이렇게 말한다. "아니, 안 될 것 같아." 그러고는 여섯 잔을 더 마신다. 그러니까 우리는 다른 경로를 거쳤지만 결국 같은 곳에 도착했고 서로를 잘 이해했다는 의미다. 우리는 친구였다.

브룩이 미끼를 바꾸는 동안 나는 낚싯줄을 되감았다.

"글쎄, 모르겠다. 긴 하루가 될 지도." 그가 말했다.

나는 다시 낚싯바늘을 던졌다.

"저 중 한 놈 입만 맞혀도 그냥 바로 빨아들일 것 같은데." 내가 말했다.

내가 왜 이 물을 대할 때마다 짜증을 내는지 이해하려면, 내가 물고기를 잡아서 물 밖으로 꺼내야만 뭘 잡았는지 알 수 있는 물 주변에서 자랐다는 사실을 알아야 한다. 바다나 습지나 만은 넓고 물 색이 어둡고 유속이 빠른 경우가 많아서 깜짝 놀라 자빠질 만한 것들이 얼마든지 잡힐 수 있었다. 크래피일 수도, 점성어일 수도, 가자미일 수도 있었고, 심지어 거북이 매달려 있기도 했다. 이빨이 달린 선사 시대 어종을 잡을 수도 있었다. 물론 무엇이든 충분히 크기만 하면 어떻게든 손질을 해서 튀겨 먹었다. 우리 동네에서는 강이나 호수의 물에도 흙이 많이 섞여 있어서 코코아색을 띠었고, 물밑에서 무슨 일이 벌어지는지 전혀 보이지 않았다. 실은 보지 못하는 편이 나을 수도 있었다. 브록은 테네시주의 맑고 투명한 물에 익숙했다. 당연히 마실 수 있을 정도로 깨끗한 물이었다. 하지만 그가 놀았던 개울과 하천은 하도 빠르게 흘러서, 미끼를 던져 아주 잘생기고 멋진 물고기를 잡아도 저도 모르게 놓아주게 되었다. 그러니 그에게도 이런 투명하면서 잠잠한 물은 낯설었다. 그가 고향에서 잡던 물고기는 소용돌이치는 물속에서 낚아 올려 사진으로 남기는 그런 물고기였다. 크기와 험악한 형상을 남기기 위해서가 아니라, 비늘에 반사된 햇빛이 프리즘처럼 반짝이는, 이미 그 자체로 사진 같은 장면을 기록하고 싶게 만드는 물고기 말이다.

그해 우리는 스프링 호수에서 배스를 꽤 많이 잡았다. 한 마리도 남기지 않고 싹 다 내 소형 보트에 싣고서 검고 텅 빈 호수 중앙을 가로질렀고, 호수 강둑을 따라 나 있는 사이프러스와 맹그로브를 헤치면서 지나갔다. 우리는 버즈베이트*와 미누어**와 포퍼**

* 블레이드로 물보라를 만드는 인조 미끼. 소리로 배스의 공격을 유도한다.
** 피라미나 멸치 모양의 인조 미끼. 미국에서는 저크베이트라고도 부른다.
*** 입 벌린 물고기 모양의 인조 미끼.

*를 썼다. 웜*과 지그헤드**와 또 더 많은 지그헤드를 물속에 던져 넣었다. 텍사스 리그***와 캐롤라이나 리그*****도 썼고, 우리가 생각할 수 있는 모든 변수에 대비해 전략을 세웠다. 그런데 마지막으로 다녀간 뒤로 호수가 어딘지 모르게 변한 듯했다. 어떤 식으로든 정화된 것 같았다. 우리는 뇌를 이리저리 굴리면서 그 이유를 찾으려고 애썼다. 최근에 비가 내렸나? 비가 왔었다. 기억이 났다. 엄청난 비가 쏟아졌다. 아마도 그래서일 것이다. 비가 워낙 많이 내려서 호수가 목욕이라도 했나 보다.

브록이 일어서서 주위를 둘러봤다. "저기 좀 봐." 그가 저기 앞에 원형으로 서 있는 나무들 쪽으로 고갯짓을 했다. "세 마리가 더 있어. 돼지다리도 있고."

나는 브록이 낚싯줄을 던지는 동안 작은 모터를 돌렸다. 앞으로 나아가는 동안 호수 물속을 들여다보았다. 내 손바닥만큼이나 호수 바닥이 훤히 보였다. 하지만 이따금씩 이상한 광경이 눈에 띄었다. 황금 조각이, 황금 조각 같은 것들이 호수 밑바닥의 잿빛 흙 위

* 지렁이나 애벌레 모양의 인조 미끼.
** 봉돌과 낚싯바늘이 일체된 장비. 웜과 결합해 사용한다.
*** 낚시 채비 방법. 낚싯줄에 수중찌를 달고 바늘을 부착한다.
**** 낚시 채비 방법. 낚싯줄 끝에 연결고리를 달고 줄을 이은 뒤에 바늘을 단다.

에 이쑤시개처럼 놓여 있는 것처럼 보였다. 하나를 보고 또 하나를 봤다. 나는 보트 반대편도 들여다보았다. 같은 광경이 펼쳐지고 있었다. 못해도 대여섯 조각 정도는 되었다. 연필만큼 긴 것도 있었다. 모두 끝이 날카로웠고 같은 방향을 바라보고 있었다.

"이거 보여?" 브록이 내게 물었다.

나는 모터를 끄고 일어섰다. 브록의 낚싯줄이 어딘가에 걸렸나 보다, 라고 생각하면서. 하지만 그는 아예 낚싯줄 던지기를 중단했다. 앞에는 황금 조각의 들판이 펼쳐지고 있었다. 하나같이 똑같은 모양으로 배열되어 있었다. 우리가 모르는 새 가라앉은 태양의 햇살처럼. 그리고 앞쪽에 늘어선 사이프러스들에 가까이 다가갈수록 점점 더 빽빽해졌다. 우리는 보트 밑에서 꼼짝 않고 있는 물고기들을 지나쳤다. 아가미가 움직이는 게 보일 정도였다.

"이게 도대체 다 뭐야?" 브록이 말했다. 그가 뭘 궁금해하는지 나도 알 수 있었다. 더는 물고기를 찾고 있지 않았다. 나는 모터 쪽에 앉아서 보트를 천천히 몰았다. 우리는 새로운 땅을 밟은 사냥꾼들처럼 미끄러지듯 앞으로 나아갔다. 반짝이는 호수 밑바닥 위를 지나 나무들 사이로 들어갈 틈을 찾았다.

"세상에." 브록이 말했다. 우리는 마침내 봤다.

빙 둘러싼 나무들 중앙에 주위 모든 색이 바랠 정도로 황금빛으로 환하게 빛나는 사이프러스가 있었다. 나무 윗부분은 완전히 떨어져나갔다. 가지와 둥치가 전부 사라졌다. 남은 밑동은 검처럼 위풍당당하게 서 있었다. 그 아래 물이 새로 빚은 유리처럼 투명했다.

"번개야." 브록이 말했다. 어떤 일이 있었는지 짐작할 수 있었다.

아마도 밤에, 우리가 보지 않고 있을 때, 우리가 그곳에 없었을 때, 모든 것을 죽이고도 남을 정도로 강력한 폭발이 있었으리라. 그제야 깨달았다. 저 황금 조각들은 단순한 파편이 아니라, 바늘처럼 우리 몸에 꽂혔을지도 모를 나무 조각, 화살촉, 다트들이었다. 그 강력한 힘, 그 끔찍한 아름다움을 목격한 것이다. 우리는 한동안 침묵했다. 낚시도 하지 않았다.

대신 주변 나무들을 올려다봤다. 커다란 황금색 가지들을 축 늘어뜨린, 사람 다리만큼 굵은 나무들이 머리 위에서 뒤엉킨 채 늘어져 있었다. 모두 반짝거렸고, 누가 봐도 새것 같았다. 우리는 아마추어 탐정이 되어 이 모든 일이 얼마나 오래전에 벌어졌는지 헤아리고, 그 순간에 그곳에 있었다면 어떤 느낌이었을지 추측하고, 그 파괴력이 얼마나 멀리까지 미쳤을지를 가늠했다. 우리는 빽빽한 나무 사이를 빠져나와 번개가 내려친 지점 주위를 빙빙 돌았다.

"여기도 하나가 있어. 여기도." 내가 말했다. 드디어 찾아낸 마지막 나무는 번개가 내려친 지점에서 100미터나 떨어져 있었다. 우리는 낚싯대를 보트 좌석 사이에 꽂아둔 채 과학 이론을 주고받았다. 정말로 그렇게 했다. 도대체 얼마나 빨랐을까? 무시무시한 속도였겠지. 그런 다음 아주 오래전, 둘 다 학교에서 들어본 적이 있고 이해하기 힘든 설명이 떠올랐다. 번개가 실제로는 지면에서 시작된다는 설명이었다. 양극과 음극 에너지 간에 생기는 어떤 불협화음 때문이라고 기억한다. 주변을 지나가는 폭풍이 불협화음을 인지하고서 별다른 논의 없이 바로잡는 거라고. 우리가 본 것이 번개가 시작된 지점이라는 걸 알 수 있었다.

지금 그때 일을 돌아보면, 그날 남은 하루 동안의 우리 행동을 돌아보면, 그 뾰족한 물체들의 유령에 사로잡혔던 것은 아닌가 한다. 우리는 호수를 벗어나 보트를 매달고서 약에 취한 것처럼 도망치듯 차를 몰았다. 맥주를 마시고 친구들에게 전화를 걸고 우리끼리 그 이야기를 하고, 또 했다. 가게로 가서 맥주를 더 사고, 버번 위스키 한 병과 주먹만큼 두꺼운 스테이크 고기를 샀다. 브록의 집에 가서 아주 잘 먹고, 마음껏 마시고, 개를 풀어주고, 몇 달 동안 못 본 것처럼 개를 쓰다듬어주려고 했다. 다시는 잠을 자지 않으려고 했다. 그 후 몇 년이 흘렀고, 브록은 아내의 삶에 다른 남자가 있다는 것을 알게 되었고, 다른 사랑을 만났고, 그런 다음 또 다른 사랑을 만났고, 우리를 가르친 교수가 죽거나 유명해졌고, 친구들은 책을 쓰거나 중독 치료 센터에 들어가거나 아이를 키우거나 사산했다. 나는 계속 유부남으로 지내다가 아이를 키웠다. 1년 정도 이상한 증상을 느끼던 아내와 함께 병원을 찾았을 때 의사는 아내에게 왼쪽 몸이 만져지는 감각이 오른쪽만큼 느껴지는지 물었고, 그녀는 내게 눈으로 답했고, 안정된 삶이 갑자기 한없이 위태롭고 새로운 것이 되었다. 그 삶은 나를 산산조각 낼 테고, 나는 그 황금색 조각들을 떠올릴 것이다.

힘. 끔찍한 아름다움. 그리고 이 문구. '번개가 시작된 지점'은 나와 브록이 반복해서 되뇌는 말이 되었고, 우리가 어쩌다 여기까지 왔는지, 행복한지, 우리보다 훨씬 더 큰 무언가를 통제하려면 어떻게 해야 하는지 등 삶의 현재 상황을 파악하려고 애쓰는 지금도 여전히 그렇다. 우리는 여전히 그 일에 대해 자주 이야기한다. 전화로, 그것도 밤늦게. 호수 밑바닥에 그려진 황금빛 무늬, 맑고 투명한 물, 그 아래에 경건하게 떠 있던 마비된 물고기들에 대해.

그러나 내가 가장 뚜렷하게 기억하는 것은 이것이다. 우리는 젊었다. 우리는 친구였다. 우리는 낚시를 하고 있었다. 우리 앞에는 미지의 미래가 놓여 있었고, 우리는 그날 뭔가를 봤다. 아무도 보지 못한 것을 우리는 봤다. 우리는 순진했다. 우리는 준비가 되어 있지 않았다. 우리는 돈도 없었지만 아주, 아주 큰 부자가 된 기분이었다. 우리가 목격한 것에 감사했다. 어쩐지 우리가 살아남아서 그것에 대해 이야기할 수 있어 감사했다. 필요하다면 한동안은 계속 살아남을 것도 같았다. 그래서 저녁을 먹을 시간이 되자 우리는 개를 위해 스테이크 한 덩어리를 더 구웠다.

# 그리프와 바닷가재 잡기

잉그리드 소프트

바닷속에서 꺼낼 때부터 바닷가재가 선명한 빨간색을 띠고, 집게발이 두꺼운 고무줄로 단단히 묶여 있는 건 아니다. 십 대 초반 어느 후텁지근한 여름날 친구 그리프와 가재잡이를 나가고 나서야 나는 바닷가재를 둘러싼 진실을 알았다.

그리프는 자기 집 옆 선창에 보트를 묶어두고 있었고 우리는 매사추세츠주의 마블헤드Marblehead 해안을 빙 둘러 설치한 가재잡이용 통발을 끌어올리려고 바다로 나갔다. 그가 스티로폼 표식과 밧줄, 다루기 힘든 커다란 통발을 보트로 끌어올리는 법을 내게 알려주는 동안 부표 옆에 세워둔 보트가 부드럽게 흔들렸다. 운이 좋은 날에는 통발에서 짙은 초록색 생명체를 두세 마리 발견할 수 있었다. 한 명이 바닷가재를 꺼내면 다른 한 명이 집게발에 고무줄을 씌웠다. 허공에서 집게다리를 흔드는 바닷가재는 마치 박자를 맞추려고 애쓰는 꼬마 지휘자 같았다.

그리프와의 우정은 물 위에서 오후를 보내면서 깊어졌지만, 그 우정은 매일 오후 내가 신문을 배달하느라 동네를 한 바퀴 돌 때 싹을 틔웠다. 나는 이웃을 만나는 걸 좋아하는 수다쟁이 아이였기 때문에 신문을 천천히 배달했다. 구독자들이 잘 지내는지 안부를 확인하고 때때로 구독자가 준비한 선물을 챙기다 보면 마지막 신문을 배달하기까지 한 시간도 넘게 걸리는 날이 많았다.

그리프와 그리프의 부인은 동네에서 꽤 유명한 60대 노부부였다. 그리프 부부의 집은 신문 배달 경로의 중간에서 살짝 지난 지점에 있었고, 내가 가장 좋아하는 휴식처였다. 부부의 집은 아주 가파른 계단을 내려가야 나왔는데 물 위에 지어져 있었다. 그리프 부인은 늘 부엌에 있었고 그리프는 항구가 내려다보이는 창가의 안락의자에 앉아 있었다. 그리프는 쌍안경과 경찰 무전 수신기를 가지고 있었으므로 이 동네에서 벌어지는 일 중에 그가 모르는 건 없었다. 우리는 그날의 뉴스를 주고받았고 그런 다음 나는 다시 계단을 올라가 신문이 담긴 가방을 비우는 일을 마저 마무리했다.

그리프와 나는 이런저런 프로젝트를 시작했고 나는 이웃 주민이자 바닷가재 어부인 그가 아주 장난꾸러기인데다가 나를 깜짝 놀래키기를 좋아한다는 사실을 알게 되었다. 그는 바닷가재를 잡는 일 말고 커다란 채소밭을 가꾸는 일도 했다. 매년 그 밭이 정원에서 차지하는 땅이 점점 더 넓어지는 것처럼 보였다. 그 밭에서는 늙은 호박이 자라고 있었는데, 나는 10월의 어느 날 우리 집 현관에 놓인 커다란 호박을 발견하고 환희에 찼다. 내 애칭인 '이기Iggy'가 주황색 껍질에 커다랗게 새겨져 있었기 때문이다. 그리프가 어린 호박에 이름을 칼로 새겨두자 호박이 자라면서 내 이름도 함께 자란 것이다. 나는 그 선물을 들고 자랑스럽게 사진을 찍었다. 어린 시절 내내 나는 여행 기념품용 미니 번호판이나 팔찌를 파는 매대에서 '아이린Irene'과 '아이작Isaac' 사이를 뒤적거렸지만 내 이름인 '잉그리드Ingrid'를 찾는 데는 번번이 실패했다. 그러다 이렇게 유일무이한 나만의 기념품을 받다니 마치 마법처럼 느껴졌다. 게다가 늙은 호박이었다! 자기 이름이 새겨진 늙은 호박을 가진 사람이 또 있을까?

한번은 텃밭을 가꾸는 데 관심이 생겨서 그리프와 함께 우리 집 앞마당과 길 사이에 있는 정사각형의 자투리땅에 텃밭을 가꾸는 프로젝트를 시작했다. 우리는 토마토와 고추를 심었다. 나는 성실하게 돌봤다. 필요할 때마다 물을 주고, 잡초를 뽑았다. 하지만 나는 인내심이 많은 편이 아니었으므로 매일 작물을 확인하면서 뭔가 달라져 있기를 기대했다. 그리고 매번 실망했다. 씨앗 포장지에서 약속한 커다랗고 빨간 토마토와 반들반들한 고추는 어디에 있단 말인가? 기다리는 것 외에 할 수 있는 일은 없는 건가? 기다리는 건 아무래도 내 능력 밖인 것 같은데?

어느 날 아침, 밖으로 나가 늘 하던 대로 작은 텃밭을 둘러본 나는 내 눈을 믿을 수가 없었다. 잘 익은 토마토와 고추의 무게를 못 이겨 줄기들이 다 휘어져 있었다. 드디어 엄청난 전리품을 얻은 것이다! 나는 텃밭으로 살짝 들어가 초록색 줄기를 밀어냈다. 그리고 혼란에 빠졌다. 바로 따 먹어도 좋을 만큼 다 자란 채소 뒤에는 아직 어린, 아직 모양도 제대로 갖추지 못한 초록색 채소들이 달려 있었다. 더 자세히 들여다보니 누군가 다른 텃밭에서 키운 잘 익은 상품들을 초록색 플라스틱 끈으로 줄기에 매달아 놓은 게 분명했다. 나는 부모님에게 이 사실을 알렸다. 부모님은 모르는 일이라고 했다. 그렇다면 남은 용의자는 한 명뿐이었다. 나는 그리프에게 전화를 걸어 아주 잠깐이나마 내 농사 실력을 믿을 수 있게 해줘서 고맙다고 말했다.

내 고향 동네는 특이하게도 도로 건너편에 있는 주택 하나를 작은 AM 라디오 방송국으로 썼다. 라디오 송신탑 주위에는 들판이 에워싸고 있었다. 여담이지만 그리프가 젊은 시절 그 탑을 몰래 올라갔다고 한다. 방송국 직원들과 아는 사이였던 그리프는 내게 그곳에서 일하고 싶은지 물었다. 내 수다스러운 성향이 라디오 방송국 일에 잘 맞을 거라고 생각했던 그의 추천으로 나는 새벽 5~8시 방송을 담당하게 되었다. 열다섯 살인 내게는 새벽에 일하는 것이 잔인하게 느껴졌다. 매일 아침 라디오 방송국 일을 마치면 곧장 네 살부터 여섯 살까지의 꼬마들을 돌보는 YMCA 캠프 지도사 일을 하러 갔다. 한없이 기력이 소진되는 일정이었지만 방송국 일은 정말 재미있었다.

그 라디오 방송국은 소자본으로 운영되었기 때문에 아주 적은 수의, 그렇지만 아주 충성스러운 직원들이 일하고 있었다. 그래서 꼼꼼한 지도를 받을 수 있었고, 거의 모든 것을 직접 해볼 수 있었다. 나는 미국 연합 통신에서 뉴스거리를 찾고 경찰 지구대에 전화를 걸어 밤새 새로운 사건이 있었는지 확인했다. 사건이 있는 경우는 한 번도 없었다. 그리고 방송용 멘트를 했다. 야구 경기 하이라이트 멘트를 망쳤던 일은 지금 생각해도 아찔하다. 하지만 여름이 끝날 무렵에는 모든 운동선수의 멘트가 똑같다는 걸 깨닫게 되었다. "그냥 배트를 공에 댔고/스틱을 퍽에 댔고/공을 링에 넣었고, 그렇게 제가 해야 할 일을 한 것뿐입니다."

팬레터도 몇 통 받았고 노인의 비중이 높은 방송 청취자들로부터 전화 사연도 받았다. 그러던 어느 날 미국의 다른 주에서 편지가 오기 시작했다. 편지를 쓴 이는 이 지역에 들렀을 때 내가 진행

하는 훌륭한 방송을 들었다고 했다. 그 또는 그녀는 내가 얼마나 뛰어난지 꼭 알려주고 싶었다고 했다. 지난 몇 년간 그리프의 장난에 여러 번 당한 덕분에 내 헛소리 탐지기는 잘 훈련되어 있었다. 그런 팬레터를 몇 통 더 받은 뒤에 결국 팬레터를 보낸 사람이 그리프라는 자백을 받을 수 있었다. 이웃에 사는 비행기 조종사가 친절하게도 다른 도시로 나갈 때마다 그가 쓴 편지와 카드를 대신 부쳐줬던 것이다. 그리프는 심지어 매번 자신의 손글씨를 바꾸려는 노력까지 했다. 아주 자세히 보지 않으면 미국 전역에 팬이 생겼다고 믿을 수도 있을 것 같았다.

성인이 된 후로는 예전만큼 그리프를 자주 만나지 못했지만 그는 내가 무엇을 하고 있는지 늘 알고 있는 듯했고, 기꺼이 자기 생각을 알려왔다. 대학교 2학년 때 지금의 남편을 만나 사귀기 시작했는데, 우리는 종종 내 고향 집에서 주말을 보내곤 했다. 당시에 우리 부모님이 그 집에 거주하지 않은지는 꽤 되었다. 남편은 샛노란 지프를 몰고 다녔다. 우리가 그 집에서 지낼 때면 제일 좋은 자리에 주차를 했다. 어느 날 오후 그리프가 전화를 걸어 내 남자친구 차가 자꾸 고장이 나는 게 안타깝다고 하면서 그래서 그렇게 자꾸 외박을 하는 것 아니냐고 말했다. 그는 자기가 자동차 엔진을 들여다보고 문제를 해결해주면 어떻겠느냐고, 그러면 남자친구가 무사히 떠날 수 있을 거라고 제안했다. 나는 걱정해줘서 고맙지만 자동차에는 아무런 문제가 없다고 확실하게 말했다.

그러나 고향 동네 친구를 떠올릴 때면 그리프와 가재잡이를 하는 장면이 가장 먼저 떠오른다. 나는 여자아이였고, 여자아이는 잘 하지 않는 일인데도 대서양으로 나가 출렁거리는 배 위에 서서 가재 통발을 끌어올리는 법을 배웠다. 뉴잉글랜드 지역에서 자라면 가재잡이는 심약한 사람이 할 수 없는 일이라는 걸 알게 된다. 바다 밑바닥에 통발을 내려 유인하는 건 비교적 쉬울지 몰라도 덫에서 꺼낼 때는 가재들이 아주 매섭게 저항해서 집게발에 씌운 고무줄이 끊어질 정도다.

그리프와 통발을 다 끌어올리고 나면 소금기 어린 비린내를 내뿜으면서 꿈틀거리는 가재 몇 마리를 가방에 넣어 오곤 했다. 언니와 나는 각각 선수 한 마리를 골라 부엌 바닥에 내려놓고 달리기 시합을 열었다. 시합에 집중하는 선수는 없었다. 이 방향으로 가버리고, 저 방향으로 가버렸다. 그 시합은 어차피 물이 끓기 전에 시간을 때우기 위해 벌였을 뿐이다. 어머니가 물이 펄펄 끓는 솥에 바닷가재를 넣는 걸 돕고 그 껍데기가 선명한 빨간색으로 변하는 모습을 지켜보면서도 절대 기분이 나빠지지 않았다. 먼저 죽여야 저 맛 좋은 살도 먹을 수 있을 것 아닌가?

바닷가재를 먹으려면 지저분해질 각오를 해야 한다. 먹는 법을 모르는 이들에게는 육즙이 가득한 살을 발라낼 방법조차 수수께끼다. 바닷가재는 전리품을 얻기 위한 노력을 요구한다. 집게발을 부수고 열어야 한다. 탈피한 지 얼마나 지났는지에 따라 껍질이 종이처럼 약할 수도, 돌처럼 단단할 수도 있다. 꼬리와 몸통 사이에 있는 초록색 간을 보고 질색하면 안 된다. 물론 나처럼 어머니 접시에 슬그머니 밀어 넣는 건 괜찮다. 산호빛의 어란(익히기 전에는 검은색이다)도 몸통에 숨어 있는 부분인데 어떤 미식가들은 아주 귀한 진미로 여기기도 한다. 그것도 어머니 접시에 기부한다.

바닷가재의 그런 부위는 별로 좋아하지 않았지만, 저녁 식사로 가재를 대접받고 경악했던 손님들과는 달리 나는 그것 때문에 바닷가재를 멀리하지는 않았다. 손님들 중 아내 쪽은 접시를 받아들고서 너무 충격을 받은 나머지 잠시 누워 있어야만 했다. 물론 그때 그녀는 임신 중이었다. 그러나 뉴잉글랜드 지역 출신이었다면 아무리 임신 중이라 하더라도 까만 눈동자의 생물과 마주했을 때 거침없이 달려들었을 것이다. 집게발을 떼고, 몸통을 비틀어서 꼬리 쪽 가운데 부위를 제거하고 손가락을 넣어서 가장 큰 살덩어리, 사람에 따라서는 가장 맛있는 부위라고 말하는 살점을 발라냈을 것이다.

매년 8월이 되면 매사추세츠주로 돌아가는데 그때마다 그리프의 모습이 떠오른다. 어린 시절 따뜻한 여름날에는 그리프가 경찰 무선 수신기에서 억지로 벗어나 텃밭에서 일하거나 잠시 현관 옆에 앉아서 쉬는 걸 볼 수 있었다. 그는 나일론으로 엮은 끈과 은색 철제 프레임으로 만들어진 싸구려 야외용 접이식 플라스틱 의자에 앉아 있었다.

"이기!" 그리프는 거친 손을 높이 들어 흔들면서 큰 소리로 나를 불렀다.

우리는 대화를 나누었고, 나는 종종 집에 가져갈 신선한 채소와 그리프 부인의 블루베리 머핀 한 바구니, 그리고 바닷가재 몇 마리를 받았다.

지금은 미리 한 번 삶은 바닷가재를 사 온다. 가재잡이 배가 매일 아침 들어오는 항구 옆 동네 어시장으로 나가서 보온 가방에 빨간색 껍데기들과 소금기 가득한 수증기를 담아 온다. 그럴 때면 그리프와의 우정이라는 전리품이 생각난다. 바닷가재의 집게발을 탁하고 깨거나 꼬리에서 살을 발라낼 때면 달콤한 맛과 함께 출렁이는 작은 배에서 맞은편에 앉아 있던 한 남자에 대한 기억을 상으로 받는다. 그는 삶이 우리에게 어떤 것을 선물하는지 내게 살짝 보여준 사람이었다.

# 숭어 아가씨들

질 맥코클

매년 여름 우리 가족은 바닷가에서 일주일을 보냈다. 매번 노스캐롤라이나주 홀든비치Holden Beach의 같은 집에서 지냈다. (1954년 허리케인 헤이즐이 휩쓸기 전) 처음 지어졌을 때는 해안에서 어느 정도 떨어진 집이었는데 1960년대 후반과 1970년대 초반 무렵에는 해변 위의 집이 되었다. 그래서 밀물 때가 되면 방충망으로 빙 두른 포치의 나무 계단 바로 아래에서 물이 찰랑거렸다. 아버지와 제일 친한 친구가 집주인이었는데, 이미 바다 밑으로 가라앉기 시작한 이 땅에 매겨진 푼돈에 가까운 재산세 (1년에 약 70센트)를 꼬박꼬박 내고 있었다. 모래주머니를 쌓고,

풀을 심는 등 여러 방면으로 노력했지만 바다는 멈추지 않고 이 작은 땅 조각을 야금야금 집어삼켰다. 그래서 지금 남은 땅은 내 기억 속 장소와는 너무나 다르다.

그때 난 막 열세 살이 되었고 수영하고 일광욕하면서 책 읽기를 즐기는 엄마와 언니, 그리고 종일 낚시를 하거나 낚시 준비를 하는 아버지에게 처음으로 내 시간을 공평하게 나눠 쓰고 있었다. 그해 여름 그 집에는 친구들과 친척들이 몰려들어 사람이 그득했다. 거의 만날 일이 없는 십 대 사촌들까지 모여들었다. 우리는 카드 게임을 하면서 많은 시간을 보냈다. 사촌 연합은 우리가 "스페이드 에이스!"라고 말하게 하는 것을 목표로 삼았다. 우리가 그렇게 말하면 사촌들은 자동적으로 웃음을 터뜨렸다. TV 시트콤 〈앤디 그리피스 쇼The Andy Griffith Show〉*에 나오는 사람들처럼 말한다는 것이었다. 어차피 사촌들은 메릴랜드주 사람들이었으니까. 우리 기준으로는 그 정도면 북부 사람이나 마찬가지였다.

그런 식으로 시간을 보내던 어느 날 오후 비키니 상의에 짧은 반바지를 입은 여자 두 명이 방충망 밖에 불쑥 등장했다. 소녀 같

•

* 1960년대에 방영한 미국의 코미디 프로그램. 노스캐롤라이나주의 마을을 배경으로 보안관 앤디 테일러와 이웃들의 이야기를 그렸다. 사촌 버질이 스페이드 에이스만으로 구성된 카드 세트를 가지고 앤디를 놀리는 에피소드가 있다.

이 높고 앙칼진 목소리로 아버지 이름을 불렀다. "조니! 오, 조니!"

우리는 모두 그 자리에서 얼어붙었다. 그날의 만남은 기껏해야 몇 분에 그쳤지만 그 주의 주목할 만한 사건이 되었고 그 후로도 몇 해 동안 자주 언급되었다. 우리는 그 여자들을 해변 산책자들, 일광욕 미인들, 숭어 아가씨들이라고 불렀다.

다른 해였다면 답하러 나간 건 내가 아니었을 것이다. 아버지와 낚시하러 나가고 없었을 테니까. 나는 아버지의 낚시 친구이자 후계자였다. (적어도 아버지는 내가 그렇게 생각하도록 내버려두었다.) 미끌거리고 냄새나는 것들을 움찔거리지 않고도 만질 수 있는 딸이었다. 나는 혼자서 부드러운 흙에 손을 넣어 플라스틱 통에 담긴, 통통하고 꿈틀거리는 지렁이를 꺼냈다. 지렁이를 자르고 비틀고 낚싯바늘에 걸었다. 손에 묻은 피와 점액은 수영복을 입은 엉덩이에 닦았다. 몇 시간이고 낚싯바늘 던지는 법을 배웠다. 제 위치를 잡은 내 엄지손가락은 부드럽고 천천히 움직일 준비가 되어 있었다. 갑자기 큰 동작으로 홱 당겨서 아버지가 자리에 앉아 매듭을 풀고 또 풀어야 하는 일이 없도록 말이다. 물론 아버지는 이미 아주, 아주 여러 번 그런 일을 반복해야 했다.

한번은 뾰족뾰족한 이빨이 나 있는 물고기를 잡았다. 버둥거리는 물고기의 입이 마치 톱날이 달린 가위 같았다. 뿔이 나 있고 위험해 보이는 것이 선사 시대에나 어울릴 법한 물고기였다. 지금까지도 나는 그게 어떤 종의 물고기인지 모르겠다. 아버지는 단단히 박힌 피투성이 바늘을 빼는 걸 포기하고 그냥 낚싯줄이 최대한 짧게 남도록 자른 다음 그 생물을 파도 속으로 던졌다. "불쌍한 녀석 같으니. 녀석의 부인이 녀석의 꼴을 보면 얼마나 실망할까." 아버지가 말했다. 아빠가 진심으로 동정하며 진지하게 말했기 때문에 나는 그 뒤로도 며칠 동안 그 은색 몸통이 조류를 거슬러 올라가는 장면을 떠올리면서 슬퍼했다. 부인을 찾아 차갑고 깊은 물속을 헤매는 녀석의 모습이 종일 눈앞에 아른거렸다.

우리가 여자들을 보고 놀란 만큼이나 문밖에 서 있는 여자들도 우리를 보고 놀란 것처럼 보였다. 나는 문가에 서서 어두운 방충망 사이로 멍하니 내다봤다. 그날 오전 포치에서 흔들의자에 앉아 수평선 너머 어김없이 나타나는 돌고래와 새우잡이 배를 쌍안경으로 관찰할 때 그 여자들도 봤다. 해변을 오가면서 짧은 반바지가 더 짧아지는 자세로 조개껍데기를 줍고 있었다. 우리가 아버지의 날에 아버지에게 선물한, 해변 의자 옆에 놓인 노란 양동이를 몇 번이나 들여다보기도 했다. 아버지가 뭘 잡았는지 궁금해하는 것 같았다. 아마도 양동이는 비어 있었을 것이다. 나는 아버지가 바다를 바라보면서 멍하니 앉아 있으려고 미끼를 끼우지 않은 낚싯줄을 던지기도 한다는 걸 알고 있었다.

해변을 오가는 숭어 아가씨들을 멀리서 봤을 때는 비키니를 입은 구릿빛 여자들로만 보였다. 가까이에서 보니 내가 생각했던 것과는 완전히 다른 모습이었다.

"조니 있니?" 물어보는 여자의 스카프 아래로 롤러로 만 머리가 살짝 보였다. 나는 그 여자의 입에서 나오는 아버지의 이름이 마음에 들지 않았다. 화가 치밀었다. 여섯 살 때 그랬던 것처럼. 그 당시에 영화 〈사운드 오브 뮤직〉을 본 아버지가 줄리 앤드루스가 정말 예쁘다는 말을 했다. 나는 그 뒤로 두 달 동안 부모님이 각각 크리스토퍼 플러머와 줄리 앤드루스가 좋다며 헤어질까 봐 전전긍긍했다. 생각해보라. 하나 있는 언니도 버거운데 형제자매가 여덟 명으로 늘어난다. 언니는 잘 적응할 것이다. 노래를 잘 부르니까. 하지만 내가 끼어들 자리가 과연 있을까?

"혹시 아직도 밖에서 낚시를 하고 있니?" 이번에는 키가 작은 쪽이 물었다. 탈색을 한 머리는 달걀 노른자에나 어울릴 법한 그런 노란색이었다. 그녀는 입에 문 담배에서 흘러나오는 연기를 막아내려고 한쪽 눈을 감고 있었다. 손에 커다란 천 가방이 들려 있는 게 눈에 띄었다.

"집에 안 계세요." 나는 사촌들이 내 발음을 듣고 있기를 바랐다. 내 귀에조차 아주 느리고 높낮이가 없었기 때문이다. 그에 비하면 메이베리호를 타고 온 선조들의 발음조차 영국 왕족의 발음처럼 들렸으리라. "그리고 어디에 계신지도 몰라요."

키가 작은 여자가 말했다. "그렇구나. 우리가 들렀다고 말해주렴. 무슨 말인지 알 거야. 우리가 운이 좋으면 숭어를 조금 나눠주겠다고 했거든. 그리고, 세상에나, 진짜 운이 좋았지 뭐니."

"해가 지면 다시 올게." 키가 큰 쪽이 말했다. 나는 그 자리에 서서 두 사람이 길을 따라 낡은 파란색 쉐보레 자동차 쪽으로 걸어가는 걸 지켜봤다.

나는 아버지가 어디 있는지 아주 잘 알고 있었다. 매일 늦은 오후 무렵 썰물 때가 되면 아버지는 바다와 내륙 하천이 만나는 해변으로 내려갔다. 썰물 때에는 살아 있는 불가사리와 성게와 소라고둥을 드러낸 해협을 건너갈 수 있었다. 아버지는 그곳에 몇 시간이고 앉아서 바다를 하염없이 바라봤다. 낚싯대를 고정해놓고 파이프 담배를 피우고 맥주를 마시면서. 아버지는 언젠가 큰 건을 하나 터뜨리면 뭘 할지 생각하기를 좋아했다. 목록은 아주, 아주 길었다. 그러다 결국에는 다시 현실로 돌아와 지금 이대로도 나쁘지 않고, 굳이 바꾸고 싶은 게 없다고 말하곤 했다. 아마 당시 일하던 우체국에 휴가를 일주일이 아닌 2주일 달라고 할 수는 있었겠지만.

아버지는 사람들이 아무렇지 않게 우울증에 대해 이야기하게 되기 훨씬 전부터 우울증에 대해 이야기했다. 링컨과 처칠이 우울증 환자 동지라는 사실을 큰 위안으로 삼았다. 또한 우울증의 한 가지 긍정적인 측면도 발견했다. 아버지는 자신이 아는 한 사람에 대해 "이 남자는 우울증에 걸릴 정도로 똑똑하지 않은 것 같다."라고 설명했다. 아버지는 어머니와 결혼하기 훨씬 전에 장인과 낚시를 하던 때가 자기 인생에서 최고의 순간이었다고 내게 말했다. 외할아버지가 벨트에 밧줄을 묶고 그 끝에 맥주 주머니를 달았다는 이야기도 해줬다. 맥주 주머니에 든 맥주는 파도 위를 둥둥 떠다니고 구르면서 시원해졌다고.

몇 년간 아버지는 내게 특별 임무를 맡겼다. 아버지는 낚시터로 나가면서 내게 자명종을 쥐여주고는 아주 엄격하게 지시했다. 자명종이 울리면 냉장고로 달려가서 갈색 봉투를 꺼낸 다음 아버지의 특별한 낚시터로 최대한 빨리 달려오라는 거였다. 꽤 오랫동안 나는 내가 미끼를 들고 간다고 생각했다. 막 놓친 커다란 물고기를 비로소 낚아챌 그런 미끼 말이다. 알고 보니 보냉 상자가 발명되기 전이어서 내게 맥주 심부름을 시킨 것이었다. 봉투 안에는 얼음처럼 차갑게 식혀서 알루미늄 포일과 키친타올로 감싸놓은 팔스타프 맥주 두 캔이 들어 있었다. 나는 다리가 둘인 배달견인 셈이었다. 외할아버지가 시작한 전통을 살짝 변형했다고 보면 된다. 아버지는 우리 개 스모키의 목에 맥주통을 매다는 꿈을 꿨다. 스모키는 검은색 셰퍼드 믹스견으로 우리 가족이 아닌 사람은 전부 미워했다. 그런데 그 즈음 보냉 상자가 생겼다. 그리고 나도 있었고.

"누구였어? 그렇게 딱 달라붙는 옷은 처음 보지 않니?" 어머니가 물었다. 어머니 뺨이 상기되어 있었다 하더라도 늘 그렇듯이 구 릿빛으로 탄 피부에 감쪽같이 묻혔을 것이다. 피부가 하얗고 주근 깨가 많은 어머니는 번거롭게도 선탠로션을 듬뿍 발라야 했고 가 끔 화상까지 입었지만 어떻게든 피부를 태우려고 애썼다. "조니는 왜 찾았다니?"

나는 어머니에게 그 여자들이 멀리서 보던 거랑은 완전히 딴판 이었다고 말했다. 이상해 보였다고. 거칠어 보였다고. 주름지고 닳 아 보였다고. 오래된 자두처럼 쭈글쭈글하고 냄새가 났다고.

"그래, 뭔가 냄새가 나긴 나는구나." 어머니가 말했다. 농담을 한다는 건 알았지만 웃을 수가 없었다. 어머니의 말투가 머릿속을 떠나지 않았다. "조니는 왜 찾았다니?" 네 아버지가 아니라 조니라 고 불렀다. 내가 태어나기 전 사진을 들여다볼 때처럼 소외된 느낌 이 들었다. 세 명으로 구성된 가족, 언니가 태어나기 전의 두 사람, 막 결혼한 신혼부부 사진을 들여다볼 때처럼. 아버지와 어머니는 거의 평생을 알고 지낸 사이이고, 열여섯 살 때부터 사귀었다. 20 년을 부부로 지냈고 지금은 40대 초반이었다. 〈사운드 오브 뮤직〉 이후 처음으로 어머니나 아버지가 다른 이성에게 매력적으로 보 일 수도 있다는 데 생각이 미쳤다. 더 나아가 다른 이성에게 매혹 될 수도 있을 거라는 생각이 들었다. 그것도 줄리 앤드루스와는 조 금도 닮지 않은 사람에게.

"한 명은 롤을 말고 있었어요. 딱히 갈 만한 데도 없는데 말이에요. 기껏해야 서프사이드나 반 웨리스에나 갈 텐데." 내가 말했다. 반 웨리스는 도개교 근처에 있는 이 마을의 유일한 슈퍼마켓이었다. 다른 사람들은 모두 가볍게 웃고는 다시 카드 게임을 했다. 그 근처에서 갈 데라고는 서프사이드 파빌리온밖에 없었다. 나지막한 분홍색 시멘트 건물에 당구대 두 개와 핀볼 게임기 몇 대, 소금기를 잔뜩 머금은 공기와 비에 수년간 노출되어서 언제나 축축하고 비뚤빼뚤한 미니 골프장이 전부였다.

나는 그 여자들이 차창 밖으로 몸을 내밀고서, 파빌리온 밖에서 담배를 피거나 서핑보드에 왁스를 칠하는 남자들에게 환호성을 보내고 유혹하는 모습을 본 적이 있다. 어머니는 담배를 피우고 가슴이 튀어나올 정도로 꼭 끼는 수영복을 입고 차창 밖으로 몸을 내미는 요란한 여자들을 가리키면서 우리 자매가 절대 되어서는 안 되는 어른의 예로 삼았다.

"너희가 저러고 다니다가 내 눈에 띄면 가만두지 않을 거야." 어머니가 말했다.

"그러니 눈에 띄지 않게 잘 숨으라는 건가요?" 언니가 웃음기 없는 얼굴로 받아졌다. 언니는 열여섯 살이었고 나보다는 훨씬 더 부모님의 인정을 받고 있었다.

우리는 어떤 여자가 되어서는 안 되는지에 관한 이야기를 귀가 따갑도록 들었다. 오션 드라이브와 머틀 비치에 가지 않게 된 이유이기도 하다. 그곳은 더 탐스The Tams와 드리프터스Drifters와 모리스 윌리엄스 앤드 더 조디악스Maurice Williams&The Zodiacs의 음악이 밤새 시끄럽게 울려퍼지는 더 패드와 스페니시 발리온 같은 곳에 가서, 섹스 대회에 참가하고, 미친 듯이 놀고, 섹스를 하고, 술주정뱅이들이 골목에서 벌이는 주먹다짐에 끼어들고 싶어 안달이 난 청소년과 대학생들의 천국이었다. 사람들은 사우스캐롤라이나주에 가면 결혼하고, 술독에 빠지고, 불꽃놀이를 하고, 이혼을 하고도 바로 그날 집에 돌아와 밤 11시 뉴스를 볼 수 있다고들 말했다.

서프사이드 파빌리온은 그런 곳들에 비하면 소박했는데 우리는 그런 곳에 익숙해졌다. 조용한 것에. 우리 어머니 같은 여자들이 있는 곳에. 혹시 수영복을 입는다 해도 허벅지 쪽이 거의 파이지 않았거나 스커트가 달린 원피스 수영복, 그 안에 들어 있는 몸에서 아이가 나왔다는 모든 증거를 감춰버리는 그런 수영복을 입는 여자들이 있는 곳에.

그해 여름 나는 비키니를 입었고 낚시를 즐기기보다는 피부를 태우고 《글래머Glamour》 잡지에서 제안한 대로 머리에 레몬 주스를 뿌리는 데 더 열을 올렸다. 긴 머리를 양갈래로 땋고 구슬을 꿰어 만든 머리띠를 썼다. 생가죽 줄에 평화를 상징하는 커다란 은색

기호 모양의 액세서리를 달고 다녔다. (둘 다 부둣가에서 구매했다. 회전 진열대에 보란 듯이 진열된 야한 엽서를 하나도 빠짐없이 살펴보고 나서.) 언니는 늦은 오후를 대부분 기타 줄을 튕기고 존 바에즈Joan Baez와 밥 딜런의 노래를 부르면서 보냈다. 언니는 기타가 소금기에 상하지 않도록 담요에 잘 싸서 내가 쓰는 이층 침대의 비어 있는 아래칸에 보관했다. 언니의 남자친구가 언니를 보러 며칠 전 차를 몰고 왔다. 그리고 친구 두세 명이 또 다른 친구 두세 명을 데리고 왔고, 그렇게 계속 친구들이 찾아왔다. 어머니는 그 남자애들이 나를 쳐다보는 눈빛이 마음에 들지 않는다고 말했다. 아직 열세 살밖에 되지 않은 여자애에게 보낼 눈빛은 아니었다고. 그러니 혹여나 내가 그 무리에 끼어서 해변에 가고 싶다고 말했어도 함께 보내지 않았을 거라고.

"누군가 나를 그런 눈빛으로 봤다고요?" 내가 확인했다. 어쨌거나 나는 집으로 돌아가면 그런 구슬 머리띠를 다시는 하지 않을 거고, 소방차 색 매니큐어도 지울 생각이었으니까. 누군가 나를 그런 눈빛으로 봤다는 게 결코 싫지만은 않았다. 다만 그 사실을 어머니에게서 전해 듣고 싶지는 않았다. 그리고 왜 누군가가 그런 눈빛으로 나를 봤는지 궁금했다. 내가 무슨 말을 했길래 그의 관심을 끈 걸까? 내가 캣 스티븐스Cat Stevens의 〈와일드 월드Wild World〉를 정말 좋아한다고 해서일까, 아니면 스테픈울프Steppenwolf 콘서트에

가 봤다고 해서일까? 그것도 아니면 여전히 무더운 늦은 오후에 엎드린 자세로 기어 내려가 비린내가 진동하는 반쯤 썩은 물고기 머리를 아무렇지도 않게 끌고 올라와서일까?

그런데 이제 여기 숭어 아가씨들이 등장했다. 형형색색으로 치장한 살아 있는 아가씨들이. 다만 그 두 사람은 혈기왕성한 해변의 처녀들과는 거리가 멀었다. 우리 앞에 등장한 것은 그 후의 이야기였다. 그 혈기왕성한 처녀들이 스릴 넘치는 거친 삶을 살다가 급격히 늙어버린 모습이었다. 나쁜 남자와 나쁜 결혼 생활. 초점 잃은 지친 눈동자. 싸구려 립스틱 자국. 무릎까지 오는 반바지를 입고 머리카락을 매끈하고 깨끗한 얼굴 뒤로 넘긴 우리 어머니가 앉아 있는 오두막 안쪽을 목을 쭉 빼고 들여다보는 두 여자. 숭어 아가씨들 때문에 나는 잠시 멈춰서 어머니를 완전히 새로운 눈으로 보게 되었다.

그 여자들은 약속대로 그날 밤늦게 다시 들렀다. 아버지가 빈 양동이를 들고 집으로 돌아온 지 한참 지난 뒤였고, 삶은 새우를 마지막 한 마리까지 몽땅 먹어치우고 모두 포치에 모여 앉은 지도 한참 지난 뒤였다. 불을 전혀 켜지 않았기 때문에 별빛과 포트 캐스웰 등대의 불빛을 볼 수 있었다. 밀물 때는 파도가 집이 있는 지면에서 찰랑거렸다. 앞으로 20년에 걸쳐 이 모든 일이 일어난 해변 전체를 집어삼킬 과정의 시작이었다. 나만의 사춘기 아틀란티스의 시작.

숭어 아가씨들은 밑단이 젖지 않도록 접어 올린 세련된 흰색 바지를 입고 있었다. 손가락에는 굽이 날렵한 하이힐 샌들이 대롱대롱 매달려 있었다. 금발이 주머니를 들고 있었다. 이번에는 깊게 파인 매끄러운 블라우스에서 멀찍이 떨어뜨려 놓고 있었다. 두 사람은 확실히 파티를 즐길 준비가 된 차림이었다. 어둠 속에 가족 전부가 포치에 나와 있는 걸 보지 않았다면 숭어를 선물로 들고 온 그들이 또 어떤 선물을 준비했을지 알 수 없었다.

아버지는 점잖게 문을 열고 두 사람을 집안으로 초대했다. 나는 스모키의 목줄을 꼭 붙잡고 있었다. 금발이 맨발을 앞으로 내딛다가 우리가 전부 거기에 있는 걸 보고는 멈칫했다.

"어머나, 세상에." 금발은 신경질적으로 웃는 친구의 반응을 살폈다. "당신들 거기 있으니까 올빼미 가족 같네요." 두 사람은 아버지를 바라봤다. 아버지는 문 옆 노란 전구를 켰다. 금발은 아버지에게 숭어 봉지를 넘겼고 아버지는 감사하다고 말하면서 받았다. 나는 아버지가 그 봉지를 지하실 냉동고에 그대로 집어넣을 거라는 걸 알고 있었다. 아마도 다음에 이 집을 방문하는 사람이 먹게 되겠지. 아버지는 그 물고기를 손질할 생각이 없었고, 어머니도 그럴 생각이 없다는 걸 알고 있었다. 아버지는 돌아보면서 우리를 하나하나 소개했다. 자신의 아내, 아이들, 그리고 개까지. 그 무렵

두 여자들은 다시 말문이 트였고, 우리에게 건넨 목례는 어딘지 모르게 뻣뻣하고 서두르는 구석이 있었다. 그렇게 그들은 떠났다. 라이츠빌비치에 있는 블록케이드 러너로 간다고 했다. 코미디 쇼가 예정되어 있다고, 입장권을 사면 두 잔을 공짜로 마실 수 있다고 덧붙였다. 그들은 향수 구름과 위스키에 취한 목소리 속으로 슬그머니 사라졌고 다시는 나타나지 않았다.

숭어 아가씨들. 유혹의 손길이 우리 집 문을 두드렸고, 남부 사람 특유의 부드러움과 친절함으로 아버지는 궁극적으로는 이렇게 답했다. 고맙지만, 정말 고맙지만 사양하겠습니다. 나는 그들이 다른 시나리오를 기대했다는 걸 안다. 그들이 휴가가 끝난 뒤 집으로, 어둡고 차가운 곳으로 돌아가는 모습을 종종 상상했다. 그들이 우리 아버지 같은 사람을 만났더라면 그들의 삶이 얼마나 달라졌을지도. 그 해변이 서서히 바다 밑으로 가라앉지 않았더라면. 부모님이 늙지도, 병들지도, 죽지도 않았더라면. 자명종 소리가 들릴 때가 있다. 나는 미처 몸을 일으키기도 전에 시간을 거슬러 올라가 스스로에게 말한다. "봉투를 가져와, 봉투를 가져와." 그리고 낚시터로 달려간다. 발밑에서 곱고 하얀 모래가 움직인다. 나는 고작 열세 살이다. 아버지는 마흔두 살이다.

# 낚시를 하는 이유

에릭 스토리

　　내륙에서 자라면, 특히나 서부의 건조하고 황량한 사막 고지대에서 자라면, 우연히 만나는 그 어떤 물에나 쉽게 끌린다. 그러다 물가에서 시간을 좀 보내다 보면 결국 그런 끌림이 물불 가리지 않는 열애로 발전한다. 나는 어린 나이에 그런 경험을 했다. 네 살에 화이트강White River 근처로 이사를 가자마자 그 강과 사랑에 빠졌다. 거의 언제나 탁한 갈색을 띤 화이트강의 물살 속에서 수영하는 법을 배웠다. 더 커서는 그린강Green River을 따라 320킬로미터를 래프팅 하는 동안 그 넓고 검은 물에 마음을 홀딱 빼앗겼다. 그리고 콜로라도주 이름의 유래가 되는 거대한 콜로라도

강 바로 옆에 있는 그랜드정크션Grand Junction에 사는 지금은 연인에게 느끼는 것 같은 뜨거운 갈망을 발산하면서 그 강을 따라 걷고 그 강을 들여다보면서 하루를 보낸다.

이게 낚시와 무슨 상관이냐고 물을 수도 있겠다. 답은 간단하다. 내가 물 위에서, 물속에서, 물 옆에서 수천 시간을 보내는 데도 어른이 된 뒤 물에 인조 미끼나 생물 미끼를 단 낚싯줄을 던진 일은 두 손과 두 발로 꼽을 수 있을 정도로 적다. 그 이유는? 낚시를 좋아하지 않아서가 아니다. 전혀 그렇지 않다. 낚싯줄을 던지는 행위는 아마 지금껏 경험해본 활동 중에서 가장 마음이 평안해지는 명상에 가까운 활동일지도 모른다. 그런데도 낚시를 거의 하지 않는 이유는 내가 형편없는 낚시꾼이기 때문이다. 도저히 눈 뜨고 못 봐줄 정도로 형편없다. 나는 가만히 서서 낚싯줄을 바라볼 인내심을 갖추지 못한 사람이다. 내가 사랑하는 물가에 서 있다 보면 얼마 지나지 않아 수영을 하거나 강변을 따라 산책을 하거나 그곳에 사는 새나 특이한 곤충들을 찾아 나서게 된다.

이런 인내심 부족이 내가 실제로 미끼를 달고 낚싯줄을 던지고 릴을 감고 물고기를 낚는 일을 완수하지 못하는 이유이다. 전적으로 시간을 들여서 꼼꼼히 배우지 않은 내 잘못이다. 아버지가 나를 아 , 아주 자주 낚시하는 데 데리고 갔다. 그리고 거의 매번 나는 짜증을 내고 투덜대면서 낚싯대를 버려두고는 씩씩거리며 더 스릴 넘치는 무언가를 찾아 물 뒤쪽 숲으로 성큼성큼 들어가 버렸다.

지금도 나는 그런 사람이다. 현대 낚시는 지구상에서 가장 복잡하고 난해한 아웃도어 스포츠다. 수백 종의 물고기를 위한 수백만 개의 인조 미끼와 생물 미끼가 존재한다. 낚싯대와 릴로 넘어가면 선택지는 더 많아진다. 낚시 기술은 더 말해 무엇하랴. 40년 동안 매일 낚시를 한 낚시꾼조차 자신이 언젠가는 어엿한 장인으로 인정받는 날을 손꼽아 기다리는 수습 인턴에 불과하다고 느낀다. 겉에서 보기에는 아주 단순해 보이지만 나 같은 사람에게는 한없이 복잡하다.

그러나 또 다른 이유도 있다. 유년 시절 낚시 여행에 따라간 적이 있다. 아주 기념비적인 여행이었는데, 그 여행 덕분에 인간이 어쩌다 퇴보했는지를, 낚시가 꼭 그렇게 복잡해야 하는 것은 아니라는 사실을 깨달았다. 낚시가 그저 물과 물고기와 사람을 연결하는 연결고리가 될 수 있다는 사실을 깨달았다. 지금까지도 그 낚시 여행이 내게는 최고의 낚시 경험으로 남아 있다.

아마 열 살 정도 되었을 때였던 것 같다. 그해 초여름 아버지가 친구들과 플랫톱스 자연보호 구역Flattops Wilderness으로 낚시 캠핑 여행을 가기로 했는데 거기에 초대되는 영광을 얻었다. 나는 그 여행을 어른 남자들에게 인정받을 절호의 기회로 여겼다. 너무나 흥분한 나머지 여행 전 일주일 내내 잠을 설쳤다. 제대로 먹지도 못했다. 두 시간 동안 보행로 시작점을 찾아 이리저리 아슬아슬한 길을 올라가는 차에서는 행복과 흥분에 겨워 뒷좌석에서 들썩거렸다.

야영지에 도착한 나는 여전히 흥분 상태였고, 결국 짐 나르는 말을 놀라게 하는 바람에 어른들에게 혼이 났다. 나중에 알게 된 사실이지만 그중 한 마리는 오로지 술과 칵테일 재료를 산중으로, 더 정확히 말하면 마빈 호수Marvine Lakes 쪽으로 옮기기 위한 말이었다. 마빈 호수는 이 자연보호 구역 안 깊숙이 자리 잡은 가장 큰 자연호 두 개를 묶어서 가리키는 지명이었다.

다음 날 아침 우리는 진지하게 낚시를 시작했다. 해가 동쪽 메사*를 둘러싼 절벽 너머로 고개를 내밀자, 어른들은 가장 큰 호수에서 인조 미끼를 던져 넣으면서 자신의 운을 시험했다. 나는 다른 계획이 있었다. 열 살밖에 되지 않았지만 나는 혼자 숲을 돌아다니는 데 아주 익숙했고 아버지도 그러라고 부추겼으므로 나는 자그마한 보이스카우트 배낭을 챙겨서 다른 사람들이 있는 호수에서 멀리 떨어진 다른 호수로 향했다.

---

* 꼭대기는 평평하고 등성이는 벼랑으로 된 언덕 지형. 미국 남서부 지역에서 흔히 볼 수 있다.

맑은 물 가장자리에 도달해서야 나는 낚싯대를 두고 왔다는 게 생각났다. 미끼도. 낚시 도구 상자도. "내가 보이스카우트라서 다행이야." 나는 생각했다. 배낭 가장 안쪽에 소형 생존 키트가 들어 있는 게 기억났기 때문이다. 그 키트를 물가로 가지고 간 나는 조심스럽게 낚싯줄을 풀고 작은 낚싯바늘 하나를 그 끝에 매달았다. 다른 쪽은 내가 찾을 수 있는 가장 곧게 뻗은 긴 막대기에 묶었다. 달랑 하나 있는 수중찌를 낚싯바늘에서 15센티미터 떨어진 곳에 달았다. 미끼가 없는 게 아쉬웠다.

삽도 없어서 작은 막대기로 부드러운 검은 흙을 몇 분 동안 파냈지만 결국 지렁이 찾는 걸 포기했다. 어떻게든 낚시를 하겠다는 결심이 흔들리는 순간 지난 몇 년간 마르고 닳도록 보고 또 본 생존 지침서에서 읽은 내용이 기억났다.

썩은 나무둥치를 다섯 개 남짓은 뒤지고 나서야 마침내 필요한 걸 찾았다. 통통하고 꿈틀거리는 작은 유충이었다. 그리고 또다시 30분 동안 낚싯바늘을 그 작은 녀석의 몸뚱어리에 찔러 넣느라 끙끙거렸다. 미끼를 바늘에 끼우고 물가로 다가갔다. 유리처럼 투명하고 차가운 물속에서 휙 달아나는 숭어가 보였다. 나는 즉석 낚싯대를 한번 휘둘러 보았다.

결과는 끔찍한 실패였다. 축 늘어진 낚싯줄이 힘없이 팔랑 날아올랐다가 물속에 채 닿기도 전에 내가 미처 보지 못한 나지막한 나뭇가지에 휙 감겼다. 그때 포기하고 다시 야영지로 돌아갈 수도 있었다. 하지만 한 마리도 낚지 못하고 빈손으로 야영지로 돌아가면 소년의 자존심에 너무 큰 생채기가 날 것 같았다. 그래서 나는 그 뒤로 한 시간 동안 엉켜버린 내 '생존' 줄을 풀었다. 그러기 위해서는 나무에 기어올라야 했고, 손바닥이 찢어졌고, 상당한 양의 솔잎이 떨어져 내 셔츠 깃 속으로 들어갔다.

그러나 나는 어쨌거나 낚싯줄을 풀었고 두 번째 시도의 준비를 마쳤다. 나는 생각했다. 이번에는 더 잘될 거야. 나는 나무와 가지들을 슥 둘러봤다. 두 번째 시도를 그 무엇도 방해하지 못하도록 단단히 확인했다. 낚싯바늘을 살펴보니 그 소동으로 유충이 떨어져 나갔다. 그래서 또 30분이 지났다. 계속 찾고 또 찾았지만 더는 발견할 수가 없었다. 나는 다시 나무를 뒤지기 시작했고 그로부터 20분 뒤에 마침내 작은 지렁이를 구했다.

이제 나는 완벽한 시도를 할 준비를 완벽하게 마쳤다. 그즈음 나는 꽤 자신이 붙었으므로 벌써부터 민물송어나 클라크송어를 잡을 수 있겠다고 생각하면서 그걸 들고 야영지로 돌아가면 아버지와 아버지 친구들이 얼마나 기뻐할지 상상했다. 커다란 점들이 찍힌 물고기가 완벽하게 투명한 물속으로 쓰러진 나무 주위를 헤엄치는 걸 보면서 정말 쉽게 낚을 수 있을 거라고 믿었다. 거의 탁한 물에서만 낚시를 해봐서 늘 찌가 움직이기만을 기다려야 했던 나는 이 물에서는 물고기가 미끼를 무는 게 똑똑히 보이니까 낚시가 아주 수월할 거라고 추론한 것이다.

그런데 정말 그런지 확인할 기회조차 없었다. 아버지가 자랑스러워할 만한 완벽한 모습으로 낚싯바늘을 던지는 중에 막대기가 손에서 미끄러졌고 즉석 낚시 장비 전체가 공중으로 붕 떠올랐다가 툭 떨어졌다. 호수 속으로. 내가 눈독 들이고 있던 물고기는 각자의 은신처로 숨어 들어갔다. 나는 1, 2분간 물만 멍하니 바라봤다. 그리고 물에 뜬 내 낚싯대 주위로 사향쥐가 유유히 헤엄치다가 그 옆을 지나 반대쪽 물가에 젖은 몸을 끌고 올라가 단단한 땅에 발을 디딘 뒤 사라지는 모습을 바라봤다. 그 자리에 주저앉아 완벽한 실패 앞에 눈물을 한 방울 또는 두 방울 정도 떨군 것도 같다. 아니었을 수도 있다. 이때가 내가 마침내 포기하고 숲속 탐험에 나섰어야 할 시점이었다.

그러나 나는 차마 그럴 수가 없었다. 빈손으로 돌아간다는 게 상상이 되지 않았다. 다른 남자들은 모두 맛 좋은 송어를 가득 매달고 당당하게 돌아올 텐데. 그들은 나를 그저 어린 꼬마로만 볼 것이고 그건 도저히 참을 수 없었다. 남은 선택지는 하나뿐이었다. 나는 내 믿음직한 벅 주머니칼을 꺼냈다. 주변에서 가장 긴 나뭇가지를 찾았다. 다람쥐들이 높은 나무에서 술래잡기하는 걸 보면서 그 끝을 날카롭게 깎았다. 그 자리에 앉아서 왕잠자리와 실잠자리가 맑은 물 위를 미끄러지는 걸 감탄하며 지켜봤다. 호수 건너편 멀리에 버려진 비버 집을 멍하니 바라보면서 그 안은 어떻게 생겼는지 궁금해하는 동안 즉석 창을 완성했다.

창으로 물고기를 잡아보기도 전에 허기에 무릎을 꿇었다. 배낭을 뒤져 초콜릿 바 몇 개를 꺼내 먹으면서 송어가 먹이를 찾아 다시 나오기만을 기다렸다. 송어들이 다시 나타났을 때 나는 오직 신만이 아는 시간 동안 앉아서 지켜봤다. 아이들이 콜 오브 듀티 같은 비디오 게임에 한창 몰두하고 있을 때나 나오는 그런 엄청난 집중력을 발휘했다. 물고기가 움직이는 패턴을 연구했다. 무얼 먹는지도 관찰했다. 등지느러미가 연못의 매끄러운 수면을 가를 때 물결이 어떻게 퍼지는지를 살펴봤다. 열 살짜리 뇌는 왜 똑같은 작은 물결인데 어떤 것은 서로 교차하면 사라지는지, 어떤 것은 방향을 바꾸거나 크기가 커지는지를 고민하다가 과부하가 걸렸다.

나는 지끈지끈한 머리를 흔들면서 일어나서 야영지로 재입장할 수 있는 허가증에 창을 꽂을 준비를 했다. 가장 큰 물고기가 여유롭게 돌아다니는 깊은 웅덩이 쪽으로 가서 꼼짝 않고 서 있었다. 내가 다가가자 물속 보행자들이 재빨리 달아나는 게 보였다. 긴 창을 들어 가장 큰 민물송어를 향해 던졌다.

물론 놓쳤다. 스카우트 활동을 하고, 책을 읽고, 학교를 다녔지만 나는 아직 굴절에 대해 알지 못했다. 물고기는 흩어졌고 나는 송어에게 창을 던질 또 다른 기회를 찾아 호수 주위를 돌아다니며 기다렸다. 기다리는 동안 나는 나도 모르는 새 짙어진 그늘과 그림자 속에서 몸을 떨었다. 맑은 물이 파랗게 변하고, 다시 짙은 에메랄드빛으로 변하는 것을 보면서 나는 내가 빈손으로 돌아가리라는 것을 알았다. 물고기는 여전히 그 자리에 있을지 몰라도 빛의 변화로 더는 물고기가 보이지 않았고 내 심장도 지는 해만큼이나 깊이 가라앉았다.

나는 내 낚싯대를 앗아간 바로 그 호수에 창을 던져버렸다. 물에서 건져낸 것보다 빼앗긴 것이 더 많다는 사실을 깨달았다. 실패자가 된 기분이었다. 뺨에 어린 눈물을 닦아내면서 야영지로 돌아갔다. 어른들에게 조롱과 비아냥을 들을 거라고 생각했다. 하지만 그런 일은 일어나지 않았다. 남자들은 그날 자신들이 포획한 전리품을 손질하느라 바빴고 자신들의 성공 일화를 엮어내고 있었다. 그때 화덕에 둘러앉아서 훌륭한 양식을 먹고 큰 소리로 웃으며 앉아 있는 동안 나는 모닥불 대화 중에 물고기를 중심으로 흘러가는 이야기는 없다는 걸 깨달았다. 남자들은 전쟁 이야기를 했다. 과거의 모험담을 나누었다. 나는 우리가 집에 들고 갈 물리적인 트로피 (이를테면 물고기 같은 것 말이다)가 있건 없건 상관없다는 걸 알았다. 진짜로 중요한 것은 그날의 기억이었다.

이제 드물게 낚싯대를 드리울 기회를 얻을 때면, 그리고 누군가가 내 스피닝 릴*과 반짇고리만 한 도구 상자를 보고 비웃을 때면 나는 웃을 수 있다. 왜냐하면 나는 어린 나이에 이미 모든 훌륭한 낚시꾼이 마음속 깊이 새기는 진리를 배웠기 때문이다. 사람들이 낚시에 중독되는 이유는 물고기 때문도 아니고, 장비 때문도 아니라는 것을. 평화롭고 멋진 환경에 흠뻑 빠지는 경험 때문이라는 것을. 그리고 그런 경험 때문에 우리가 어둠 속에 있을 때 일어나 물로 향한다는 것을.

•
* 사용 방법이 간단하고 낚싯줄이 잘 헝클어지지 않아 초심자들이 선호하는 릴.

# 꿈 같은 낚시

J. 드루 랜햄

사우스캐롤라이나주 에지필드Edgefield에 있는 우리 집에서 작은 낚시터인 치버스크리크Cheves Creek 개울까지는 차를 타고 가면 금방이었다. 아마도 서쪽으로 난 흙길을 400미터 정도, 그런 다음 아스팔트 길을 약 2~3킬로미터, 그리고 자갈길인 산림 시설 도로를 800미터 정도 내려가면 나왔다. 치버스크리크를 우리는 늘 '셰이버스 크리크Shaver's Creek'라고 불렀는데, 이 개울은 스티븐스크리크Steven's Creek의 수원이 되는 지류 중 하나였고, 이 물은 다시 새버너강Savannah River으로 흘러들어갔다. 남동쪽으로 약 200킬로미터를 내려가 담수와 해수가 섞이는 타이비로

즈만Tybee Roads estuary과 만난 뒤 대서양 속으로 쏟아져 들어간다. 좀 나이가 들어 이사를 하고 나서야 그 고향 집 근처 개울의 이름이 1800년대에 해방된 흑인의 이름을 따서 붙인 거라는 이야기를 듣게 되었다. 진위 여부를 확인할 길은 없었지만 그 이야기를 들은 뒤부터 나는 그 개울에 더 특별한 유대감을 느낀다. 우리 가족이 흑인 자작농이었기 때문이다. 에지필드에서 검은색은 선호되는 피부색이 아니었다. 스트롬 서몬드와 '쇠스랑' 벤 틸먼 등 인종차별주의자 자치장을 여럿 배출한 곳이기도 했다.

1970년대에 자란 나는 좋은 역사건 나쁜 역사건 그런 역사를 모른 채 자랐다. 그 시절 내게 중요했던 사실은 그 개울이 내가 낚시 놀이를 하던 빗물 웅덩이를 제외하면 상상의 나래를 펼칠 수 있을 만큼 큰 유일한 개울이었다는 것이다. 열 살인 내게 그 개울이 치버스크리크의 수원이라거나 그 개울이 어디로 흘러간다거나 하는 것들은 관심의 대상이 아니었다. 다만 지렁이 미끼도 없고, 부러진 나뭇가지에 바늘도 없이 줄만 달랑 매달아 놓아도 기적처럼 덥석 물어줄 배스가 있다고 상상해야 하는 임시 낚시터와는 달리 치버스크리크에는 물고기가 실제로 산다는 것은 알고 있었다. 치버스크리크의 짧은 구간이 우리 땅 아래쪽 경계를 스쳐 지나가기는 했지만 최상의 낚시, 진짜 낚시를 하려면 몇 킬로미터 떨어진 '정부' 땅으로 몰래 들어가야 했다.

여름 오후가 되면 끝없는 집안일과 농장일보다 바늘을 물에 넣는 일이 더 중요해졌다는 징표들을 포착할 수 있었다. 여치가 저녁 근무를 시작하고 젖소가 초원에서 풀을 뜯는 동안 집안일이나 농장일이 아닌 다른 일들이 우선순위를 차지하곤 했다. 할 일은 나중으로 미뤄졌다. 어느새 가장 중요한 당면 과제는 낚시터로 향하는 것이 되어 있었다. 대개는 그런 오후가 될 거라는 단서들을 미리 발견할 수 있었다. 소똥으로 가득한 외양간에서 빈 식용유 깡통에 꿈틀거리는 빨간 지렁이를 가득 채우는 아빠의 모습처럼 누구나 알아볼 수 있는 단서도 있었다. 때로는 녹슨 장비에 기름칠을 하거나 잡초로 뒤덮이고 흙먼지가 날리는 땅을 갈아엎는다든지 하는, 그날 예정되었던 아주 중요한 작업의 진도가 좀처럼 안 나가는 것처럼 보이는 날도 있었다. 아빠가 이리저리 뒤섞여 무지개색 덩어리가 된 물렁물렁한 플라스틱 지렁이를 분류하고 바늘이 삐죽삐죽 튀어나온 화려한 색의 미끼 뭉치를 손보며 낚시 도구 상자를 정리하는 모습은 거의 언제나 가장 확실한 징표였다. 아빠가 낚싯대를 트럭에 기대놓고 우리에게 타라고 부르면 그날의 운명은 확정된 것이었다. 모든 가족이 모기가 근처에 오기도 전에 질식사할 만큼 곤충 퇴치제를 흠뻑 뿌리고 나면 곧장 출발했다. 엄마는 포드 트럭의 조수석에 타고 우리 아이들은 짐칸에 올라탔다. 낡은 트럭이 흙길에서 속도를 내면 그날 해야 하는 일 따위는 흙먼지 속으로 사라졌고 우리는 짐칸 끄트머리에 앉아 다리를 아래로 늘어뜨리고 흔들었다.

개울로 가는 길을 따라 들어간 숲은 울창하고, 어둡고, 깊었다. 산등성이에서 아래로 향한 진창길이 길쭉한 백합나무와 거대한 미국단풍나무가 하늘이 겨우 보일 정도로 빽빽이 들어찬 평지로 이어졌다. 개울은 나무에 가려 보이지 않았지만 가까이에 있는 건 확실했다. 담수와 물고기가 한데 엉킨 비릿한 냄새가 7월의 끈적끈적한 초록빛 습기에 스며들어 있었다. 그 냄새는 아주 진했고 좋았다. 전날이나 전전날 비가 내렸다면 물이 좁은 물길을 따라 세차게 흐르는 소리가 몸집을 키우고 싶어 안달이 난 듯이 요란하게 울려 퍼졌다. 그렇게 우리는 그곳에 도착했다. 도로가 숲에 낸 구멍 바로 앞에 치버스크리크가 나타났다. 가까이 갈수록 물살이 내는 소리도 더 커졌다. 따뜻한 당밀 같은 물이 흐르고 있었고, 그 물은 시멘트 다리 위로 60센티미터 정도까지 차오를 때도 있었다. 아빠가 개울 앞에 트럭을 세웠고 우리는 짐칸에서 내렸다. 어두운 물살 아래 무엇이 있을까 기대하면서 이리저리 엉킨 낚싯대와 낚싯줄을 풀었다. 그러나 그전에 먼저 해치워야 하는 일이 있었다. 모든 물고기가 잡히려고 대기 중인 폭포 아래의 검은 구멍은 물에 잠긴 다리 건너편에 있었다. 어린 우리에게는 그 개울이 홍해나 마찬가지였지만 길을 내줄 마법의 지팡이를 든 모세가 없었다. 아빠가 있을 뿐이었다.

다리는 물 위에 있을 때보다는 물 아래 잠겨 있을 때가 더 많았다. 치버스크리크의 상류는 폭이 넓고 수면이 평평했다. 콘크리트 덩어리 위로 흐르는 물은 얼핏 보면 평화로웠다. 그러나 아빠는 거기 속지 않았기에 그 위로 차를 몰고 가는 일은 거의 없었다. 강력한 물살에 트럭이 휩쓸려 갈 것을 우려했기 때문이다. 발밑 상황은 아무리 좋게 말해도 아슬아슬했다. 초록빛 이끼로 바닥이 콧물처럼 미끈거렸다. 아빠는 우리가 혼자 건너가도록 허락하지 않았다. 우리가 물살에 넘어질 거라고 생각했기 때문이다. 상류 쪽에 있는 배수관 때문에 생기는 소용돌이는 더 두려워했다. 낙엽, 막대기 등 모든 것이 깊이를 알 수 없는 관 속으로 빨려 들어갔다. 모두가 겁을 냈지만 오빠만은 달랐다. 오빠는 물살을 빨아들이며 끔찍한 소리를 내는 죽음의 우물에 위험할 정도로 가까이 다가가곤 했다. 떡 벌어진 구멍에 이것저것 던져 넣고는 수압의 위력에 감탄했다. 오빠는 늘 그런 식이었다. 늘 뭘 더 건질 수 있을까 궁리하면서 인생에 도전장을 내밀었다.

아빠는 오빠와는 달리 운명을 시험하지 않았다. 아빠는 운명의 멱살을 잡아 넘어뜨리고는 자신이 원하는 대로 할 때까지 목을 비틀었다. 내 눈에는 때때로 아빠가 인간보다는 신에 가까워 보였다. 아빠는 먼저 혼자서 낚싯대와 미끼와 도구 상자를 들고 건넜다. 그런 다음 커다랗고 어깨가 넓은 갈색 여객선처럼 우리를 한 명씩 데리고 건넜다. 미끄러운 콘크리트 바닥 위를 건너는 위태로운 여정에서 우리 손을 잡고 넘어지지 않게 이끌어줬다. 낚시하러 갔을 때 유일하게 아빠 손을 잡아보았던 걸로 기억한다. 아빠 손에 내 손이 파묻혔다. 장작을 패고, 못을 박고, 트랙터 운전대를 잡느라 생긴 굳은살들이 죔쇠처럼 내 손바닥을 꽉 물었다. 아빠의 손가락이 쇠줄처럼 내 손가락을 꼭 감았다. 나는 아빠의 손을 전적으로 믿었다. 우리 가족은 신체 접촉을 하는 일이 드물었다. 아무도 "사랑해"라고 말하지 않았다. 그 친밀한 접촉의 순간에는 그런 마음이 암묵적으로, 행동으로 표현되었다. 내 내면 깊숙한 곳에서는 그것이 다른 무엇보다 더 소중했다.

일단 무사히 건너고 난 뒤에도 경고는 계속 날아왔다. 그 시간은 엄마 아빠에게 낚시터를 어슬렁거리는 늪살모사에 관한 주의 사항을 듣는 시간이었다. 물론 우리가 벌이는 소동에 놀라 나무등치를 타고 기어가는 뱀이 가끔 보였다. 드물게는 용감한 물뱀이 꿰미에서 물고기를 훔쳐 가려고 다가오기도 했다. 그런데 다들 늪살모사가 있다고 말하는 그곳에서 그렇게 많은 시간을 보냈지만 단 한 번도, 단 한 마리도 보지 못했다. 시골 사람들은 뱀에 관해 온갖 이야기, 이를테면 채찍뱀이 자기 꼬리를 물고서 바퀴처럼 굴러가 재수 없이 걸린 사람을 꼬리로 때렸다거나, 악령이 깃든 방울뱀이 머리가 잘리고, 심지어 확실하게 죽이려고 몸통을 잘랐는데도 잘린 부분들이 다시 붙으면서 되살아났다든가, 검은 채찍뱀이 그냥 재미로 사람들을 쫓아다닌다든가 하는 식의 이야기를 주고받는다. 늪살모사는 뱀에 관한 설화에서도 특별한 존재다. 못된 성질머리를 타고난 늪살모사는 조심성 없는 침입자를 물기 전에 대표적인 특징인 하얀 입을 잔뜩 벌린다. 이빨의 독이 워낙 치명적이어서 한 번 물리면 아주 운이 좋지 않은 이상 살아남지 못한다. 한 번도 맞닥뜨리지 못한 늪살모사는 우리에게 마치 아프리카에 산다는 독사인 블랙맘바 같은 무시무시한 존재로 여겨졌다. 어른 남자의 허벅지만큼 굵은 늪살모사 이야기도 들려왔다. 늪살모사는 물러서는 법이 없을 뿐 아니라 도발하지 않아도 공격한다는 건 웬만한 사람은 다 아는 사실로 여겨졌다. 마마사 할머니에 따르면 뱀을 만났을 때 도망치는 최선의 방법은 지그재그로 달리면서 뱀과의 거리를 가능한 한 빨리 벌리는 것이었다. 나는 그런 경고와 조언을 진지하게 받아들였다. 텔레비전에서 본 것처럼 뱀에게 물려 상처를 열어 독을 빼는 고통스러운 일은 피하고 싶었다. 나무를 타고 물수제비를 뜨면서도 이따금 그 도주법을 연습해서 언젠가 닥칠 뱀과의 대면에서 무사히 살아남을 준비를 했다. 그곳에서만큼은 내가 혼자 돌아다니는 그 어떤 장소에서보다도 더 신경을 곤두세웠다. 그러나 곧 낚시를 할 걸 생각하면 그런 걱정을 하는 것도 싫지 않았다.

마침내 도착했다! 우리는 낚싯대에서 낚싯줄을 풀고 코르크 막대로 만든 낚시찌를 달고, 제물로 쓸 꿈틀거리는 지렁이를 바늘에 걸고 한두 번 낚싯대를 흔든 다음, 개울 위로 쓰러져 개울 전체를 가로지르는 커다란 나무 바로 아래에서 소용돌이치는 거품 속에 낚싯줄을 늘어뜨렸다. 아빠는 낚시의 대가였다. 낚싯대도 썼지만 그냥 낚싯줄도 여러 개 물에 담가두었다. 정말 열심일 때는 살아 있는 송사리를 매달거나 인조 미끼를 쓰기도 했다. 개울 반대편이나 쓰러진 나무 밑으로, 심지어 초보 낚시꾼은 건드릴 수 없는 지점에도 바늘을 던져 넣기도 했다. 곤충 퇴치제에 달아나기는커녕 끌리는지 커다란 등에가 나를 물어댔지만, 그리고 가끔 구부러진 막대기가 늪살모사처럼 보이기도 했지만, 나는 차분함을 넘어선 평화로움에 젖어 들었다. 그 개울가에 영원히 머무르고 싶었다.

낚시는 아빠에게 도피처이자 유희였다. 때로는 우리는 집에 두고 아빠만 더 큰 하천인 클라크스힐Clarks Hill로 장기 낚시 여행을 떠나기도 했다. 클라크스힐은 하류의 주민들에게 더 싼 전기를 공급하기 위해 엄청난 개울물과 강물을 가둔 수력발전소를 세우면서 호수가 되었다. 그 호수의 이름은 서몬드Thurmond로 바뀌었는데, 나는 아무리 에지필드의 자치장을 지낸 사람이라 해도 구시대적인 인종차별주의자의 명예를 그런 식으로 높여주는 데 반대한다. 아주 좋은 기억이 더럽혀지는 게 싫으니까. 클라크스힐로 낚시 여행을 떠나기 위해 아빠는 적어도 반나절 동안 선외 모터를 손보고 알루미늄 재질의 선체에 구멍이나 틈이 없는지 확인해야 했다. 아빠 혼자 가기도 했지만 사촌 먼로나 조 프랭크 같은 친한 친구와 함께 가기도 했다. 돌아올 때는 거의 빈손일 때가 많았다. 애초에 물고기를 잡는 게 목적이었는지도 확실하지 않다. 아주 드물게는 아빠가 나와 단 둘이서 우리 집에서 서쪽이 아닌 동쪽으로 몇 미터 안 떨어진 작은 호수 리크포크Lick Fork에 낚시를 하러 가기도 했다. 나는 그곳에서 탁한 물속을 돌아다니는 메기, 블루길, 배스와 수영하는 법을 배웠다. 이런 식으로 단 둘이서만 낚시를 할 때는 결코 많은 말이 오가지 않았다. 그럴 필요가 없었다. 조용한 명상의 시간이었다. 나는 아빠의 궤적에 머무르는 것만으로도 자격을 인정받은 것처럼 느꼈다. 입질이 오는지 안 오는지는 중요하지 않았다. 가끔 지렁이를 공 모양으로 뭉쳐 진흙탕에 띄운 미끼를 메기가 덥썩 물기도 했다. 저쪽 낚싯줄 끝자락을 물고 당기고 있는 것이 고래일 거라고 상상했지만 결국 수면 위로 고개를 내미는 것은 요리하면 예쁜 황금색으로 변하는, 수염 달린 못생긴 물고기였다. "먹기에 딱 좋아." 아빠는 그렇게 말했던 것 같다.

치버스크리크의 낚시터에서 운이 좋은 날에는 찌가 수면에 닿은 지 몇 분도 안 되어서 입질이 왔고, 또 입질이 왔다. 만약 물속에 있는 것이 옥수숫가루를 묻혀 뜨거운 기름에 넣어도 될 정도의 크기라면 팽팽해진 낚싯줄 수십 센티미터를 잡아끌면서 마치 어뢰처럼 찌가 심연으로 쫓아 들어갔다. 반대편 끝자락에서 운 나쁜 지렁이를 집어삼킨 게 무엇이든 그것의 힘을 느낄 수 있었다.

잡아당기되 지나치게 세게 당기지 않으면 낚싯대가 물고기를 따라 구부러지면서 낚싯줄이 몇 초 동안 물속에서 빙빙 돌며 춤을 췄다. 물속에서 버티느라 고군분투하는 근육 덩어리가 수은처럼 빛나면서 펄떡거렸다. 한두 번 더 당기면, 그보다 더 많은 함성과 비명이 더해지면 손바닥만 한 블루길이 낚싯줄 끝에 매달려서 꿈틀거리는 것을 볼 수 있었다.

아빠는 작은 물고기로는 만족하지 못하는 때가 많아서 더 큰 물고기가 숨어 있는 아래쪽 개울로 내려가곤 했다. 운이 좋으면 지렁이에 굶주린 전쟁입우럭이 강둑 아래 더 깊숙한 구멍에서 나와 한 입 물어봐야겠다는 유혹에 넘어갈지도 모르니까. 내가 태어나서 처음 본 강꼬치고기는 길이가 거의 30센티미터에 달했고 이빨이 달려 있었다. 마치 모나리자 같은 미소를 띠고 있어서 창꼬치의 축소형처럼 보이기도 했다. 아빠는 강꼬치고기를 트로피처럼 들어 올렸고 우리는 아빠의 낚싯바늘로만 몰리는 듯한 기이한 물고기에 감탄했다.

꿰미가 묵직해지고 곤충 퇴치제가 거의 날아가면 저녁 시간을 밤 근무조에게 넘길 시간이었다. 곧 명금의 노랫소리 대신 박쥐의 날갯짓과 두꺼비와 쪽독새의 울음소리가 울려 퍼졌다. 어른들은 곧 늪살모사가 나타날 거라고 말했다. 그러니 집에 갈 시간이라고. 손질해야 할 블루길이 쌓여 있었다. 할 일 미루기의 끝이 다가오고 있었고, 젖소에게 먹이를 주는 일을 비롯한 온갖 농장일이 기다리고 있었다. 갓 잡아서 튀긴 생선과 이파리 채소와 신선한 크림에 끓인 옥수수죽은 집으로 돌아가 우리를 기다리고 있는 작업을 끝낼 충분한 이유가 되었다. 하루가 저물어 가는 낚시터는 다시 개구리의 차지가 되었을 것이다.

# 1980년 파두카

J. 토드 스콧

나는 스물아홉 살이다. 몇 시간째 로스앤젤레스의 어느 낡은 아파트의 현관문만 뚫어져라 쳐다보고 있다. 차 안에서는 토미네 햄버거 냄새와 파트너의 카멜 담배 냄새가 진동한다. 몬트레이파크Monterey Park의 고참 형사인 내 파트너는 차창을 완전히 내렸다. 한참 후배인 내가 현관문을 지켜보고 있었으므로 파트너는 아무것도 안 하고 늦은 오후 햇살 속으로 퍼져나가는 담배 연기만 바라보고 있다. 주황색과 빨간색으로 물든 하늘에는 공항 위로 이어진 비행운이 띠처럼 그어져 있다.

그는 이미 백 번도 더 읽은 신문을 뒤적거린다.

우리는, 헤어스타일이 엉망이고 피부는 그보다 더 엉망인 콜롬비아 마약상이 코카인 2킬로그램을 들고서 저 현관문을 열고 나오기만을 기다리고 있다. 그가 코카인을 인디오나 라스베이거스나 피닉스로 운반할 거라는 정보를 입수했기 때문이다.

내 파트너는 담뱃재를 털고 금테 돋보기안경 너머로 나를 물끄러미 쳐다본다. "낚시하는 거랑 똑같지, 안 그래?"

"뭐가 낚시랑 똑같다는 거죠?"

내 파트너는 이야기꾼이다. 성매매단속반과 강력반에서 일하던 시절 이야기를 끊임없이 들려준다. 그가 들려주는 이야기는 우울하고 웃기고 더럽다. 그 이야기 중에 부모님이나 아내에게 해줄 수 있는 건 없다고 해도 무방하다. 모든 이야기를 적어도 세 번 이상은 들었을 텐데도 들을 때마다 웃음보가 터진다. 그런데 그는 지난 한 시간 동안, 혹은 그보다 더 오랫동안 한마디도 하지 않았다. 그러니 전혀 뜻밖의 방향에서 치고 들어오는 그의 질문에 당황할 수밖에.

"이거 말이야." 그는 우리가 살다시피 하고 있는 올즈모빌 승용차 전체를, 창밖으로 보이는 도시 전체를 손짓하며 말한다. 내가 지켜보고 있는 저 빌어먹을 현관문도. "이 친구야, 인내심이 핵심이잖아. 의지를 시험하는 거지."

"그렇군요." 내가 말한다. 땀 한줄기가 눈가를 타고 흐른다. 나는 담배를 피우지 않지만 이 차에 앉아 있는 것만으로 족히 두 갑은 피웠을 것이다.

"그래, 내 짐작이 맞았어. 자네는 앨라배마주 출신이지?" 그가 말한다.

내가 말한다. "켄터키주에서 왔어요. 하지만 그 정도면 비슷하게 맞췄네요." 진심이었다. 그는 캘리포니아주의 리버사이드 동쪽 밖으로는 나가본 적 없는 사람이니까. "선배는요? 낚시 좋아해요?"

바보 같은 질문이 아니다. 여기는 바다에서 15킬로미터 정도밖에 떨어지지 않은 곳이니까. 나는 플라야델레이Playa Del Rey의 모래사장에 세워진 집을 빌려서 살고 있다. 우리가 탄 올즈모빌보다 더 크지도 않고, 더 쾌적하지도 않지만 바다와 아주 가까워서 산타카탈리나섬Santa Catalina Island으로 나가는 고기잡이배의 수를 셀수 있을 정도다.

아침에는 무중 호각 소리에 눈을 뜬다. 모든 것에 소금과 모래의 거친 알갱이가 내려앉는다.

그러나 그는 웃음을 터뜨리면서 신문을 펼친다. 이것이 네 번째, 다섯 번째, 아니 사실은 수천 번째다. 또 다른 이야기를 듣게 될 모양이다.

늘 또 다른 이야기가 차례를 기다리고 있다.

그는 돋보기안경과 무릎 사이에 끼워둔 빛바랜 38구경 권총을 손으로 만지작거렸다.

*"나 말이야? 아니, 그런 시골뜨기나 하는 것들에 대해서는 아는
게 전혀 없어. 전혀 없다고, 친구. 나는 엘몬티 출신이잖아, ….."*


한 장의 사진이 있다―.

내가 아홉 살에 켄터키주 파두카Paducha에서 낚싯줄에 매달린
묵직한 메기를 들고 찍은 사진이다. 가지가 길쭉길쭉하게 뻗은 대
왕참나무 그늘 아래라서 얼룩덜룩한 줄무늬가 생겼다. 수은처럼
반짝거리는 물고기는 사진이 담은 가장 큰 피사체다.

사진에 갇혀서 옴짝달싹 못하고 있다. 자유로워지려고 영원히
발버둥치고 있다.

내 안에 깊숙이 박힌 그 이미지는 훗날 소설에 써먹었고, 변형
해서 또 쓰고 또 썼다. 왜 그 이미지가 그토록 나를 사로잡았는지
모르겠다. 비록 작가들 중에 순순히 인정하는 이는 없어도 우리는
흔히 그런 식으로 글을 쓴다. 우리는 자신의 책과 글에 자신이 찍
힌 오래된 사진들을 끼워 넣는다.

나는 파두카에서 태어났지만 자란 곳은 루이빌Louisville이다. 시
골 마을에서 생겨난 씨앗이 도시에서 큰 셈이다. 아직 젊은 부부였
던 부모님은 할아버지의 집과 헛간 사이에 세워둔 이동식 단층 주
택을 벗어나 잘 가꾼 잔디밭과 회전 살수기가 딸린 2층 벽돌집으

로 이사했다.

내 시골 뿌리는 가늘고, 푸석푸석한 토양에 박혀 있다. 파두카를 떠날 때의 나는 살짝 사투리를 썼고, 시골 정서를 조금 기억했지만, 시골 사람들의 기술은 하나도 전수받지 못했다.

할아버지 무릎에 앉아서 사냥감을 쫓고 잡는다거나 가죽과 비늘을 벗기는 법을 배운 적이 없다. 물론 그런 내용을 다룬 책은 충분히 읽었다. 나는 어린 시절 내내 '집 안에만 틀어박힌 아이'였다. 용과 지하 감옥을 좋아했고 총잡이와 도망자와 머나먼 곳에 대한 책에 빠져 있었다. 모험과 괴물에.

혼자 머릿속으로 환상적인 이야기들을 지어냈다.

내 기억으로는 아주 어렸을 때부터 명절이 되면 부모님과 함께 파두카로 돌아갔다. 길어야 사나흘 머무르는 짧은 일정이었다. 그런데 내가 열두 살 때 부모님은 나만 버스에 태워서 '농장으로 보내는' 계획을 짰다. 설레면서도 덜컥 겁이 나는 여름방학 여행이었다. 할아버지의 이름은 모리스였는데, 아주 오랫동안 집배원으로 일했고, 그래서 스스로를 신사 농부라고 여겼다. 할아버지는 매크래컨카운티McCracken County에 땅을 1~2만 제곱미터 정도 소유하고 있었고, 진짜로 빨간색으로 칠한 헛간과 말 한 마리와 복숭아 과수원과 사과 과수원과 포도 과수원과 흙탕물로 채워진 갈색 연못 세 개의 주인이었다. 이 모든 것의 한가운데에 다 쓰러져가는 오두막집이 서 있었다. '신사'가 붙는 이유는 할아버지가 헛간 옆에 (당시로서는, 그리고 그 근방에서는 보기 드물게) 테니스장을 만들었기 때문이다. 테니스장의 한쪽 끝은 헛간의 서쪽 벽에 닿아 있었다. 아버지는 테니스를 꽤 잘 쳤고, 형광 연둣빛 공이 낡은 나무판에서 튕겨 나오면서 내는 소리는 심장박동 소리만큼이나 묵직했다.

솔직히 말하자면 나는 그 농장이, 그 집이 늘 어딘지 모르게 불안했다. 이상한 각도로 기울어져 있었고 제대로 맞물려 있는 것이 없었다. 집 외벽을 따라 잡초가 무성하게 자라고 있었다. 널빤지는 뒤틀렸고 창문은 흐릿했다. 괴물 같은 나무들의 그늘에 파묻혔다. 그다지 큰 집도 아닌데 안으로 들어가면 밖에서 보는 것보다 크게 느껴졌다. 생쥐인지, 큰 쥐인지, 박쥐인지가 내는 소리를 목소리 삼아 속삭였다. 그 집은 베이컨과 커피와 할머니표 메밀 팬케이크 냄새가 집안을 가득 채우는 아침에 가장 좋았다. 밤에는 끔찍했다. 마루가 삐걱거리면서 신음했고, 시골이라 사방의 어둠이 주먹을 쥐듯 그 집을 꽁꽁 감쌌다.

시골의 어둠은 차원이 다르다. 집들이 서로 멀찍이 떨어져 있어서 창문으로 새어 나오는 따뜻한 불빛이 별로 없고, 그마저도 드문드문 있었다. 별빛은 밝고 또렷했지만 밤하늘을 밝히기에는 부족했다. 빈 공간이 너무 많아서 오히려 숨이 막혔다.

그 당시에도 나는 상상력이 엄청났다.

그런데 그 낡은 집에도 내가 아주 좋아하는 방이 있었다. 지붕이 한쪽은 아주 높고 다른 한쪽은 아주 낮아서 말도 안 될 정도로 가파르게 기울어 있었고, 늘 너무 덥거나 너무 추웠다. 장작 난로가 있었지만 아무 소용이 없었다. 난로에서 나오는 불빛도 방을 전혀 밝히지 못했다. 어두컴컴한 구석에서 거미가 거미집을 짓고 있을 거라는 생각에 겁이 났고, 남부 연합군 유령의 서늘한 손길을 느끼게 될까 봐 두려웠다. 그러나 그 방의 한쪽 벽은 책으로 가득 채워져 있었다. 장르와 시대도 다양했다. 타임라이프 출판사에서 발간하는 『서부 시대The Old West』*와 『미지의 수수께끼Mysteries of the Unknown』**부터 『허레이쇼 혼블로어Horatio Hornblower』***와 『톰 스위프트Tom Swift』****와 『용감한 형제The Hardy Boys』*****도 있었다. 그곳에서 소설가 로버트 E. 하워드와 에드거 라이스 버로스를 알게 되었고, 루이 러무어Louis L'Amour와 제인 그레이의 소설을 처음 접했으며, 심지어 H. A. 드로소H. A. DeRosso의 싸구려 서부 모험담도 읽었다. 애거사 크리스티, 렌 데이튼Len Deighton, 알리스테어 매클린, 에드 맥베인도 만났다. 우리 가족은 모두 책을 좋아했고 나는 나이에 비해 여러 장르의 책을 폭넓게 읽었다. 그전까지는 그 농장에 갈 때마다 책을 한아름 안고서 어딘가로 숨는 것이 내가 가장 좋아하는 활동이었다.

그해 여름, 부모님도 없고, 또래도 없고, 친구라고는 그 책들밖에 없을 거라서 자주 숨을 생각이었다. 집안으로, 머릿속 깊숙한 곳으로.

할아버지는 오래된 갈색 포드 트럭을 몰고 버스 정류장으로 나왔다. 할아버지의 트럭은 1년 내내 햇살과 뜨거운 플라스틱과 말갈기 냄새가 났다. 우리는 차창을 내린 채 농장으로 향했다. 늦은 오후 햇살이 차 앞유리를 금빛으로 물들였다. 건초와 풀잎이 바람을 타고 내 얼굴로 날아들었다.

8월의 파두카에는 그 나름의 아름다움이 있었다. 덥고 습하고 녹음이 짙고 모기와 각다귀가 극성이었다. 교차로에 위치한 농장은 초지와 과수원과 여기저기 흩어진 흑벚나무와 물푸레나무와

•

* 1973년부터 1980년까지 발간된 단행본 시리즈. 27권이 발행되었고, 각 권이 카우보이, 아메리카 원주민, 강도와 개척자 등의 주제를 다룬다.
** 1987년붙터 1991년까지 발간된 단행본 시리즈. 33권이 발행되었고, 각 권이 유령, UFO, 꿈 등의 주제를 다룬다.
*** 1937년부터 1948년까지 출간된 세실 스콧 포레스터의 해양 소설 시리즈. 나폴레옹 전쟁 시대의 해군 장교 허레이쇼 혼블로어를 주인공으로 내세웠다.
**** 1910년대부터 발간된 과학 소설 시리즈. 에드워드 스트레이트마이어가 주인공인 톰 스위프트 주니어 캐릭터를 만들었으며, 수많은 유령 작가들이 집필에 참여했다. 100권이 넘는 책이 나왔다.
***** 1920년대부터 발간된 아동 문학 시리즈. 에드워드 스트레이트마이어가 주인공인 프랭크 하디와 조 하디 캐릭터를 만들었으며, 수많은 유령 작가들이 집필에 참여했다.

사워우드와 팽나무와 자작나무로 둘러싸여 있었다.

온 세상이 햇빛과 그림자로 이루어져 있었다.

그러나 집에서 책을 잔뜩 가져온 나는 그 모든 것들을 못 본 척 했다. 늘 읽는 『반지의 제왕』과 『워터십 다운』, 처음 읽을 『데드 존 The Dead Zone』과 『로드마크스Roadmarks』가 날 기다리고 있었다. 여기로 오는 버스에서 읽은 낡은 만화 책자《늪지의 괴물Swamp Thing》이 여전히 내 손에 들려 있었다.

할아버지와 트럭을 타고 농장으로 가는 동안 그 책을 서너 번 훑어봤다.

"그래, 넌 그런 우스꽝스러운 책들이 좋은가 보지?" 마침내 할 아버지가 주름진 손을 비비다가 내 만화책과 무거운 배낭을 가리 키면서 물었다. 물론 할아버지는 그 질문에 대한 답을 이미 알고 있었다. 『미지의 수수께끼』 전권을 우편으로 주문한 사람은 내 독 서 취향을 비판할 자격이 없었다. 할아버지가 내 만화책을 향해 손 짓을 하는 동안 나는 얼마나 많은 편지가 핏줄이 도드라진 저 손을 스쳐 지나갔을지, 그 안에는 얼마나 많은 비밀과 고백과 수수께끼 가 담겨 있었을지 상상했다.

"괴물이랑 그런 것들이?" 할아버지가 짤막한 웃음을 내뱉으며 다시 물었다. 할아버지는 웃는 일이 거의 없었다. "그런데 말이다. 바로 여기 있는 그건 전혀 우스꽝스럽지 않단다."

늪지 괴물이나 나즈굴까지는 아니어도 그와 비슷했다.

할아버지는 그걸 왐퍼스라고 불렀다. 예전부터 농장 뒤에 있는 작은 연못을 휘젓고 다닌 거대한 북미갈색동자개(흙탕물메기라고도 한다)를 그렇게 불렀다. 할아버지 말을 곧이 곧대로 믿지는 않지만 왐퍼스는 수십 살을 먹었다. 할아버지는 그 메기가 테니스공의 맛을 알게 되어서 자기 무게의 두 배는 되는 공을 삼켰을 거라고 했다. 많은 이들이 왐퍼스를 잡겠다고 나섰다. 모두 실패했다.

나는 그 연못에서 낚시를 해봤다. 꽤 많은 블루길과 크래피를 잡았다. 날렵하고 반짝거리는 물고기들은 대개 손가락을 활짝 펴면 손안에 들어오는 정도의 크기였다. 내 사진 속 메기도 바로 그 흙탕물에서 잡았다. 그것도 꽤 큰 물고기였지만 거대하다고는 할 수 없었다. 전설의 왐퍼스는 아니었다. *괴물이 아니었다.* 실은 이전에는 그 괴물에 대해 들어본 적도 없었다. 햇볕에 타 들어가는 그 트럭에서 처음 들었다.

나는 어리고 순진하고 공상하기를 좋아했지만, 그렇다고 바보는 아니었다. 어른에게 다른 꿍꿍이가 있다는 걸 눈치채는 아이만의 감이 있었다. 할아버지의 낚시 이야기에는 '수업'이라는 달갑지 않은 꼬리가 붙어 있었다. 학교는 이미 방학에 들어간 지 한참 되었는데 말이다. 그러나 호기심이 발동한 나는 가운데땅과 괴물을 기꺼이 믿을 준비가 되어 있었다. 게다가 앞으로 길고도 쓸쓸한 몇 주가 기다리고 있었다.

그래서 우리는 협상을 했다. 할아버지는 과수원에 복숭아 수확 체험을 하러 오는 노인들을 보조하면 왐퍼스를 사냥할 시간과 도구를 주겠다고 했다. 까짓것, 일당으로 1달러도 주겠다고 했다. '우스꽝스러운 책들'이든 뭐든 내가 원하는 걸 사는 데 보태라면서.

그 당시 나는 무엇에 합의하는지도 모르면서 파우스트의 계약을 했다.

그러나 다음 날 동틀 무렵 날카로운 자명종 소리에 정신이 번쩍 들었다.


한여름 따가운 햇볕이 쏟아져 내리는 복숭아 과수원은 거친 곳이었다. 시골판 강제 노동 수용소였다.

코난 엑자일 비디오 게임에 나오는 고통의 수레바퀴였다.

과장한다고 생각하는가? 그럴지도. 그러나 열두 살의 내게는 결코 과장이 아니었다. 나는 딱 적당히 익은 복숭아를 찾으려고 사다리 위에서 억겁의 세월을 보냈다. 복숭아 털이 손과 얼굴에 달라붙었고 마치 살아 있는 생물처럼 셔츠 안으로 들어갔다. 열기로 팔과 다리가 벌게졌고, 첫 주에는 마치 볼록 렌즈 아래에서 일하는 것 같았다. 햇빛이 증폭되어 무자비한 하얀 빛이 되었다. 사우론의 부릅뜬 눈이 되었다. 땀과 복숭아즙이 뒤섞였고 파리가 꼬였다. 나는 붉은 행성 바숨에 유배된 존 카터였다.

벌겋게 익고 갈색으로 구워지는 대가로 할아버지에게 1달러를 받았다.

그러나 하루가 끝나면서 고맙게도 해가 서서히 저물면, 왐퍼스의 서식지, 농장 뒤 가장 큰 연못으로 탐사 여정을 떠날 짬이 났다.

처음 꾸린 사냥 장비는 단순했다. 젭코 브랜드 낚싯대와 릴, 그리고 지렁이와 거저리가 다였다. 메기를 잡는 건 어렵지 않다. 메기는 늘 배고프고 딱히 영리하지도 않으니까. 큰 메기가 작은 메기를 먹고, 작은 메기는 아무거나 먹었다. 근육덩어리에 늘 화가 나 있는 흙탕물메기는 비늘이 없고 그냥 끈적끈적하고 미끄덩한 껍질뿐이었다. 지느러미에 달린 침에는 독이 있었다. 걸리면 낚싯바늘에서 벗어나려고 엄청난 사투를 벌였다. 메기를 잡는 가장 좋은 방법에 관한 옛 설화는 무궁무진했다. 판타지 소설의 대서사만큼이나 복잡하고 모순투성이였다. 나는 곧 왐퍼스가 유일무이한 사냥감이자 내 맞수라는 사실을 깨달았다. 코빼기도 보이지 않았다. 단계를 밟아가며 지렁이와 피라미와 닭의 간과 온갖 징그러운 미끼를 쓰다가 결국은 아주 기상천외한 것들까지 동원했다. 이를테면 통조림 개 사료(알포), 빅리그 풍선껌, 비누(제스트), 스팸, 녹 제거제를 뿌린 핫도그 조각 등.

심지어 피를 잔뜩 묻힌 오래된 테니스공까지도.

초조해진 나는 다른 무기들을 잔뜩 챙겨가기 시작했다. 삽과 괭이. 기다란 자전거 체인. 개구리잡이용 작살과 본통은 오래전에 사라진 쇠로 된 쓰레기통 덮개(아마도 방패로 삼은 것이리라).

할아버지는 당신의 22구경 루거 싱글 식스를 내게 빌려주셨다. 나는 과수원의 강제 노동 프로그램에 참여하는 동안 제인 그레이의 소설 『보라색 세이지의 라이더들Riders of the Purple Sage』에 등장하는 총잡이 래시터나 루이스 라무어가 소설화한 『혼도Hondo』의 주인공 혼도가 되었다. 저격 기술을 연마하고 하늘이나 연못의 잠잠한 수면에 비친 내 모습에 대고 총을 겨눴다.

나는 끝도 없이 낚시를 했고, 왐퍼스를 찾아 연못 바닥을 쓸고 다녔다. 해질녘과 새벽에 사냥을 했다. 과수원에 나가기 전에 사냥을 하려고 일찌감치 침대에서 나왔다. 블루길과 다른 작은 흙탕물 메기는 양동이를 가득 채울 정도로 잡혔지만 다 연못에 도로 던져넣었다. 내겐 낡고 녹슨 젭코뿐이었지만 그 낚싯대와 릴이 내게 선사한 고요한 시간 덕분에 농장 자체와 초지와 들판과 내 주변의 생명이 제대로 눈에 들어오기 시작했다.

늦은 오후 햇살이 비스듬히 드는 연못 수면을 스쳐 날아가며 소용돌이를 일으키는, 붉은 날개의 개똥지빠귀를 응원했다.

잠자리가 갈대숲에서 움직이지 않고 떠 있는 장면을, 그리고 황소개구리가 풀빛 진창에서 미끄러지는 모습을 지켜봤다.

어린 사슴이 사과나무 그늘에서 날 경계하는 모습을 언뜻 봤다.

분주하고 통통한 마멋을 향해 총을 쐈다. (총알은 빗나갔지만 지금까지도 그런 행동을 한 것을 후회한다.)

여우인 것이 틀림없는, 번개같이 휙 지나간 선명한 빨간 털뭉치를 쫓아갔다.

탁한 연못에서 계속 생겨 퍼져나가는 동그라미의 수를 셌다.

그동안 실내에 틀어박혀 판타지 세계에 관한 책만 읽던 내가 종일 밖에서 시간을 보내고 있었다. 괴물 물고기의 전설뿐 아니라 창밖의 진짜 세계에도 이끌려 나간 것이다.

밤이면 지쳐버린 나는 할아버지와 함께 사워우드 나무 아래 앉아 반딧불이를 바라봤고, 할아버지에게 내가 보고 듣고 한 일들을 전부 이야기했다. 우리는 할아버지가 손수 만든 신선한 복숭아 아이스크림을 나눠 먹으면서 각자가 읽는 책에 대해 이야기했다. 그때는 밤이 무섭지 않았다. 시골의 어둠이 그렇게까지 불길하게 느껴지지 않았다. 할아버지는 길을 따라 올라가면 나오는 시온산 침례교회의 집사였고, 때때로 설교 연습을 했다. 할아버지는 꼭 맞는 표현을 고민하면서 내 의견을 물었다.

그때도 나는 어휘력이 상당히 좋았고, 또 아이스크림은 기가 막히게 맛있었던, 그야말로 완벽한 순간이었으므로 나는 지옥불과 유황이 포함된 그런 표현을 찾아 헤매는 것이 전혀 싫지 않았다.

그해 여름은 어린 시절의 다른 모든 여름이 그렇듯이 너무나 빨리, 눈 깜짝할 사이에 지나갔다. 어느덧 루이빌로 돌아가는 버스를 탈 날이, 해가 뜨기 전에 일어날 날이 하루밖에 남지 않았다.

그즈음에는 자명종도 필요가 없었다.

화장실 거울에 비친 내 얼굴은 야위고, 단단하고, 날카로웠다. 내 피부는 탁한 연못물과 같은 색이었다.

나는 루거를 허리에 차고 젭코와 삽과 체인을 찾아들고서 연못으로 향했다. 햇볕에 탄 오래된 건초가 층층이 쌓인 조용한 헛간을 통과해서 갔다. 그런 냄새는 다시는 어디서도 맡지 못했다. 흐르는 시간 같은, 지나간 여름 같은, 너무나도 빨리 지나가버린 여름 같은 냄새. 헛간에서는 할아버지의 말이 내게 콧등을 내줄 정도만 머물렀다. 하도 자주 연못을 오가다 보니 그 말과는 금세 친구가 되었다. 헛간을 나서면서 나는 새벽 하늘에 낮게 웅크리고 앉은 보라색 구름을 걱정스레 바라봤다. 비가 올 것 같았다. 그해 여름 내가 기억하는 유일한 비가 될 것이다.

안개가 무릎 높이까지 자욱하게 깔렸다. 그러나 연못은 언제나 그렇듯 그 자리에 있었고, 변한 것이 없었다.

몇 주 동안이나 나는 괴물의 영지를 빙빙 돌았다. 그 영지의 분위기와 색과 제방의 등성이에 익숙해졌다. 뱀구멍과 미끄러지기 쉬운 곳이 어디인지 파악했다. 연못의 가장자리와 그 근처의 사과

나무들과 친해졌다. 야생 블랙베리가 농장 울타리를 따라 자라고 있고, 울타리 반대편의 딸기밭이 가장 번창하고 있다는 사실을 알게 되었다. 잡초투성이와 녹투성이가 된 버려진 존 디어 농기계를 발견했다. 나무들과 키 큰 풀이 무성하게 자란, 그림자 속에 감춰진 모든 조용한 안식처들을 만났다.

그 농장을 내 가운데땅이라고 한다면, 나는 그 가운데땅을 샅샅이 탐험했다.

왐퍼스를 잡겠다는 생각은 이미 오래전에 버렸다. 그 괴물이 설사 실제로 존재한다고 하더라도 무수히 많은 신화와 전설이 그렇듯이 나를 피해 갔다. 그러나 나는 이미 이 여름의 진짜 수업이 무엇인지 깨달았다. 멀리까지 돌아다닌 그 몇 주, 복숭아 과수원에서 보낸 수많은 시간들, 연못 제방에 조용히 앉아서 하염없이 기다리고 하늘과 그림자와 물을 바라보던 날들이 모두 수업이었다.

잡지 못한 것들이 중요한 때도 있다. 그래서 빈손으로 돌아왔는데도, 어찌된 영문인지 나는 더 대단한 뭔가를 잡은 셈이 되었다.

어쨌거나 정말 끝내주는 여름이었다. 끝내주는 이야기였다. 그리고 모든 이야기에는, 물고기에 관한 이야기일지라도, 멋진 결말이 필요하다.

새벽 해가 몰려오는 구름과 씨름을 하고 있었고, 바람은 마치 숨결처럼 풀을 흔들었다. 나는 아침을 먹으러 집에 돌아갈 준비를 하고 있었다. 바로 그때 마침내 봤다.

*그놈을.*

거대한 메기였다. 어마어마하게 컸다. 수면 바로 아래에 나타난 그놈은 탁한 물속에서도 잘 보일 정도로 컸다. 선사 시대의 생물. 지하의 신. 흐릿하고 얼룩덜룩했다. 내 허리만큼이나 두꺼운 연기 덩어리가 휘휘 돌았다.

왐퍼스는 그림자 속에서 천천히 움직였다. 아무런 걱정도, 두려움도 없이. 그동안 내 모든 계획과 전략과 함정은 그놈의 등장에 와르르 무너졌다.

그놈의 널찍한 등에는 이끼가 자라 있었다. 고대의 금줄 세공장식 같았다. 한때 초록빛이었겠지만 세월이 흘러 거무튀튀해졌다.

오래된 낚싯바늘이 작살처럼 그놈의 두꺼운 껍질을 장식했다.

워낙 느릿느릿 움직여서 움직이지 않는 것 같았다. 시간조차 흐르지 않는 것 같았다. 워낙 느리게 흘러가서 내가 낚싯줄에 미끼를 걸 시간이 충분했다. 루거로 불안정하게나마 몇 발 쏴도 될 정도였다. 용기만 있었다면 물속으로 쫓아 들어가 두 손으로 놈을 잡아서 그 거대한 몸뚱아리를 연못 가장자리로 끌고 올라올 수도 있을 정도였다. 쓰레기통 덮개 방패와 삽으로 무장하고서 성게오르그와 악룡이 그랬듯 진흙탕에서 그놈과 싸워 볼 수도 있었으리라.

그러나 나는 그런 짓은 전혀 하지 않았다. 깜짝 놀란 나는 얼어붙은 채 그저 바라만 보고 있었다. 개똥지빠귀와 잠자리와 황소개구리를 바라봤던 것처럼. 하늘과 그림자와 물을. 몇 분을, 몇 시간을. 그때도 얼마나 시간이 흘렀는지 몰랐고, 지금도 여전히 모른다.

*새벽 해가 몰려오는 구름과 씨름을 하고 있었고, 바람은 마치 숨결처럼 풀을 흔들었다……*.

나는 왐퍼스가 더 깊은 물로 들어갈 때까지 바라보기만 했다. 그놈이 그림자가 되고 그림자의 흔적이 되고 수면에 동그란 물결로만 남을 때까지, 그마저도 사라질 때까지.

저 멀리서 울리는 천둥소리가 내게 얼른 들어가라고 재촉할 때까지 바라보기만 했다.

그리고 나는 내 무기와 장비를 챙긴 뒤 메밀 팬케이크를 먹으러 집으로 갔다.


비는 내리지 않았다. 그날 오후 늦게 사다리에 기대서 덜 익은 복숭아를 먹고 있을 때 그해 여름 마지막 손님으로 한 남자가 복숭아를 한 자루 따려고 다가왔다. 할아버지가 설교하는 날 시온산 교회에서 본 적이 있는 남자였다. 그의 집이 할아버지 농장에서 그다지 멀지 않다는 걸 알고 있었다. 그는 키가 크고 말랐고 희끗희끗한 머리카락을 이마가 드러나도록 아주 끈끈한 포마드로 넘겼다. 그는 사교적이었고 매크라켄의 스콧 가문 사람들을 잘 알았다.

우리는 폭염과 아침의 이상한 날씨와 복숭아와 설교에 대해 이야기했다. 그는 내게 루이빌에 있는 부모님 안부를 묻고는 어느 순간 자신이 연방 요원이라고, 적어도 한때는 연방 요원이었다고 슬쩍 밝혔다. 최근에 미국 연방 수사국에서 은퇴를 하고 고향인 파두카로 돌아왔다고 했다. 자기 아버지의 집으로 돌아온 것이다. 우리 농장 같은 곳이었다. 그는 집이 그리웠고 돌아와서 기쁘다고 했다.

그는 처음부터 정말 중요한 게 무엇인지 진정으로 깨닫는 사람은 없다고 했다. 누군가의 얼굴을 보면서 아는 사람이라는 생각이 들지만 이름이 정확하게 기억나지 않는 것과 같다고 했다.

다시 고향집으로 돌아오는 것은 마침내 그 사람의 이름이 기억나는 것과 같다고도 했다.

그는 나도 언젠가는 그가 무슨 이야기를 하는지 알게 될 거라고 했다.

그러나 솔직히 나는 그 말을 전혀 귀담아듣지 않았다. 그냥 '또 다른' 수업 같았기 때문이다. 다만 미국 연방 수사국에는 흥미가 동했다. 읽은 책들이 전부 떠오른 나는 배지와 총을 갖고 다니는 게, 현실에서 악당과 범법자를 쫓는 게 어떤 느낌인지 알아내려고 애썼다. 나는 '이야기'를 원했다. 그는 그게 인간으로서 할 수 있는 아주 근사한 모험이었다고 인정했다. 아주 영리하고 강하고 용감해야 했다. 예리한 눈과 빠른 두뇌와 침착한 손이 필요했다.

"래시터처럼 말이죠. 혼도처럼, 아라고른처럼요." 내가 말했다.

그는 슬픈 미소를 지으며 말했다. "그래, 맞아."


할아버지는 1994년에 돌아가셨다.

나는 그때 처음이자 마지막으로 아버지가 우는 걸 보았다.

그 당시에는 우리 가족이 다시 파두카로 돌아갈 이유가 없었으므로 농장은 조각조각 팔려나갔다. 집과 헛간과 테니스장이. 과수원과 연못이.

왐퍼스도 함께 팔렸다. 적어도 나는 그렇게 믿고 싶다.

할머니는 여생을 요양원에서 보내셨다. 할머니를 찾아갈 때면 나는 농장에서 보낸 여름들과 메밀 팬케이크와 복숭아에 대해 이야기했지만 할머니는 그런 것들을 까맣게 잊으신 듯했다. 적어도 내가 기억하는 그런 것들은. 할머니는 2006년에 돌아가셨다.

할머니는 시온산 교회 바로 뒤편에 위치한 묘지에, 할아버지 옆에 묻혔다.

나는 버지니아주에 있는 대학에 입학해 영문학을 전공했다. 엄청나게 많은 글쓰기 수업과 문학 수업을 들었다. 내가 유명한 과학 소설 작가나 판타지 소설 작가가 될 거라는 생각도 했다. 스티븐 킹이나 래리 맥머트리를 이을 차세대 작가가 될 수도 있을 거라고도 생각했다. 나는 많은 이야기를 썼다. 검투사와 총잡이들이 잔뜩 나오는 미완성 작품을 대여섯 개 썼다. 영웅과 마법사와 카우보이와 무법자가 등장하는 작품도 썼다. 괴물도 꽤 여럿 등장시켰다. 그러나 그렇다고 해서 과수원을 찾아와 기꺼이 시간을 내 복숭아뿐 아니라 자신의 이야기도 나누어준 그 은퇴한 연방 요원과의 대화를 완전히 잊은 것도 아니었다. 그는 그날 다시 할아버지 집에 들러서 오래된 지문 채취 도구와 증거 수집 봉투와 심지어 기념품용 배지까지 가져다줬다.

할아버지의 루거를 허리에 차고 그 플라스틱 봉투를 벨트에 건 나는 정말로 래시터가 된 기분이었다.

이름이 기억나지 않는 그 요원은 다음 해 여름이 오기 전에 췌장암으로 죽었다.

대학교 4학년 때 나는 졸업하기 직전에 그동안 쓰고 있던 모든 이야기를 밀어두고 마약 단속국의 루이빌 지역 사무소에 가서 연방 요원에 지원했다. 실제로 채용되기까지 시간이 좀 걸렸지만(그래서 그사이에 법학대학원에도 다녔다) 결국 1995년에 버지니아 주 콴티코 기지에 있는 마약단속국 연수원에 들어갔다.

기억에 영원히 남을 파두카에서의 그 기나긴 여름을 보낸 뒤로 15년이나 지나 있었다.

그해에 나는 첫 부임지를 배정받았다. 로스앤젤레스였다.

나는 스물아홉 살이다. 몇 시간째 로스앤젤레스의 어느 낡은 아파트의 현관문만 뚫어져라 쳐다보고 있다. …… 우리는, 헤어스타일이 엉망이고 피부는 그보다 더 엉망인 콜롬비아 마약상이 코카인 2킬로그램을 들고 저 현관문을 열고 나오기만을 기다리고 있다.

우리는 그날도, 그 다음 날도 콜롬비아 마약상을 검거하지 못했다. 이제 나는 연방 요원으로 근무한 지 20년이 되었다. 그리고 이미 오래전에 그런 날이 훨씬 더 많다는 걸 알게 되었다.

그래도 괜찮다. 그게 우리 일이다. 야근과 끝이 없는 보고서 작성과 몇 시간이고 죽치고 앉아서, 그것도 빌어먹을 문을 하염없이 바라보고 있어야 하는 감시 같은 것들이.

"이 친구야, 인내심이 핵심이잖아. 의지를 시험하는 거지."

영원히 계속되는 시간……. 그동안 아무것도 하지 않고 기다리기만 한다. 하늘과 그림자와 물만 바라본다. 파트너와 먹고사는 문제에 대해 이야기하고 시시한 농담과 이야기를 주고받는다. 같은 이야기를 끊임없이 바꾸고 비틀면서 반복한다. 연방 요원과 경찰은 뛰어난 이야기꾼이라는 사실도 내가 배운 것 중 하나다. 손에 꼽을 정도로 훌륭하다.

파두카에서 보낸 그 여름 이후 낚시는 거의 하지 않았다. 나는 일곱 번 이사를 하면서 전 세계를 돌아다녔다. 농장이 사라지자 낚시도 예전 같지 않았다.

그리고, 다시 한번 말하지만, 그래도 괜찮다. 그게 인생이니까.

나는 다시는 고향으로 돌아가지 않았다. 아직은.

그러나 그렇게 시간이 한참 흐른 뒤 나는 다시 글을 쓰기 시작했다.


내가 기억하는 것들이 있다. 더는 사진이 남아 있지 않은데도 사진만큼이나 생생하게 기억하는 것들이. 그런 것들은 내가 쓰는 모든 책에 끼워져 있다. 그리고 늘 그럴 것이다.

햇볕에 그을린 피부에 닿은 복숭아 털의 까끌까끌함.

낡은 아이스크림 기계의 삐걱대는 소리. 얼음과 소금이 부서지는 소리와 내 입술에 닿은 달콤한 복숭아 아이스크림.

오래된 종이책의 거친 촉감과 냄새.

쇠로 된 낚싯바늘의 단단한 날카로움.

저무는 해의 열기, 내 얼굴에 맺힌 땀방울.

물의 차가운 감촉과 벌레들이 윙윙대는 소리.

무릎을 스치는 갈대의 줄기와 소리.

새벽 해와 움직이는 구름과 숨결처럼 풀을 움직이는 바람…….

# 미친 지*

프랭크 빌

나는 애초에 장모가 넘겨준 2인승 보트를 걱정했다. 알루미늄과 유리 심유로 된 몸체는 닳을 대로 닳았고, 나사가 사라진 자리에는 녹슨 구멍만 남아 있었으며, 비닐이 찢어진 의자는 균형 감각이 신통찮은 사람은 절대 앉아서는 안 될 자리처럼 보였다.

나는 그 보트에 탔다가 물속으로 가라앉는 일만큼은 피하고 싶었다. 보트 밖으로 떨어져서 익사하는 일도.

그런데 나중에는 무기로 쓸 만한 게 노와 주머니칼뿐이라는 것이 문제가 되었다. 스파이더 와이어 브랜드 낚싯줄이 인디언크리크Indian Creek의 수면에 닿았을 때만 해도 그런 일이 벌어질 거라고는 아무도 예상하지 못했을 것이다.

그 일을 되돌아보면 우리가 원래 그날 낚시를 가기로 했었는지 아니면 처남이 뜬금없이 전화를 걸어 낚시하러 가자고 했던 건지 잘 기억이 나지 않는다. 처남인 이스라엘은 백발이 섞인 검은 머리카락을 짧게 잘랐고, 팔뚝에 반쯤 완성된 문신이 있었고, 늘 입 안 가득 껌을 씹고 있었다. 확실히 기억나는 건 그가 동네 신문에서 광고를 보고 구입한 녹슨 2001년식 검은색 사륜구동 닛산 프런티어를 몰고 왔다는 사실이다. 그는 처제인 게일의 의사는 묻지도 않고 자동차 소유주를 찾아가 덜렁 그 차를 사 버렸다. 이 차를 몰고 왔을 때 처제는 엄청나게 화를 냈다. 정확하게는 "고물덩어리잖아!"라고 말했다고 한다.

타이어 네 개가 모두 닳을 대로 닳아서 잘 구르지 않고 앞 범퍼는 완전히 박살 났고 차 밑은 소금물에 담가뒀던 듯한 그 트럭에 올라, 장모의 2인승 소형 보트를 끌고 인디애나주 코리든Corydon으로 향했다. 장모님이 최근 매입한 야영지에 딸려 온 그 배는 경사진 마당의 잔디밭에 엎어진 채로 우리와 낚시를 하러 가거나 물에 가라앉으려고 얌전히 기다리고 있었다. 이스라엘은 그 배가 물에 뜨는지 확인해 보지도 않았다. 그냥 순전히 혼자 힘으로 그 배를 닛산 트럭 짐칸에 실은 다음 나와 낚시 도구를 챙겨서 인디언크리크 댐 뒤편 빅인디언로드에 있는 자신의 집에서 몇 킬로미터 떨어진 지점으로 향했다.

농장 초지와 숲의 자연과 저 멀리 웅웅거리는 고속도로 소음에 둘러싸인 곳에서 우리는 주차 금지 표지판이 세워진 부서진 도로의 가장자리로 갔다. 그리고 주차했다.

면 반바지와 티셔츠와 낡은 슬리퍼를 착용한 내가 트럭에서 내리자 중간 크기의 검은 래브라도 강아지가 어디선가 불쑥 나타나 마치 리탈린을 복용해야 하는 주의력 결핍증 아이처럼 잔뜩 흥분해서 가쁜 숨을 몰아쉬고 혀를 휘두르면서 우리에게 관심을 요구했다.

강아지를 쓰다듬어준 뒤에 우리는 미끼, 도구 상자, 낚싯대, 릴을 잘 챙겼는지 확인하고, 배에 노가 두 개 있는지도 확인했다. 잡초와 진창으로 뒤덮인 가파른 언덕길을 내려가, 하천 주변에 사는 토끼들이 굴을 파고 숨는 축축한 흙과 덩굴 식물의 에메랄드빛 잎으로 뒤덮인 평지로 이동하는 동안 여전히 흥분 상태인 강아지가 혀를 내밀고 침이 줄줄 흘리면서 주위를 빙빙 돌았다. 물고기 비린내가 나는 물 냄새. 이끼 낀 나무와 시골 냄새. 하천은 움직이는 까만 유리였다.

왼편 조금 떨어진 곳에서 물줄기가 댐을 넘어와 쏟아져 내리는 장소가 꽤 신경이 쓰였다. 배를 물에 띄우고 난 뒤 물살에 갇히지 않도록 주의해야 했다. 물살 반대 방향으로 움직여야만 댐 쪽으로 휩쓸리지 않는다.

그전에도 여기서 낚시를 해본 나는 배가 뽀얀 배스도 많이 잡아봤고, 큰 비스킷 두 개를 합친 것 같은 크기의 크래피도, 블랙라이트처럼 빛나는 파란색을 띠고 있어서 전문 낚시꾼도 홀릴 만한 블루길도 잡아봤다.

한번은 그 하천에서 조카와 함께 황혼부터 새벽까지 머무르며 깊은 물속에 자리 잡은 물고기의 서식지가 모두 초토화될 정도로 배스와 블루길을 잡아댔다. 잡은 물고기로 낚시 바구니와 꿰미도 가득 채웠다. 다시 어둠이 찾아왔고 우리는 낚시를 마무리하기로 했다. 나는 그날 조카가 선외 모터의 시동을 켜고서 수초가 무성한 강둑으로 배를 몰고 가는 동안 수면 위로 뛰어오르는 배스를 봤다. 열두 시간이나 낚시를 했기 때문에 낚시 바구니는 배 옆에 매달아두었다. 느슨히 닫힌 낡은 뚜껑은 종일 우리가 낚시하는 깊은 물속에서 힘겹게 모양을 유지하고 있었다. 배에서 내렸더니 슬리퍼 위로는 물이 들이닥치고 발은 이리저리 빠지고 미끄러졌다. 내가 배를 밀고 조카는 잡아당기는 와중에 바구니 뚜껑이 결국 확 열렸다. 우리가 한나절 동안 잡은 물고기의 절반이 달아났다.

꿰미에 걸린 물고기는 건사했다. 내 성질은 그러지 못했다. 그 순간을 요약하는 말로는 뚜껑이 열렸다는 표현이 적절할 것이다.

미친 지*                                            129

이번에는 잡초밭에서 무거운 배와, 모기처럼 들러붙는 래브라도와 씨름하면서 배를 물속으로 겨우 반쯤 밀어 넣었다. 이스라엘을 보면서 나는 말했다. "배가 가라앉지 않는다는 걸 먼저 확인해야지만 탈 거야."

그는 딱 잘라 말했다. "가라앉지 않아."

"먼저 타봐."

"좋아. 그러지." 그는 그렇게 했다.

우리는 구명조끼가 없었다. 우리는 수영을 할 줄 알았다. 그래도 사고가 나지 않는다는 보장은 없었다. 낚시를 하던 사람이 댐에 너무 가까이 갔다가 배가 뒤집혀서 물살에 휩쓸려 죽었다는 이야기를 수년 동안 충분히 많이 들어왔다.

이스라엘은 노 하나를 들어서 수초로 뒤덮인 강둑에 대고 밀었다. 6미터쯤 떨어진 곳까지 나갔다. 나는 배 앞부분의 금속 걸이에 통과시킨 밧줄 끝을 단단히 붙잡고 있었다. 물이 새어 들어오지 않았고 내 위험 감지 레이더망도 잠잠해졌다.

손을 바꿔가면서 밧줄을 당겼다. 물속으로 들어간 나는 배에 올라탄 다음 노를 강둑에 대고 밀었다. 검은 래브라도는 뇌가 뿔뿔이 흩어진 강아지답게 여전히 이리저리 달리다가 우리 쪽으로 뛰어들었다. 하천의 수심이 깊어졌다. 강아지는 방향을 틀었다. 잡초로 뒤덮인 강둑으로 돌아갔다. 사라졌다.

우리는 자리를 잡고 댐으로부터 멀찍이 떨어진 곳으로 노를 저어 나갔다. 우리가 출발한 지점에서 아마 한 12미터 내지는 15미터쯤 나간 것 같다. 낚싯대를 들고서(나는 어글리 스틱 제품을, 이스라엘은 젭코 제품을 썼던 것 같다) 입질을 시험하려고 낚싯대를 짧게 여러 번 휘둘러봤다. 상류로 조금 더 올라가기도 전에 강둑 풀숲에서 날카로운 비명이 들렸다. 새끼 염소 울음소리와 비슷했다. 우리는 그 자리에 얼어붙은 채 강둑을 유심히 살폈다. 그때 장난치는 듯한 으르릉대는 소리와 짖는 소리가 들렸다. 또 비명이 들렸고, 흐느끼는 소리 같기도 했다. 다시 개 짖는 소리가 들렸다.

이스라엘이 나를 바라봤다. "도대체 무슨 일이지?"

아무것도 보이지 않았다. 소리만 들렸다.

"새끼 염소 같은데." 내가 말했다.

갑자기 검은 래브라도의 깨갱거리는 소리 뒤로 콧김 소리와 발굽 소리가 들렸다. 래브라도는 물로 곧장 뛰어들었다. 우리를 향해 왔다. 낚싯대를 내려놓았다. 심장이 목구멍으로 튀어나올 것 같았다. 우리는 낚싯대 대신 노를 잡았다. 사슴이었다. 커다란 암사슴이 래브라도를 향해 돌진하고 있었다. 둘 다 물속으로 뛰어들었다. 사슴은 첨벙거렸다. 래브라도는 헤엄을 치고 있었다.

래브라도에게 발길질을 하던 사슴은 래브라도가 깨갱거리며 물속으로 가라앉는 모습에 쾌감을 느끼는 것 같았다. 수면 위로 거품이 보글보글 올라왔다. 사슴은 발길질을 멈추지 않았다. 래브라도는 사슴에게서 60센티미터 정도 떨어진 곳에서 다시 떠올랐다. 우리가 탄 배에서도 딱 그만큼 떨어져 있었다. 사슴이 뒤쫓아왔다. 여전히 발길질을 하면서. 래브라도는 다리를 바삐 움직이다가 또다시 물속으로 가라앉았다. 이스라엘과 나는 충격에 빠진 채노를 꼭 쥐고 서 있었다. 사슴이 오면 마구 때릴 준비를 하면서.

그런데 시간이 멈췄다. 래브라도가 물속으로 사라졌다. 거품이올라오지 않았다. 사슴은 우리를 지그시 바라보면서 동상처럼 서있었다. 물이 사슴의 가슴까지 왔다. 우리는 흥분한 검은 올리브색눈빛의 사슴과 노려보기 시합에 돌입했다. 상대가 움직이기를 기다리면서. 뭔가가 벌어질 거라는 단서를 찾으면서. 다음에 어떤 일이 벌어질지를 알려주는 단서를. 문득 사슴이 천천히, 그리고 위풍당당하게 돌아섰다. 첨벙첨벙 물을 건너서 강둑으로 갔다. 아마도새끼가 숨어 있을 거라고 짐작되는 곳으로 갔다. 그런 다음 무성한덤불에 가려 보이지 않는 곳으로 사라졌다.

"이봐, 이건 내가 본 가장 미친 지랄이었어."

"개 미친!"

"망할 놈의 개는 어디로 간 거야?"

기다렸지만 수면이 잠잠했다. 우리는 보고 또 봤다. 그러다 거품이 보글보글 솟아났다. 개가 물 밖으로 고개를 내밀었다. 우리에게

서 한참 떨어진 곳, 댐 근처였다. 공기를 들이마시려고 헉헉거리고 있었다. 물길에 휩쓸리지 않으려고 개는 다리를 바삐 움직였다. 힘겹게 강둑 쪽으로 헤엄쳤다. 단단한 땅에 가까스로 닿았다. 우리가 배를 끌고 내려왔던 언덕 위로 로켓처럼 튀어 올라갔다. 그러고는 도로로 나갔다. 그리고 사라졌다.

이스라엘이 나를 쳐다봤다.

"그 빌어먹을 짐승이 우리를 공격하는 줄 알았어."

"나도."

"도대체 무슨 일이 있었던 거야?"

"개가 새끼를 건드렸나 보지. 화가 단단히 났어."

이스라엘이 웃음을 터뜨리면서 노를 내려놨다. "제기랄, 정말 미친 지랄이었어."

정말 그랬다.

# 송어 꿈

에릭 릭스태드

 

나는 생애 첫 낚시를 아버지와 했다.

나는 네 살 또는 다섯 살이다. 저녁 무렵이고, 아버지와 나는 버몬트주 페이스턴Fayston에 있는, 앞뒤가 삼각형 모양인 우리 오두막 뒤쪽을 지나 5~6킬로미터가량 떨어진 매드강Mad River으로 흘러들어가는 지류에 서 있다. 민물송어가 서식하는 곳이다. 낡은 이글 클로 브랜드의 유리 섬유 낚싯대를 꼭 잡고 젭코 브랜드의 릴을 조작하면서 처음으로 낚싯줄을 던질 준비를 하는 나를 옆에서 아버지가 지켜보고 있다.

지난 두 해 동안 나는 여름마다 이 냇가에 서서 물속에서 움직이는 송어의 지느러미를 보고, 아버지가 낚시하는 것을 보고, 짙은 색의 젖은 이끼를 깔아 놓은 고리버들 바구니에 아버지가 넣어둔 민물고기에 감탄했다. 그때 이미 나는 송어와 사랑에 빠졌고, 송어가 사는 데 꼭 필요한 맑고 깨끗하고 차가운 물과, 그 물이 굽이치고 이리저리 흘러다니는 숲과 들판과 사랑에 빠졌다. 그때 이미 나는 송어 꿈을 꾸기 시작했다. 송어의 세상으로 지렁이를 내려 보내는 것이, 송어를 속여서 미끼를 물게 하는 것이, 송어의 세상에서 내 세상으로 한 마리를 끌어내는 것이, 그 송어를 내 손에 잡아드는 것이 어떤 느낌일지 꿈꾼다.

오늘 저녁 드디어 나는 바라만 보는 대신 아버지와 함께 낚시를 한다. 나는 릴의 버튼에 엄지를 대고 낚싯대를 등 뒤로 넘긴다. 아버지가 말한다. "바로 저기야. 저 돌 뒤, 지렁이를 바로 저기에 내리는 거야. 송어가 저기를 좋아하거든."

나는 낚싯대를 드리우고 낚싯줄을 바라본다. 작은 당김을 느낀다. 아버지가 소리친다. "릴을 감아. 잡았다." 아버지의 목소리에 내가 첫 낚시에 성공한 것을 믿을 수 없다는 기색이 묻어 있다. 놀라면서도 자랑스러워한다. "잘하는구나." 아버지가 말한다. 송어를 잡아 올려서 무릎을 꿇고 손에 쥐는데 심장이 쿵쾅거린다. 살아 있는 보석이다. 아름답다. 단단하다. 차갑다. "가져가도 돼요?" 내가 묻는다. "씨를 뿌리는 셈 치고 놓아주면 어떨까? 어차피 저녁거리로 삼을 만큼 충분히 잡을 수도 없으니까." 아버지가 말한다.

나는 송어 입에서 바늘을 조심스럽게 빼서 물로 되돌려 보낸다. 송어가 그 자리에 잠시 머물면서 물결 속에서 지느러미를 흔드는 걸 본다.

내 마음은 앞으로 평생 아버지와 함께할 낚시 모험을 꿈꾸며 한껏 부풀어 오른다. 우리가 함께 찾을 자연, 우리가 잡을 무시무시하고 끈질긴 송어들. 그 순간 아버지와 함께할 평생에 걸친 모험이 내 안에서 흐른다.

하지만 그날 저녁 이후 얼마 지나지 않아 아버지는 나와 누나들, 그리고 우리 어머니를 버리고 떠난다. 훗날 가끔 만나기는 하지만 함께 낚시를 하는 일은 거의 없다.

어머니는 철물점에서 점원으로 일하면서 나와 누나들을 홀로 키우느라 숨 돌릴 시간도 없다. 어린 아들을 낚시터에 데리고 갈 시간은 더더욱 없다. 어차피 어머니는 뭘 해야 하는지도 모를 것이다. 낚시를 해본 적도 없고, 낚시에 대해 아는 것도 전혀 없었다. 전혀. 어머니는 낚시에 무관심했다. 누군가의 유전자를 끌어당기거나 끌어당기지 않는 그런 원초적인 끌림을 이해하지 못했다. 어머니 스스로 그렇게 말했다.

나는 내가 아는 유일한 낚시터, 야영장 뒤편에 있는 그 냇가에서 낚시를 하기는커녕, 그곳을 찾아갈 수조차 없다. 집에서 65킬로미터나 떨어진 곳인 데다가 우리는 더는 그곳에 가지 않는다. 지금은 아버지의 야영장이니까. 우리 야영장이 아니니까.

집 근처에는 송어가 사는 시내가 없다. 나처럼 어린 소년이 혼자서 찾아갈 정도의 거리에는 없다. 하지만 내 머릿속에는 송어 꿈, 숲 그늘이 드리워진 차가운 냇물에서 송어를 낚시하는 꿈, 아버지가 돌아와서 송어 낚시에 데리고 가줄 거라는 꿈이 떠다닌다.

그러나 아버지는 돌아오지 않는다. 나는 어쩌다 한 번씩 아버지를 만나고, 낚시를 하러 가자고 부탁하지만 아버지는 정신이 딴 데가 있거나 너무 바쁘고, 그러다 다시 사라진다.

3~4년이 지나는 동안 단 한 번도 낚시하러 가지 못한다.

나는 아버지가 두고 간 잡지 《필드 앤드 스트림Field&Stream》과 《스포츠 어필드Sports Afield》의 페이지를 넘기면서 캐나다의 뉴펀들랜드앤드래브라도나 메인주, 알래스카주로 도피한다. 그런 먼 땅의 물에서 낚시하는 날을 그려본다. 우리 집 뒷마당에서 낚시 연습을 한다. 마당에서 지렁이를 잡고 밤에는 큰지렁이를 잡아서 빈 커피통을 가득 채운다. 만일에 대비하는 것이다.

어느 날 오후 뒷마당에서 낚싯대 휘두르는 연습을 하는데 등 뒤에서 목소리가 들린다.

"낚시하러 가자."

돌아보니 어머니다.

일을 마치고 집에 온 거다.

"아버지가 오신 거죠!" 나는 낚싯줄을 빠르게 거둬들이며 말한다.

"아니. 나랑 가는 거야." 어머니가 말한다.

"어머니랑요?"

"왜, 싫어?"

어머니가 무슨 수로 나랑 낚시를 가겠다는 건지 궁금하다. 어머니는 아무것도 모르는데. 하지만 여전히 마음이 흥분으로 꿈틀거린다. 어머니가 낚시하는 법을 알 필요는 없으니까. 송어가 있는 냇가로 데려다준다면 나는 기꺼이 낚시를 하겠다.

*** *** ***

차를 탄 우리는 야영장과는 반대 방향으로 간다.

나는 혼란에 빠진다. 야영장 외에는 송어 낚시를 할 수 있는 곳을 모른다.

"어디로 가는 거예요?" 내가 묻는다.

"라플라트LaPlatte." 어머니가 답한다.

라플라트? 나는 생각한다. 라플라트는 수시로 진흙이 흘러들어 흙탕물이 되는 느리고 따뜻한 하천이다. 시내로 나가는 길에 늘 지나치는 곳이다. 하수가 흐르는 개천이다. 그 물에 잉어나 살까, 다른 물고기가 있으리라고는 상상도 할 수 없는 물이다.

"일터에서 너 같은 어린 낚시꾼이 낚시할 만한 곳이 있는지 아저씨들에게 물었어. 라플라트가 딱이라고 하면서 비밀 장소를 알려줬어." 어머니가 운전대를 꽉 잡으면서 어색한 미소를 짓는다. 어머니가 이렇게 긴장하는 건 처음 본다.

"라플라트는 따뜻한 물인데." 내가 말한다.

어머니는 아무 말도 하지 않는다. 무슨 뜻인지 모르는 거다.

주차장에 도착한 우리는 하천으로 내려가는 산책로로 간다. 산책로는 워낙 사람들이 많이 다녀서 여기저기 패여 있고 돌이 드러나 있고 질척거린다. 화살표가 어디로 가야 하는지를 가리킨다. 일하러 갈 때 신는 운동화를 신은 어머니가 두어 번 미끄러지면서 넘어질 뻔한다. 나는 어머니를 붙들고 일으켜 세운다. "미안해." 어머니가 말한다. 어머니가 왜 사과하는지는 잘 모르겠지만. 우리는 양갈래로 갈라진 막대기들이 강둑에 박힌 낚시터에 가까스로 도착한다. 화덕 주위로 짓이겨진 잔디 위에 빈 맥주 캔과 사탕 껍질이 수북하다.

물은 미지근하고 불투명하다. 검은 물웅덩이에 거품이 일고 있다.

어머니가 말한다. "여기가 좋을 것 같구나. 일터 사람들 말이 맞을 거야. 여기라면 어린 소년이 넘치도록 많은 물고기를 잡을 수 있다고 했어. 그러니까. 자, 한번 해봐. 낚시."

**\* \* \***

어머니는 화덕 옆 나무 그루터기에 앉는다. 발로 깨진 유리병 조각을 화덕 안으로 밀어 넣는다. 이건 내가 그리던, 내가 꿈꾸던 그 낚시 풍경이 아니다. 그래도 나는 지렁이가 가득한 커피통을 내려놓고 바늘에 지렁이를 끼운 다음 느리고 미지근한 물거품 속으로 낚싯줄을 드리운다. 곧장 입질이 온다.

"잡았다!" 나는 생각할 겨를도 없이 소리를 지른다. 거의 본능적인 반응이다.

릴을 감아서 통통한 잉어를 끌어올리자 어머니가 일어선다.

못생겼다. 살이 물러서 손에 쥐자 축 늘어진다. 아버지와 잡은 민물송어와 다르다. 그래도 살아 있다.

다시 낚싯줄을 던진다. "또 잡았다!" 내가 소리친다.

이번에는 농어가 끌려온다.

어머니는 내 바로 뒤에 서서 내 등에 손을 얹는다. "아주 훌륭한 낚시꾼이로구나." 어머니가 말한다.

그 뒤로 한 시간 동안 내내 낚싯줄을 던졌지만 그 뒤로는 한 마리도 잡히지 않는다. 내 두 손은 지렁이를 다루느라 흙투성이다.

농어의 뾰족한 등지느러미에 찔린 손가락 사이가 따갑고 아프다.

　마침내 어머니가 말한다. "이제 그만 가야겠다. 저녁 준비도 해야 하고 너희들 옷도 빨아야 해."

　집에 오는 길에 어머니가 말한다. "재미있었니?"

　아주 즐거웠지만 여전히 송어 꿈은 버리지 못한다. "네." 나는 간신히 말한다.

　"미안하구나. 사람들이 아주 좋은 낚시터라고 했는데." 어머니가 말한다.

　내가 말한다. "좋은 곳이었어요. 아주 좋았어요."


　그 후로 수십 년 동안 나는 어린 시절 꿈꾸던 낚시터를 대부분 찾아가 낚시를 하는 행운을 누렸다. 하빌랜드 비비 소형기를 타고 래브라도의 외진 곳에 있는 낚시터에도 두 번이나 가봤다. 그곳에서 쥐 모양의 인조 미끼와 아주 작은 드라이 플라이로 커다란 야생 송어도 잡았다. 메인주의 광활한 오지에서 야생 민물송어 낚시도 했다. 알래스카의 자연 한복판에서 커다란 무지개송어도 낚았다. 몬태나주와 와이오밍주의 오지를 종일 걸어 들어가 그곳 토종 어종인 클라크송어도 잡았다.


　지금 내게는 딸과 아들이 있다. 딸은 일곱 살, 아들은 두 살이다.

둘 다 나처럼 낚시를 좋아한다. 둘 다 그 유전자, 그 바이러스, 그 낚시병, 어쨌거나 낚시꾼들이 말하는 그걸 타고난 거다. 딸은 세 살 때 분홍색 유리 섬유 낚싯대와 지렁이 미끼로 첫 물고기를 낚았다. 스피닝 릴을 썼다. 작은 펌프킨시드였다. 딸은 나와 함께 우리만의 비밀 민물송어 개울에서 민물송어 낚시하는 걸 좋아한다. 개울 옆 우리만의 작은 자갈 탁자에서 점심 먹는 것도 좋아한다. 내가 지금 글을 쓰고 있는 창가에서 보이는 느리고 미지근한 작은 개울에서는 아들도 함께한다. 어머니가 나를 낚시터에 데리고 간 그날로부터 수십 년은 흐른 어느 12월의 하루인 오늘은 눈이 내린다.

지난 다섯 해 동안 딸은 매년 봄이 되면 잉어와 황어뿐인 우리 집 옆 작은 개울에서 낚시를 해도 되는지 물었다. 매년 봄 나는 이렇게 설명한다. "아직은 안 돼. 몇 주 더 기다려야 해." 그러면 딸은 매번 그래도 낚시하러 가자고 조른다. 왜냐하면 "언제 입질이 올지 알 수 없으니까. 오늘부터 미끼를 물 수도 있으니까."

그래서 우리는 지렁이를 몇 마리 잡고 딸의 낚싯대와 릴을 챙기고, 벌써부터 자기 낚싯대를 사달라고 조르고 막대기를 물에 대고서는 "나도 잡았어. 나도 잡았다고!"라고 소리 지르는 남동생도 챙긴다.

아이들과 잉어와 황어를 낚으면서 나는 그날 어머니가 나를 위해 한 일을 생각한다. 낚시에 대해 아무것도 모르면서 나를 위해 철물점 아저씨들에게 이것저것 물어봤을 어머니를, 한 번도 해보지 않은 무언가를 시도한 어머니를, 돌과 진흙에 미끄러지던 어머니를, 나를 낚시터에 데리고 가서 옆에 있는 것 외에는 달리 도와줄 수 없었던 어머니를 떠올린다. 그리고 생각한다. 어머니와 함께 낚시를 갔던 그날과 내가 아주 오랫동안 꿈꾸던 먼 곳에 마침내 찾아가 낚시를 하며 보낸 모든 날들 중 하나를 선택해야 한다면 나는 언제나 그날 어머니와 보낸 그 한 시간을 택할 거라고. 그날 어머니가 보여준 사랑은 한 소년이 꿈꿀 수 있는 그 어떤 것보다도 더 소중하니까.

# 아버지에게

월리엄 보일

자랄 때 나는 낚시에 손톱만큼도 관심이 없었다. 낚시는 아버지가 있는 아이들이나 하는 거였으니까. 나는 없었다. 아버지가. 나와 어머니를 두고 튀었다. 우리는 뉴욕시 브루클린의 작은 반지하 아파트에 버려두고 자신은 다리 세 개만 건너면 나오는 저지에서 새 가족을 꾸렸다. 아들 두 명도 새로 얻었다. 나는 아버지가 매주 그 아들 둘을 데리고 낚시하러 가는 장면을 떠올렸다.

그뿐 아니라 낚시가 도시에서 할 수 있는 활동이 아니라는 생각도 있었다. 낚시는 뉴욕주 북부에서나 하는 거였다. 시골에서나 하는 거였다. 숲이 있어야 하고, 살아 있는 강이 필요하고, 적절한 옷과 낚싯대와 특정한 마음 상태가 필요했다. 콘크리트에서 너무 멀리 떨어진다 싶으면 과다 호흡 증후군을 앓는 그런 아이와는 어울리지 않았다.

낚시는 평화로워 보였다. 어딘가에서 아버지가 아들의 어깨에 손을 얹고 낚싯대 휘두르는 법을 가르치고, 귀를 기울이면서 자연을 잠자코 지켜보는 법을 가르치고, 자신이 자기 아버지와 낚시한 이야기와 그 아버지가 또 그 아버지와 낚시한 이야기를 들려주고 있었다. 이 공통된 사랑으로 역사를 관통하는 유대감으로 묶여 행복하게 웃는 남자들이 존재했다. 적어도 나는 그렇다고 생각했다.

낚시는 나와는 어울리지 않았다.

나는 작고 조용한 내 방에서 책을 읽고 음악을 듣는 것에 만족했다.

나는 영화를 빌려 보는 게 좋았다.

우리 아파트에서 멀리 떨어지지 않은 곳에 그레이브젠드만 Gravesend Bay이 있었다. 몇 블록만 가면 나왔다. 가끔 그곳으로 가서 빛이 수면에 부딪히는 모습과 커다란 유람선이 베라자노 내로우스 다리 밑을 지나가는 풍경을 봤다. 내가 생각하는 낚시터는 이런 물이 아니었다. 쥐가 미끄러운 돌 위를 허둥지둥 돌아다녔다. 술주정뱅이가 있는 힘껏 맥주 캔을 던졌다. 벨트 파크웨이를 지나가는 자동차 소리가 울려 퍼졌다.

어느 날 할아버지께 낚시에 대해 물었다. 할아버지는 기계공이자 수리공이었다. 요즘에는 좀처럼 보기 힘든 커다랗고 낡은 텔레비전을 헤집거나 자동차 후드 아래를 들여다보면서 평생을 보냈다. 할아버지 집 지하실은 자동차 부품과 진공관과 안테나와 오래된 재즈 레코드판으로 가득했다. 나는 할아버지가 한 번이라도 낚시를 한 적이 있는지 궁금했다.

"그걸 말이라고 해. 네 삼촌 휘트니랑 가끔 낚시하러 갔지." 할아버지가 말했다.

휘트니는 내 삼촌이 아니었다. 할아버지의 친구 아니면 사촌이었다. 어느 쪽인지는 알 수가 없었다.

"휘트니는 늘 술에 취해서 보트 밖으로 떨어졌어. 해리도 한때 낚싯대를 가지고 있었는데, 도박판에서 잃었지, 아마." 할아버지가 계속 말했다.

그 뒤로는 낚시에 대해 싹 잊고 지냈다. 대학에 가기 전까지는.

나는 뉴욕시에서 120킬로미터 떨어진 뉴팔츠New Paltz의 허드슨밸리Hudson Valley라는 곳에 있는 작은 주립대학교에 입학했다. 입학 첫해 가을 나뭇잎들이 내가 평생 보지 못했던 화려한 색으로 옷을 갈아입었다. 친구를 사귀었고 우리는 숲속을 오래도록 산책했다. 나는 존 버로스John Burroughs와 월트 휘트먼을 읽었다. 나는 어둠에 겁먹지 않으려고 노력했다. 나무들이 내는 소리에 귀 기울이려고 노력했다. 마약을 하면서, 또 안 하면서 그러려고 노력했다.

나는 내가 모르는 것들을 알아야만 한다고 생각했다.

낚시도 그중 하나였다.

스포츠용품 가게에서 싸구려 낚싯대와 낚싯줄, 낚싯바늘, 미끼를 샀다. 가게 점원이 낚시 도구 상자도 팔고 싶어 했지만 가까스로 거절했다.

구세군 중고 매장에서 체크 셔츠와 꽤 튼튼한 부츠 한 켤레와 짙은 색 청바지 한 벌을 샀다.

맥주 도매상에서 담배 한 갑을 사서 성냥과 함께 셔츠 가슴 앞 주머니에 넣었다.

그곳에서 열두 캔이 든 잉링 맥주 한 묶음도 샀다.

돈이 한 푼도 남지 않았다.

낚싯대를 어떻게 다뤄야 하는지 몰랐다. 뭐부터 해야 하는지도 몰랐다. 낚시 허가증에 대해서조차 몰랐다. 친구에게 도움을 청했어도 되었겠지만 친구들에게 멍청하게 보이는 것이 싫었다. 그저 숲속으로 걸어 들어가 낚시할 만한 장소를 찾은 다음 베테랑 낚시꾼이 되어 돌아오고 싶었다. 남은 평생 그 이야기를 할 생각이었다. 남들에게 낚시를 가르칠 수도 있으리라.

뉴팔츠는 샤완겅크 능선Shawangunk Ridge의 가장 아래에 붙어 있다. 월킬강Wallkill River이 마을 한복판을 지나갔다. 갈 곳은 넘쳐 났다.

월킬 계곡 선로에서 조금 벗어난 곳에 있는 조용한 물가를 찾았다. 나무가 우거진 강둑에 세워진, 그래피티로 뒤덮인 콘크리트 벙커를 야영지로 삼았다. 바닥에는 온통 깨진 유리병과 콘돔 포장지가 굴러다니고 있었다. 구석에는 솜이 한 움큼 뜯겨나간 침낭이 하나 있었다. 나는 자리를 잡고 앉아 맥주 캔 하나를 따고는 낚싯대 사용법을 알아내려고 애썼다. 낚싯바늘을 꺼냈다.

아버지와 아버지의 다른 두 아들을 떠올렸다.

강에 있는 물고기를 떠올렸다. 혹여 물고기를 잡는다 해도 그 물고기를 어떻게 해야 하는지도 몰랐다. 그냥 차가운 맥주와 함께 통에 넣었다가 집에 가져가서 프라이팬에 구우면 되겠지 하고 막연하게 생각했다. 물고기는 원래 통째로 굽는 게 맞겠지?

담배에 불을 붙였다. 낚시할 때 담배 맛과 맥주 맛이 좋아진다는 게 사실 같았다.

하지만 아직 낚시는 시작도 안 했다. 물 위에서 낚싯줄을 흔들기 전까지는 이 임무를 성공적으로 마쳤다고 할 수 없었다. 내가 맞는 단어를 쓰고 있는지도 모르겠다. 낚싯줄을 흔든다고 하는 게 맞겠지? 듣기에 좋은 표현은 아니었다.

나는 내내 누군가가 지나가기를 빌었다. 나이 지긋한 베테랑이 나타나서 내게 낚시의 첫걸음을 보여주길 바랐다. 아이를 멀리 떨어진 주의 대학교로 떠나보내고서 낚싯바늘과 부모님의 신경안정제를 구분할 줄 모르는 처량한 바보를 도와주고 싶어 하는 아저씨나 아주머니를 기다렸다.

나는 맥주를 몇 캔 더 비웠고 담배를 몇 대 더 피웠다. 어찌 된 영문인지 낚싯바늘에 손을 벴다. 손바닥이 기다랗게 찢어져 있었다. 상징 같았다. 스포츠용품 가게에서 팔던 구급상자가 떠올랐다. 지금 하나 있으면 좋을 텐데. 대신 나는 새로 산 셔츠를 벗어서 소매를 뜯어내려고 했다. 하지만 박음질이 아주 튼튼하게 되어 있어서 소매가 떨어지질 않았다. 그래서 셔츠를 통째로 상처에 감았다. 기괴한 장갑 같았다.

이제 나는 셔츠 없이 그 자리에 앉아 있었다. 털이 수북하게 난 상반신을 드러낸 채로. 해가 지기 시작했다.

이 시점에 누군가가 지나갔다면 나를 보고 무슨 생각을 했을지 모르겠다.

심심해서 침낭에서 삐져나온 솜뭉치를 조금 태워봤다. 끔찍한 냄새가 났다.

낚싯대를 들고 물 가까이 갔다. 물살이 빠른 강은 아니었다. 잔잔했고 어두웠고 슬펐다. 낚싯대가 제 역할을 하도록 노력했다. 다치지 않은 손으로 낚싯바늘에 이렇게 저렇게 미끼를 끼웠다. 적어도 끼웠다고 생각했다. 제대로 되는 게 하나도 없었다. 영화에서 본 사람들을 흉내 내 낚싯대를 등 뒤로 넘겼다가 앞으로 던졌다. 그런데 어찌 된 일인지 낚싯대를 놓쳤고 낚싯대가 휙 날아가 물에 빠졌다. 낚싯대는 몇 초간 수면에 떠 있다가 곧 가라앉았다.

나는 웃음을 터뜨렸다.

내가 기억하는 한 그렇게 크게 웃은 적도 없었다.

나는 벙커로 돌아갔다. 깜깜해지고 있었다.

남은 맥주를 꾸역꾸역 마셨다. 증명해야만 했다. 나는 의식을 잃었고 콘크리트 벽에 몸을 웅크리고 누웠다.

잠에서 깼을 때는 한밤중이었고, 사방이 쥐 죽은 듯 고요했다. 바로 저기에 강이 있었지만, 마치 없는 것 같았다. 셔츠도 걸치지 못한 나는 얼어 죽을 것 같았다. 손이 통증으로 쓰라렸고, 바지에 오줌을 지렸다는 걸 깨달았다.

그게 내 낚시 이야기다.

나는 이제 거의 마흔이 다 되어간다. 아이를 둘 키우고 있다. 아들 하나, 딸 하나. 우리는 미시시피주에 산다. 자그마한 우리 집 뒤에는 숲이 있고 어딜 가나 사슴을 만난다. 멀지 않은 곳에 개울과 하천도 있다. 나는 여전히 낚시꾼은 아니다. 싸구려 낚싯대는 하나 가지고 있다. 성찬식에 대한 열망에 시달리다 샀다. (아마도 짐 해리슨의 소설을 읽은 직후였을 것이다.) 지난해 크리스마스에 딸이

'빙글빙글 도는 원피스'와 낚싯대를 달라고 했다. 그게 바로 우리 딸이다. 아들도 낚싯대를 원했다. 아내 덕분에 둘 다 숲을 잘 알고 자연과 친하다. 나와는 도저히 맞지 않는 것들도 그 아이들은 자연스럽게 한다.

그날 밤, 혼자 강둑 벙커에서 낚싯대를 잃고 코가 비뚤어지도록 취한 나는 이렇게 생각했던 걸로 기억한다. 아버지들아, 당신들이 아들을 버리면 이런 일이 일어난다는 걸 알아라. 아마 울기도 했던 것 같다. 그 무렵 나는 자주 울었고, 미친 듯이 웃고 난 뒤에는 무너져서 우는 게 지극히 당연했을 것이다. 당시에 내가 알지 못했던 것은, 당시에 내가 알 수 없었던 것은, 미래였다. 지금의 아내, 지금의 아이들, 내가 할 수 없는 것과 내가 될 수 없는 것들까지도, 있는 그대로의 나를 받아주는 내 가족. 지금은 쉬워졌다. 그런 사랑을 받으면 모든 것이 조금 쉬워진다. 아마도 아이들이 언젠가는 내게 낚시도 가르쳐 줄 수 있으리라.

# 울리 버거

스콧 굴드

아버지도 나만큼이나 그런 대화를 피하고 싶어 했던 것 같다. 아버지와 내가 머리 호수Lake Murray에 근처에 있는 집을 손보던 무더운 여름날에 있었던 일이다. 땀을 뻘뻘 흘리게 만드는 기나긴 작업을 하는 동안 나는 다락 장선 사이를 유리 섬유 단열재로 채우는 법과 널빤지에 칠할 왁스 섞는 법과 프랑스식 하수구의 배수로 각도를 제대로 맞추는 법을 배웠다. 그러나 그해 여름에 섹스의 장점과 단점, 기타 그와 관련된 민감한 문제들에 대한 조언도 들을 줄은 몰랐다. 어쨌거나 아버지는 나를 데리고 낚시를 하러 가서 그런 이야기를 했다.

솔직히 말하면 아버지는 조언을 할 시기를 이미 놓쳤다. 나는 열다섯 살이었고, 기본적인 정보는 혼자서 어느 정도 수집한 상태였다. 그 과목을 졸업했다고 말할 정도는 아니었지만, 나는 습득력이 좋았고 자습을 하는 것도 나쁘지 않았다. (그리고 열다섯 살이나 먹은 내가 아버지와 이런 대화를 나눴다는 사실에 감히 눈알을 굴리지는 말기 바란다. 수십 년 전 일이고, 원하는 정보는 시각 자료를 포함해 아무리 사소한 것이라도 엄지손가락으로 핸드폰 화면을 몇 번 두드리기만 하면 무엇이든 얻을 수 있는 지금과는 다른 시절이었다.) 내가 아는 남자애들은, 적어도 나보다 몇 살 많은 친구들은 아버지와 이런 불편한 대화를 나눌 필요가 없었다. 그들은 알아야 하는 모든 것을 우리 학교에 다니는 나보다 몇 살 많은 브리타니라는 여자애한테서 배웠다. 아마 그 여자애가 우리 학군 남학생의 절반은 가르쳤을 것이다. 우리 학군 담당 교육청이 그녀에게 상패 같은 걸 줘야 할 정도였다.

사우스캐롤라이나주의 어느 후텁지근한 8월 오후에 아버지는 우리가 어떤 것에 대해 이야기해야 한다고 말하면서 장비를 보관하는 창고에서 5번 낚싯대*들을 꺼내 오라고 시켰다. 아버지 얼굴

---

•
* 낚싯대의 강도 표기. 5번 낚싯대는 일반적으로 송어 낚시에 쓰인다.

에 낯선 표정이 스쳐 지나갔다. 마치 암산하기 어려운 수학 문제를 앞에 두고 곤란해하는 것 같은 표정이었다. 내가 뭘 잘못했는지 기억해내려고 애썼지만 떠오르는 것이 아무것도 없었다. 우리는 지붕 중도리에 한창 못을 박는 중이었다. 망치를 내려놓기에도 어색한 때 같았고, 낚시를 하러 가기에도 좋지 않은 때 같았다. 욕이 나올 정도로 더웠으니까. 어느 정도 크기가 있는 물고기는 모조리 더 차가운 깊은 물속에 있을 것이다. 그렇다면 블루길이나 놀라게 해볼 요량인가 보다 하고 생각했다. 정신이 제대로 박힌 사람이라면 그런 무더위에 낚시를 하러 나가지는 않을 것이다. 나가봐야 얻는 거라고는 벌겋게 탄 피부뿐일 테니까.

내 기억이 맞는다면, 창고를 만들고 나서 아버지가 제일 먼저 집어넣은 건 낚싯대였다. 마치 낚싯대를 보관하려고 창고를 만들었다는 듯이 말이다. 아버지는 늘 낚싯대를 소중히 대했다. 산에서 송어를 잡을 때만 쓰려고 아껴둔 더 좋은 낚싯대뿐 아니라 블루길과 작은입우럭을 잡을 때나 쓰는, 대나무로 만든 오래되고 낡은 5번 낚싯대조차도 조심스럽게 다뤘다. 벽에 박힌 작은 못에 건 낚싯대가 창고를 장식하고 있었다. 나는 미끼 상자도 챙겼다. 블루길을 낚을 때는 다양한 미끼가 필요 없지만 말이다. 블루길은 코앞에서 꿈틀거리는 건 뭐든 먹으니까. 내가 만난 생물 중에서도 분별력이 많이 모자라는 축에 속했다.

물가에 도착하자 아버지는 여기저기 긁히고 패인 소형 보트를 잡초 속으로 끌고 들어갔다. 그날 오후에는 어머니도 물가에 서 있었다. 어머니가 아버지를 보면서 "행운을 빌어요."라고 말하던 게 기억난다. 조금만 신경을 썼다면 그것만으로도 뭔가 심상치 않은 일이 벌어지고 있다는 걸 알아차렸을 것이다. 어머니는 우리가 배를 타고 나갈 때 한 번도 행운을 빌어준 적이 없었다. 어머니는 현명한 분이었다. 낚시가 운과는 아무 상관이 없다는 걸 잘 알았다. 낚시는 여러 가지 것들과 상관이 있다. 습도, 수면, 수온, 미끼의 색, 물의 색, 물의 깊이, 기압, 풍향, 시간, 계절, 달의 위치, 낚시꾼의 입 모양 같은 것들 말이다. 낚시를 꽤 해본 사람이라면 낚시 도구 상자에 운 따위를 넣어 다니지는 않는다는 걸 안다.

아버지는 직접 노를 젓고 싶어 했다. *그것도 내가 놓친 단서였다.* 평소에는 나를 소형 보트의 후미에 앉히고서 노를 젓게 하는 분이셨다. 당신은 대학 시절 여름방학 숲 캠프에서 신물 나도록 노를 저었다고 매번 말했다. 그 캠프에서 일어났던 일들에 대해서는 적어도 두 번 이상 들었다. 아버지와 친구들이 전기톱을 하도 잘 다뤄서 나무를 베서 텐트 기둥을 박았다든가, 아버지가 카누를 워낙 빨리 움직여서 모터보트처럼 날아다녔다든가 하는. "산란상 쪽으로 가마." 소형 보트에 자리를 잡고 앉자 아버지가 말했다. "저녁 거리가 필요해." 나는 그해 여름에 블루길을 하도 많이 먹어서 턱에 아가미가 생기지는 않았는지 확인하기 시작했다.

"낚시하러 온 건가요, 아니면 이야기하러 온 건가요?" 아버지가 작은 만에 배를 대자 내가 물었다. 뭔가 분위기가 이상했다. 다만 왜 이상한지 몰랐다. 솔직히 말해 나는 낚시하면서 이야기하는 걸 좋아하지 않았다. 불경스럽게 느껴졌다. 지금도 그렇다. 그리고 지금도 머릿속에서 짧은 장면을 만들어낸다. 그러니까, 어렸을 때부터 물고기가 인간들이 육지에서 누리는 모든 것을 누리는 장면을 상상하곤 했다. 식료품점과 작은 마을과 초등학교와 식당을 오가는 그런 장면들을. 스피닝 낚싯대의 릴을 돌리거나 미끼를 수면 위에 띄울 때면 내 미끼가 물고기들의 선술집 바로 옆을 지나가는 장면을 상상한다. 바에 앉은 물고기 한 마리가 이런 생각을 하는 거다. 밖으로 나가 저게 뭔지 확인해 봐야겠어.

바보 같다고 비웃어도 좋다. 그러나 나는 그런 식으로 물고기들과 물고기들의 세계에 관한 이야기를 머릿속으로 지어내면 더 큰 물고기를 잡을 수 있다고 믿는다. 요컨대 낚시하면서 생각에 잠기는 걸 좋아하고, 그래서 대화를 나누는 걸 좋아하지 않는다.

아버지가 노 젓기를 멈췄고 어찌 된 일인지 땀은 내가 흘리고 있었다. 나는 왁스 냄새가 밴 손수건으로 얼굴을 훔쳤다. "울리 버거* 좀 꺼내봐라." 아버지는 내 질문을 무시하고 말했다.

나는 미끼 상자를 열어 하나를 건넸다. 울리 버거는 르네상스 시기를 맞은 것만큼이나 혁신적인 인조 미끼 종류다. 어디서나 쓸 수 있고, 물에서 헤엄치는 것은 무엇이든 유혹할 수 있다. 나는 강의 후미진 곳 소용돌이치는 물에서도 울리 버거를 써서 송어를 낚았다. 작은입우럭과 큰입우럭도 잡았고, 한번은 아주 당황한 듯한 동갈치도 잡아봤다. 울리 버거가 블루길이 모여 있는 곳을 지나가게 하면 블루길은 하나같이 중독자가 되어 낚싯줄 끝에 그들이 애타게 찾던 마약이 달려 있는 것처럼 굴었다. 그러나 정말이지 못생긴 미끼였다. 검은색인데다가 털뭉치 끄트머리에서는 털이 사방으로 터져 나오는 모양새가 마치 성난 송충이 같았다. 아버지는 울리 버거를 묶은 다음에 그 매듭 꼬리에 실뭉치를 꼬아서 다는 걸 좋아했다. 그냥 재미를 위해서 그렇게 하는 거였다.

　습한 날에 물 위를 떠다니고 있다 보니 아버지가 닻 대신 쓰는 시멘트 블록을 물속에 떨어뜨리기 전부터 물고기 산란상에서 나는 고약한 냄새가 코를 찔렀다. 이 작은 만의 얕은 물에서는 수면 아래로 인공 산란상 세 개가 눈에 들어왔다. 각각 트럭의 바퀴만 한 크기와 모양이었고, 둘레는 하얀색, 산란상의 핵심 부분인 원의

---

●

* 실과 깃털로 만든 인조 미끼인 웨트 플라이의 한 종류. 웨트 플라이는 물 아래 가라앉혀 사용한다.

중앙은 검은빛을 띠고 있었다. 손바닥 크기만 한 블루길이 산란상 주위를 도는 게 보였다. 경비를 서는 거겠지, 하고 생각했다. 나는 머릿속에서 물고기 요새와 물고기 보초가 등장하는 장면을 만들어내기 시작했다. 그리고 플라이를 묶으려고 내 낚싯대에 손을 뻗었다.

"본격적으로 낚시를 시작하기 전에." 아버지가 말을 시작했다가 멈췄다. 아버지는 똑똑한 사람이었다. 분석적이고, 논리적이고, 명확했다. 아버지는 어떤 것을 하고 싶어 했다. 나는 낚시를 하고 싶었다. 나는 릴에서 낚싯줄을 몇십 센티미터 풀어낸 뒤 리더를 잡고서 손가락으로 훑었다. 흠집이나 매듭은 없는지 확인하기 위해서였다.

"이런 무더위에도 나와 있을 줄은 몰랐어요." 나는 산란상과 그 주위를 도는 잿빛 그림자를 가리키며 말했다.

"블루길 산란상이 어떤 역할을 하는지는 알지? 저기서 무슨 일이 벌어지는지도." 아버지가 내게 물었다. 상당히 이상한 질문이었다. 너무 전문적이거나 생물학적이거나, 아무튼 이상했다. 아버지가 그 질문을 했을 때 내가 고개를 살짝 기울였다고 생각하고 싶다. 멀리서 들려오는 휘파람 소리를 해석하려고 애쓰는 개처럼.

"어떤 역할을 의미하는 거죠?" 내가 되물었다. 나는 아버지도 나를 따라하기 시작했다고 생각했다. 아버지도 물고기 세계에 관한 시나리오를 머릿속으로 쓰기 시작했다고, 이번에는 산란상에 보초를 서려고 근무 시간에 맞춰 나타난 블루길의 이야기를 쓰기 시작했다고 말이다. 그러다 뇌의 어딘가에서 스위치가 탁 켜졌다. 내 속에서 작은 틈이 벌어지는 게 느껴졌다. 아버지의 목소리가 어딘지 모르게 어색했기 때문이었을 수도 있고, 아버지가 단어를 천천히 또박또박 말했기 때문이었을 수도 있다. 불현듯 무슨 일이 벌어지고 있는 건지 이해했다. 아버지가 이 세상에서 가장 비밀스러운 영역을 가리고 있는 커튼을 걷어 올리고 그 뒤에서 어떤 일들이 일어나는지 보여주는 그런 순간이 온 것이다. 비유하자면 그렇다는 말이다.

아버지는 낚싯대를 손에 쥐고 있었다. 그래서 나는 아버지가 내가 무슨 말이든 하기를 기다리는 동안 낚싯바늘을 물에 던져 넣을 수밖에 없으리라는 사실을 알았다. 아버지는 낚싯대를 기가 막히게 잘 다뤘다. 80대 후반이 다 되어가는 지금도 그 솜씨는 전혀 녹슬지 않았다. 아버지는 책이나 유튜브 동영상으로는 배울 수 없는, 본능적이고 자연스러운 리듬감을 타고났다. 시속 160킬로미터의 강속구를 미닫이문을 여닫는 것만큼이나 아무렇지 않게 던지는 메이저리그 투수를 떠올리면 된다.

아버지는 앨라배마주 출신인 어머니와 결혼하고 남부에서 수

목 관리인으로서 생계를 꾸리기로 결정한 뒤에 낚시를 배웠다. 곰 곰이 생각해보면, 군대에서 막 제대한 시카고 출신 청년으로서 는 꽤 대담한 선택이었다. 아버지는 새로 가족이 된 처남과 함께 플라이 낚시를 배우기로 했다. 둘 다 송어의 대표적인 서식지에 서 차로 반나절이면 갈 수 있는 곳에서 살았기 때문이다. 아버지 는 마치 플라이 낚시를 하려고 태어난 사람 같았다. 릴에 낚싯줄 을 감는 법, 낚싯줄 고르는 법, 리더 매듭 묶는 법 등을 익혔다. 그 리고 뭔가에 홀린 사람처럼 연습했다. (그 이야기도 귀가 닳도록 들었다.) 아버지는 곧 낚싯줄을 던져 2.5미터 떨어진 깡통에 패러 슈트 애덤스*를 넣을 수 있게 되었다. 아버지는 오버헤드 캐스팅, 쓰리쿼터 캐스팅, 바람을 향해 날리는 사이드 캐스팅을 자유자재 로 구사했다.** 아버지의 줄 끝에 달린 인조 미끼는 그냥 낚싯바 늘에 달린 깃털과 실뭉치가 아니었다. 그것은 살아 있었다. 거짓 말이 아니라 정말로 아버지의 명령에 따라 마치 곤충처럼 허공을 날았다.

●

* 드라이 플라이의 한 종류.
** 캐스팅 방식으로는 어깨 뒤로 넘긴 낚싯대를 앞쪽으로 휘두르는 오버헤드 캐스팅, 오버 헤드 캐스팅에서 낚싯대를 살짝 기울여 휘두르는 쓰리 쿼터 캐스팅, 낚싯대를 수평으로 휘두르는 사이드 캐스팅 등이 있다.

아버지는 내가 낚싯대를 잡을 수 있게 되자마자 자신의 기술을 전수하고 싶어 했다. 아버지는 낚시의 리듬, 이를테면 낚싯줄을 회수할 때 어떻게 해야 가속도가 붙는지, 얼마나 오래 기다려야 낚싯줄이 등 뒤에서 원을 그리는지를 가르치려고 했다. 낚싯줄을 쏜살같이 앞으로 던지는 법도 가르쳤다. 너무 세게 던지면 안 된다. 그저 미끼가 앞으로 날아갈 정도로만 힘을 써야 한다. 아버지는 '옆에서 보면서 내가 하는 그대로 따라 하거라' 유형의 선생님이었다. 내가 아버지가 낚시하는 걸 충분히 오래 관찰하기만 하면 아버지의 기술을 모방할 수 있을 거라고 생각했다. 실제로도 나는 아버지를 지켜봤다. 채투가강 강둑에 앉아서, 그레이트스모키산맥의 냇가에서, 윌리엄스버그의 농장 저수지 제방에 앉아서 아버지를 열심히 관찰했다. 맹세컨대, 마음만 먹으면 언제든 소환할 수 있는 암기 노트를 만들려고 애썼다. 다만 한 가지 심각한 문제가 있었다. 나는 낚싯대를 다루는 솜씨가 형편없었다.

나는 인내심이 부족했고 힘을 너무 많이 썼다. 모든 것을 빨리 해치우고 싶어 했다. 낚싯대가 영 손에 익지 않았다. 그렇다고 낚시를 못했다는 건 아니다. 낚싯바늘을 두세 번 던지면 한 번쯤은 미끼를 수면 근처로 떠오르는 송어 근처에 착지시킬 수 있었다. 꽤 큰 물고기도 잡아봤다. 내가 처음 잡은 송어는 입이 떡 벌어질 만큼 멋진 클라크송어였다. 콜로라도주 리틀트래퍼스호에서 웨이더를 입은 아버지와 청바지를 입은 내가 나란히 서 있었다. 삶을 포기한 송어 앞에 님프*를 떨어뜨린 그때야말로 행운을 잡았던 것 같다. 송어가 덥석 물었고, 아버지가 귀에다 대고 내내 낚싯줄을 풀고 물고기와 줄다리기를 해서 지치게 만드는 것에 대해 소리를 질러대는 동안 나는 그저 릴을 감아 올리기만 했기 때문이다. 물고기와 줄다리기를 한다는 개념은 지금도 이해가 잘 안 간다. 나는 그저 자살 전략을 택한 송어를 망에 넣고 싶었고, 그것도 얼른 넣고 싶었다. 그러나 이것만은 확실히 말할 수 있다. 내가 첫 송어를 잡은 그날만큼 행복한 표정의 아버지를 다시는 보지 못했다. 우리가 2.5킬로미터를 걸어 야영지로 돌아가는 동안 맞바람이 불었고, 젖은 청바지가 다리 주위로 꽁꽁 얼어붙었다. 아버지는 덜덜 떠는 나를 침낭 두세 개로 감싸고 침대에 뉘었다. 그날 몸을 녹이는 동안 실실 웃으면서 드디어 낚시에 통달했다고 생각하던 게 기억난다. 나는 철부지였다.

무더웠던 그날 오후에 대화를 시도하던 아버지는 결국 블루길 산란상에 비유해서 설명하는 걸 그만두었다. 아버지의 질문이 답을 듣지 못한 채 허공을 맴돌았기 때문이다. 아버지는 내가 몇 번

* 유충 모양의 인조 미끼.

캐스팅 연습을 한 후에 블루길 산란상을 향해 울리 버거를 던지는 걸 지켜봤다. 아주 볼품없는 모습이었다. 물 위에서 천천히 펴져야 할 노란 미끼는 마치 상형문자처럼 미친 듯이 꼬였다. 아마도 아버지가 들을 수 있을 정도로 큰 목소리로 "빌어먹을!"이라고 중얼거렸던 것 같다.

"서두르지 않아도 된다는 거 알지. 너는 언제나 너무 마음이 급해. 그렇게 서두르면 안 돼." 아버지가 말했다.

아버지 말씀이 옳았다. 나는 낚싯대를 뒤로 던질 때 충분히 뜸을 들이지 않았다. 리듬이 완전히 어긋났다. 느슨해진 낚싯줄을 감은 다음 울리 버거를 거둬들였다. "그리고 언제나 낚싯줄을 너무 빨리 풀어내. 이건 경주가 아니야, 알잖니. 모든 건 그에 맞는 속도가 있단다. 너는 늘 그렇게 서두르지만. 될 일은 때가 되면 다 되기 마련이다. 제때가 되었을 때 말이다. 네가 아무리 서둘러도 안 되는 것들이 있단다. 내가 무슨 말 하는지 알겠니?"

나는 늘 이해력이 다소 떨어지는 편이었다. 우리가 왜 거기에 있는지 그새 잊고 있었다. 다시 낚시 이야기를 하고 있다고 생각했다. 아버지가 이렇게 말하기 전까지는. "궁금한 게 있으면 언제든 내게 물어도 좋다. 나도 전문가는 아니지만 내가 아는 것을, 네가 알아야 할 때가 되면 알려주마." 그제야 나는 우리가 블루길 산란상에 울리 버거를 어떻게 물에 띄워야 하는지가 아닌 다른 이야기를 하고 있었다는 걸 깨달았다.

내 기억이 맞는다면 그 순간 아버지 얼굴에 웃음이 번졌다. 마치 너무 오랫동안 숨을 참고 있다가 마침내 내뱉은 사람처럼. 아버지는 블루길 산란상을 흘깃 보더니 릴에서 줄을 조금 풀었다. 나는 아버지가 낚싯대를 휘두르는 모습을 지켜봤다. 아버지 등 뒤로 완벽한 곡선이 튀어나오고, 아버지의 팔뚝이 부드럽게 앞으로 휙 꺾이면서 그 곡선이 반대 방향, 즉 산란상 쪽으로 그대로 이동하는 것을 봤다. 아버지는 프리스비만 한 산란상 앞머리에 울리 버거를 던져 넣었다. 그게 채 7센티미터도 가라앉기 전에 블루길이 떠올라 덥석 물고는 산란상에서 달아났다. 산란상 안에서 자라고 있는 것들에게 빼앗기지 않기 위해서였으리라. 아버지는 그 물고기가 항복할 때까지 줄다리기를 하고, 정말 필요할 때만 줄을 풀었다. 그리고 침착하게 소형 보트 옆으로 끌고 왔다.

한낮의 열기 속에서 호수에 배를 띄워놓고 블루길 산란상에 인조 미끼를 던지는 것이 아들과 대화를 나누는 이상적인 방법인지 아닌지는 나도 잘 모르겠다. 아동 심리학자 중에는 그 방법이 잘못되었다고, 내게 평생 아물지 않을 상처를 남겼다고 말하는 이도 있을 것이다. 그러나 아버지는 낚시가 이 세상의 더 중요한 문제들과 어떤 식으로든 연결된다는 것을 알 만큼 똑똑한 분이셨다. 아버지의 손에 들린 낚싯대가 물 위로 그려낸 우아하고 커다랗고 완벽한

곡선을 보았을 때 나는 앞으로 내가 만날 세상에 대해 뭔가를 배
웠다는 것을 알았다. 아버지는 낚시에 관한 모든 것을 내게 가르쳤
다. 그리고 내가 영원히 알 필요가 없었을 나머지 모든 것에 대해
서도 아주 조금은 가르쳤을 것이다.

# 고등어의 해

마크 파월

    내가 대물을 낚은 그해에 우리 부부는 찰스턴 Charleston의 배터리 지역에 위치한, 작지만 아주 우아한 여섯 가구로 나뉜 한 대저택에 거주하고 있었다. 그곳에서 사는 게 내 꿈이었다. 나는 사우스캐롤라이나주의 오코니카운티Oconee County라는, 블루리지산맥Blue Ridge Mountains 남쪽 끄트머리에 자리한 산골마을에서 자랐다. 그곳에서 나는 하루의 거의 대부분을 숲에서 산책하면서, 그리고 조금 커서는 산길을 달리면서 보냈다.

    찰스턴은 내게 늘 일종의 이상화된 꿈의 도시를 상징했다. 달빛과 목련, 마차 택시, 아이비와 돌이 한데 엉켜 만든 주머니 속에 잘 숨겨진 정원. 나는 그곳에서 대학을 다녔지만, 그 도시를 제대로 누리지 못했다. 시타델의 육군사관학교를 다닌 나는 항상 물리적으로만이 아니라 문화적으로도 그 도시와 거리감을 느꼈다. 그곳에 있다고 할 수 없었다. 그래서 다시 찰스턴으로 돌아갈 기회가 왔을 때 아내와 나는 얼른 그 기회를 잡았다. 찰스턴의 한 대학교에서 학생들을 가르치기로 한 것이다. 산골 마을을 떠날 수 있게 된 것이다.

나로서는 마다할 이유가 없었다.

나는 살면서 딱 두 번, 내가 바다 사람이라고 스스로를 설득하려고 해 봤다. 해변과 늪에, 드넓은 하늘과 새파란 수평선에 어울리는 사람이지 산속에 처박혀 있을 사람이 아니라고 말이다. 두 번 다 나 자신을 속이는 데 거의 성공할 뻔했다. 한 번은 찰스턴에서, 그리고 또 한 번은 그로부터 몇 년 뒤 플로리다에서였다. 두 번 다, 나는 내 안 가장 깊은 곳이 산에 속한다는 사실을 깨달았다.

내가 대물을 낚은 해는 또한 나 자신이 이제나저제나 무너질까 두려움에 떨었던 해이기도 했다. 어쩌면 이미 다 무너져 내린 상태였고, 그저 그 사실을 자각하기 시작한 것뿐이었는지도 모른다. 이를테면 골절상을 입었을 때처럼 나 자신이 얼마나 깨지기 쉬운 존재인지를 깨달은 것이다. 잠시 충격에 빠져 당황하고 있는데, 이내

고통이라는 구체적인 형태로 모습을 드러내는 그런 경험.

그해는 내가 "이게 네 인생이야. 지금 이 순간 네가 겪고 있는 이것이."라는 식으로 생각할 정도로 나이가 들었지만, 그런 순진함에 부끄러움을 느낄 정도로 나이 들지는 않은 그런 해였다. 중년의 위기 같은 것은 아니었다. 지금은 그게 아니었다는 것을 안다. 그건 단지 인생과 모종의 타협을 하는 과정이었다. 꼭 필요한 과정이기도 했다. 그러나 그 순간에는 안절부절못했고, 그런 불안감이 '조깅'이라는 형태로 발현되었다. 새벽이 아침으로 바뀌는 두세 시간 동안 배터리의 해안을 따라 연안 경비대 초소와 부두와 옛 노예 시장을 지나 이스트베이까지 갔다가 돌아오는, 반도를 쭉 도는 코스를 달리면서 과거에 일어난 일들과 과거에 일어나지 않은 일들과 그럼에도 또 앞으로 일어날 일들에 대해 생각하고, 기도하고, 고민했다. 나는 달렸다. 그리고 늘 그렇듯이 물가를 달렸다.


그해 나는 남북 전쟁 전 양식의 현관과 회랑으로 꾸며진 보금자리에서 공상에 잠기곤 했다. 우리는 아파트 꼭대기 층인 3층에서 살았고 철사로 촘촘하게 엮은 포치 방충망에 얼굴을 살포시 대면 겨울나무들 너머로 파란 항구가 보였다.

나처럼 아내도 산속에서 자랐다. 그리고 대학을 졸업한 뒤 나와 아내는 그곳으로 돌아가 섬터 국유림Sumter National Forest 경계에 있는 작은 오두막에서 살았다. 산속 호수답게 그곳 물은 연한 녹색을 띠고 있었고, 우리만큼이나 나이를 먹은 낡은 고글을 쓰고서 간신히 스키를 탈 수 있을 정도로 좁고 굽은 산길이 나 있었다. 그곳 물은 채투가강Chattooga River과 채우가강Chauga River의 지류로, 급류와 깊은 소가 적절히 섞여 있었다. 훗날 찰스턴 부둣가를 달리듯이 나는 몇 년을 그 두 강의 강둑을 따라 달렸다.

낚시도 꽤 많이 했다. 형 제임스, 친구 칼과 함께 송어를 잡곤 했다. 더 정확하게 말하면 낚시를 하러는 꽤 많이 갔다. 왈할라 물고기 산란상으로 걸어 내려가 대개는 낚싯대를 걸어놓고 우리 개 버디와 함께 산길을 따라 달렸다. 낚시는 숲으로 들어갈, 혼자 숲으로 들어가 하릴없이 머물 핑계였던 셈이다. 왜냐하면 홀로 숲에서 머무를 시간이 필요했기 때문이다. 정말로 낚시를 하고 싶었던 적은 없다.

그해 찰스턴에서 나는 낚시를 하고 싶다고 스스로에게 최면을 걸었다.


찰스턴으로 간 그해 나는 산이 그리워지기 시작했다. 채투가강이, 릭로그크리크Lick Log Creek 개울과 옐로우브랜치 폭포 주위의 비탈진 숲이 미치도록 그리웠다. 그 삶이 그리워진 것이 나는 그다지 달갑지가 않았다. 내 소망은 그런 산골에서 벗어나는 거라고,

그곳을 벗어나고, 그 삶에서 벗어나는 거라고 스스로를 세뇌하려고 애썼다. 최대한 가까운 거리에 있는 도시를 물색했고, 그게 바로 찰스턴이었다. 그해에는 해안을 바라보는 대신 나무들을 떠올리는 시간이 더 많았고, 나는 내가 향수를 느끼는 대상은 그 장소가 아니라 그곳에서의 활동적인 일상이었다고 애써 스스로에게 변명했다. 그러니까 낚시가 그리운 것이라고, 바다로 나가서 커다란 은빛 물고기를 잡으면 이 새로운 나를 확실하게 받아들일 수 있을 거라고 말이다. 그래서 장인 장모와 처제가 놀러오자 반나절이 걸리는 낚시 여행을 계획했다. 예약한 날이 왔고, 동이 트기 전 우리는 선장이 기름을 채우고 있는 배가 정박한 선창으로 갔다.

소금기 가득한 공기는 차가웠고, 주위의 어둠이 서서히 걷히고 있었다. 새날이 밝았고, 그걸 온몸으로 느낄 수 있었다. 동이 틀 무렵 배가 출발했다.

우리는 부두를 따라 아일오브팜즈Isle of Palms 쪽으로 나가서 낚시를 했다. 그런데 다시 항구 안쪽으로 돌아온 뒤에야 뭔가가 내 낚싯줄을 건드렸다. 내가 상상하던 바로 그런 식으로 말이다. 마침내 배 가까이 끌고 왔더니 내가 기대하던 딱 그런 물고기라는 걸 알 수 있었다. 번쩍거리는 1미터짜리 빛 그 자체였다. 낚싯바늘에 단단히 걸려 칼날처럼 기다랗고 눈부신 모습으로 지척에 떠 있었다. 파도가 밀려왔다가 지나가자 아직 형태가 완성되지 않은 무언

170

가처럼 반짝거렸다. 바로 그 순간 나는 내가 그 물고기를 벽에 걸게 되리라고 확신했다. 미래에 내가 살고 있을 어느 찰스턴 대저택 벽에 걸어둘 거라고 말이다. 앞으로 사람들에게 들려줄 이야기를 구상하기 시작했다. 그 물고기가 어떻게 저항하고 낚싯줄을 잡아당겼는지, 그 물고기가 물속으로 달아나려고 하는 중에 낚싯대가 얼마나 어마어마하게 휘었는지. 그 물고기를 얼음에 파묻고 선창가로 돌아갔다. 승리한 기분이었다. 아주 잠깐이지만 나는 승리를 만끽했다.

그러나 그 물고기가 박제되어 내게 돌아올 무렵 내 마음은 도로 산속에 들어가 있었다.


그 무엇도 나를 바꾸지 못했다. 그해 5월 우리는 찰스턴을 떠나 유럽으로 날아갔다. 나와 아내는 그곳에서 내가 그 전해에 받은 문학 펠로우십의 남은 돈을 써 버리려고 전력을 다했다. 우리는 이 도시에서 저 도시로 옮겨다녔다. 나는 계속 달렸고, 생각했고, 기도했지만 마음의 평안을 찾을 수가 없었다. 그해 가을 우리는 오코니로 돌아갔다. 그곳에는 아름답게 박제된 내 물고기가 상자에 담겨 장인의 가게에서 나를 기다리고 있었다. 산 아래턱에 위치한 장인의 가게는 낚싯대, 인조 미끼, 생물 미끼 등 낚시 장비를 전문적으로 취급하는 잡화점이었다.

나는 그 물고기를 보는 게 두려웠다. 여전히 전리품처럼 느껴졌지만 내 탈출 시도가 실패로 끝난 것을 기념하는 전리품 같았다. 나는 톱밥 속에서 그 물고기를 꺼냈다. 그 물고기가 우아한 자태, 매끈한 윤곽선, 터무니없을 정도로 정교한 지느러미를 지녔다는 것은 부정할 수 없었다. 나는 그 물고기를 들고서 우리가 다음에는 어디로 가게 될지 불안한 마음으로 여러 가능성을 떠올리며 고민에 빠졌다. 그러나 몇 분 지나지 않아 어쩐지 조금 느슨해지는 느낌이 들었다. 나는 나 자신에게, 그곳에, 그 산들에 항복하기로 했다. 바로 그때 그 자리에서 나는 산들이 나를 만들고 보듬었지만 산들의 손길이 결코 나를 짓누르지는 않았다는 것을 깨달았다. 한번도 그런 적이 없다는 것을 인정했다. 나는 언제든 왔다가 또 떠날 수 있지만 내 일부는 늘 그곳에 머문다는 것을. 선택의 문제가 아니었다. 그렇게 오고가면서 늘 긴장하는 것은 아니지만 거의 그에 가까운 상태로 사는 것, 살아 있다는 것은 바로 그런 것이었으니까. 이것이 과장된 표현이라고 해서, 또는 진부한 표현이라고 해서 그 안에 담긴 진실이 사라지는 것은 아니다.

나는 내 물고기를 들고 장인의 가게를 둘러보았다.

산에 위치한 곳인데 내 물고기를 가게 벽에 걸린 무지개송어와 강송어 같은 민물송어들 사이에 걸어도 되는지 물었을 때 장인은 그러라고 했다. 내 물고기는 여전히 거기에 걸려 있다. 그 뒤로 나는 내 물고기가 그곳에 어울리면서도 어울리지 않는, 어느 쪽이라고 딱 잘라 말할 수는 없는 무언가라는 것을 깨달았다.

그리고 바로 그것이 내 물고기에 마음이 끌리는 이유다. 내가 잡아서가 아니라, 그런 긴장 속에 걸려 있으니까. 이 날렵한 바닷물고기가 민물고기들 틈에 걸려 있으니까. 산에 올라갈 때마다 장인의 가게에 들러 내 물고기를 본다. 그리고 매번 산을 다시 내려온다.

# 퀸타나에서 개구리 잡기

내털리 바질

　　　　　　　　루이지애나주 남부로 떠나기 며칠 전 패트릭이 전화를 걸어 깜짝 이벤트가 있다고 말한다. "개구리잡이 안 갈래요? 관심이 있으면 내 친구 제이가 데려가 주겠대요."

"당연히 가야죠." 내가 대답한다. 두 번 생각할 것도 없다. 패트릭은 내 오른팔이자, 단짝 친구이자, 내게 루이지애나 남부에 관한 모든 것을 알려주는 지역 전문가니까. 우리는 둘 다 18세기 골동품, 18세기 프랑스 초상화, 초밥, 아카디아인* 건축 양식에 푹 빠져 있다. 또한 둘 다 옷에 돈을 쓰지 않고 자동차에는 전혀 관심이 없지만 희귀한 사이프러스 장식장이나 마호가니 기둥 침대가 경매에 나오면 아이를 팔아서라도 사고 싶은 유혹을 느낄 것이다. 나는 패트릭의 초대에는 무조건 응한다는 원칙을 고수하고 있다. 아무리 말도 안 되는 활동처럼 보여도 예외는 없다. 패트릭은 모험을 좋아하고 장난기가 넘치고 남부의 이야기꾼 혈통을 이어받아서 누구 못지않게 흥미진진한 이야기를 뽑아낼 수 있기 때문이다. 그가 위기일발의 상황이나 기막힌 우연을 배꼽이 빠질 정도로 재미있게 빚어낸 그의 이야기를 직접 들은 터라 그가 어디서 소재를 얻는지 내 눈으로 확인할 때가 되었다고 생각하고 있었다.

50년 전만 해도 우리의 우정은 불가능했을 것이다. 루이지애나주가 흑인 여자와 백인 남자가 친구가 되는 걸 법으로 막지는 않았다 하더라도 사회 분위기가 그걸 용납하지 않았을 테니까.

"좋았어." 패트릭이 말한다. 그는 즐거워 보였고 살짝 재미있어하는 것 같기도 하다. 내가 모르는 뭔가를 알고 있는 듯이. "긴 바지랑 긴팔 셔츠, 진흙투성이가 돼도 상관없는 신발을 꼭 챙겨요."


패트릭과 내가 탄 차가 프랭클린Franklin의 메인스트리트에서 얼마 떨어지지 않은 곳에 있는 단층 벽돌집 앞에 멈췄을 때는 이미

●
\* 지금의 캐나다 노바스코샤주인 아카디아에 이주해 정착했던 프랑스인들. 영국인에 의해 강제 이주해 현재 루이지애나주에도 그 후예들이 살고 있다.

해가 져서 하늘에는 유리처럼 반짝이는 별들이 촘촘하게 박혀 있었다. 그 집 앞에는 평판 트레일러를 매단 도요타 툰드라가 세워져 있고, 트레일러에는 알루미늄으로 만든 작은 배가 실려 있다. 식민지 시대에 모피 상인들이 쓰던 바닥이 평평한 배의 현대 버전이다. 차고 문이 열려 있어서 우리는 차고로 들어가 부엌으로 통하는 문을 연다. 이것도 내가 루이지애나주 남부 지역에 관해 알게 된 사실 중 하나다. 이곳 사람들은 집에 들어갈 때 현관문을 이용하는 일이 거의 없다. 손님조차도 차고나 옆문으로 드나든다.

"개집에 오신 것을 환영합니다." 우리가 부엌으로 들어서자 제이가 말한다. 샌프란시스코 출신인 내 눈에 그는 농부처럼 보인다. 몸집이 크고 개구쟁이 같은 얼굴을 하고 있고 그에 걸맞은 둥그스름한 얼굴과 두툼한 손을 지녔다.

이상하게도 사람이 살지 않는 집처럼 느껴진다. 싱크대에 접시도 없고, 가스레인지에 냄비도 없고, 카운터에 가전제품이 하나도 없다. 화분도, 가족사진도 없다. 집을 보금자리로 만드는 그런 특별한 손길이 닿지 않은 듯하다. 독신남의 집이라고 짐작한다.

"왜 개집이라고 부르죠?" 내가 묻는다.

"아내가 화를 내면서 나를 집에서 내쫓으면 오는 곳이니까요." 제이가 국방색 점퍼의 지퍼를 올리면서 웃음을 터뜨린다. "실은 아버지가 집주인인데 거의 모임 장소나 창고로 써요." 알고 보니 개집은 제이가 운영하는 약국 바로 옆집이다. 그는 늦게까지 일하고 60킬로미터나 떨어진 집까지 차를 몰고 가는 게 내키지 않을 때면 여기서 밤을 지샌다.

우리는 트럭 짐칸에 보냉 상자를 싣고 프랭클린 운하로 출발한다. 텅 빈 거리를 지나 선로를 건너고 시내로 돌아가는 우리 뒤를 하현달이 쫓아온다. 트럭 한 대가 반대편에서 다가온다.

"아마 우리가 지금 하러 가는 걸 마치고 오는 길일 거예요." 제이가 말한다. 개구리잡이는 6월에 시작된다. 지금은 6월 중순이다.

내가 백인 남자 두 명과 차를 타고 루이지애나주 시골길을 달리고 있다는 걸 알면 아버지가 뭐라고 하실까 궁금해진다. 아버지는 루이지애나주라면 질색을 했다. 그럴 만한 이유가 있었다. 1950년대에 여기서 멀지 않은 작은 마을에 사는 십 대 소년이었던 아버지는 학교 수업이 마치면 주유소에서 일했다. 아버지가 휴식 시간에 깜빡 잠들었을 때 백인 남자애들이 주유소로 찾아와 아버지의 맨발에 액체 고무를 붓고는 불을 붙였다. 불을 끄려고 펄쩍펄쩍 뛰는 걸 보고 데굴데굴 구르면서 웃었다고 했다. 고등학교를 졸업하던 날 아버지는 짐을 싸서 캘리포니아주로 떠났다. 나는 그곳에서 태어났다. 나는 내가 캘리포니아주 사람이라고 생각하지만 그래도 왠지 루이지애나주에 끌린다. 이곳이 너무나 좋다. 뿌리를 찾은 느낌이다. 이곳이 내 핏속을 흐르고 있다. 내 안에서 기다리는 무언가가 있다. 샌프란시스코에 있을 때는 휴면에 들어가는 무언가가 있다. 아버지가 여전히 살아 계셨다면 그렇게 말씀드렸을 것이다.


배를 대는 곳에 오자 흡사 중국의 화생방 훈련이 시작된 것 같다. 제이가 운전석에서 내려 배에 올라타고, 패트릭이 운전대를 잡는다. 패트릭이 차를 뒤로 빼면서 트레일러를 경사면 쪽으로 돌리는 동안 수많은 손짓과 휘파람이 오간다.

제이가 소리친다. "너무 서두르지 마. 잘못하면 물이 배 후미로 쏟아져 들어온다고."

내가 루이지애나주 남부 지역에 관해 알게 된 또 다른 사실은 이거다. 모든 사람이 배를 가졌거나 배를 소유한 사람과 친하다. 나는 이곳에 머문 한 주 동안 주민들이 먼 바다까지 나갈 수 있는 새 트롤선에 대해 이야기하는 걸 듣고, 아이들이 포인트에서 제트스키를 타는 걸 지켜보고, 패트릭 집 뒤편의 느린 강에서 쾌속정이 빠른 속도로 오가는 것을 설핏 봤다.

1분 뒤, 트럭을 주차하고 모두 나룻배에 자리를 잡았다.

"뭐 마실 사람? 미켈롭 울트라, 버드 라이트, 쿠어스 라이트, 아비타 라이트, 생수, 게토레이가 있습니다." 제이가 말한다.

30년 전이라면 우리는 도수가 높은 칵테일을 들이붓고 있었을 것이다. 젠장, 나는 생각한다. 우리도 늙었네.

제이는 버드 라이트 캔을 따고, 우리 둘에게 생수를 넘긴 뒤 모터에 시동을 건다. 몇 분 동안 우리는 물 위를 물장군처럼 가볍게, 미끄러지듯 나아간다. 속도가 워낙 빨라서 앞쪽에 앉은 패트릭의 얼굴이 바람막이 창이 된다. 우리가 물을 가르며 나아가는 동안 벌레들이 그의 이마에 부딪히고 수염에 걸린다.

"고글을 가져왔어야 하는데." 그가 큰소리로 외치더니 다시 고개를 돌려 실눈을 뜨고 배 앞쪽을 유심히 살핀다. 자른 지 얼마 안 된 얼룩덜룩한 그의 머리카락이 바람에 날려 얼굴이 훤히 드러났다.

그동안 제이는 선외 모터인 프로 드라이브 옆에 꼼짝 않고 서 있다. 수초와 부레옥잠을 헤치고 나아가기에 완벽한 모터다. 커다란 조명등이 앞에 달린 형광 녹색 헬멧을 쓴 그는 그리스 신화 속 거인인 키클롭스 같다. 그가 고개를 옆으로 돌릴 때마다 조명등 불빛이 물 위로 떨어지면서 우리 옆에서 튀어오르는 물방울을 밝히고 양 강둑의 나무들을 따뜻한 노란빛으로 물들인다.

"냄새가 나지?" 제이가 말한다.

"버드나무 냄새." 아무 냄새도 안 나는데 패트릭이 답한다. 나는 버드나무 냄새라는 게 있는지도 몰랐다. 이 사람들 도대체 정체가 뭐야? 다시 궁금해진다. 이곳 아이들은 도시 아이들과는 달리 사냥하고 낚시하고 숲을 돌아다니며 자란다는 사실을 떠올린다. 아버지도 어릴 때 늘 연못에서 낚시를 하고 울창한 숲에서 사냥을 했다. 손으로 잡은 가재와 총으로 잡은 토끼와 너구리와 주머니쥐와 다람쥐를 들고 집으로 돌아왔다. 그러면 아버지의 어머니가 요리를 해주셨다. 까마귀를 잡아먹은 적도 있다고 했다.

"어릴 때 여기서 시간 가는 줄 모르고 놀았어요." 내 생각을 읽기라도 한 듯 패트릭이 말한다. "한번은, 모터 달린 배가 생기기 전인데, 집 근처에서 여기까지 노를 저어서 왔어요. 밤새 저었죠."

나는 눈을 감고 꽃향기 같은 버드나무의 희미한 냄새를 들이마신다. 피부에 닿은 따뜻한 밤공기가 부드러운 양가죽 같다.


어둠이 있고 강의 어둠이 있다. 제이가 헬멧에 달린 조명등을 끄자 이곳의 어둠이 먼 우주의 어둠에 더 가깝다는 것을 알게 된다. 강둑과 물조차도 사라지고 우리는 메아리가 울리는 칠흑 같은 허공을 떠다닌다. 패트릭이 코앞에 있는 데도 보이지 않는다. 저기 뒤쪽에 있는 제이도 보이지 않는다. 나는 생각한다. '신이시여, 제발 이 배가 나무둥치에 부딪혀서 뒤집히는 일이 없게 지켜주세요. 어느 쪽으로 헤엄쳐야 할지 전혀 감도 오지 않을 테니까요.'

우리는 이런 식으로 한참을 앞으로 나아간다. 이곳 세상은 영원처럼 잠잠하지만 그렇다고 조용하지는 않다. 귀뚜라미와 매미가 누가 더 크게 우는지 시합을 벌이고 물이 배 옆면에 부딪혀 철썩거린다. 사방에서 청개구리가 울부짖는다. 제이는 베테랑 선장처럼 배를 몬다. 어디로 가야할지 어떻게 아는지 완벽히 수수께끼다. 그렇게 앞으로 나아가는 동안 나는 사방이 열리는 걸 느끼고, 달이 수평선 쪽으로 조금 떨어지자 우리가 어딘가 다른 곳에 도착했다는 걸 알 수 있다. 공기의 밀도가 옅어졌다. 제이가 조명등을 다시 켜자 우리는 미식축구 경기장만큼이나 너른 수면 위에 떠 있다.

프랭클린 운하는 원래 목재를 제재소로 운송하는 통로로 개발된 복잡한 수로의 일부다. 이 운하는 멕시코만 연안을 따라 플로리다주 캐러벨과 텍사스주 브라운스빌을 연결하는 내륙 수로에 도달한다. 제이가 갑자기 왼쪽으로 배를 꺾자 배는 큰 반원을 그린다. 교차 지점에서 빠져나와 시골의 2차로만큼이나 좁은 물길로 들어선다. 곰팡이가 빽빽하게 들어찬 듯이 공기가 무겁고 나무들은 가지가 보이지 않을 정도로 연한 회색 이끼로 뒤덮여 있다.

우리는 누군가의 낚시 야영지에 도착한다. 나루터에 사이프러스로 만든 작은 오두막이다. 내가 루이지애나주 남부 지역에 관해 알게 된 세 번째 사실은 이거다. 루이지애나주 남자들은 야영지를 사랑한다. 몇 시간이고, 심지어 며칠이고, 이런 물가의 오두막에서 요리하고 노닥거리고 이야기를 지어낸다. 이 오두막은 여기저기 틈이 벌어지고 비바람에 닳고 닳은 채 저만치 떠 있는 것이 귀신이 살 법한 집처럼 보인다. 앞쪽의 창문 두 개는 마치 속쌍꺼풀이 진

눈 같다. 작은 포치는 물에 닿을 정도로 입꼬리가 처진 입 같다.

나는 생각한다. '맙소사, 딱 디즈니랜드에 있는 그 캐러비안의 해적 놀이기구잖아.' 그러나 생각을 입밖으로 내지는 않는다. 관광객 취급 당하기는 싫으니까. 다섯 살짜리 꼬맹이처럼 보이는 것도 싫고.

제이가 조명등으로 사방을 훑고 있는데 물에서 숭어가 불쑥 튀어나와 배 안에 떨어진다. 둔탁한 소리를 내면서 갑판에 부딪힌 은빛 숭어는 눈을 커다랗게 뜬 채 분홍색 입술로 힘겹게 숨을 쉰다. 패트릭이 숭어를 들어 배 밖으로 던진다.

우리가 출발한 보트 경사로의 식물 생태계는 여기 우리를 둘러싼 자연에 비하면 빈사 상태나 마찬가지였다. 수염 틸란드시아가 늘어져서 벨벳 커튼처럼 드리워져 있고 운하는 빽빽하게 들어선 니사나무, 사이프러스, 자연초, 부레옥잠에 질식하기 일보 직전이다. 부레옥잠은 1884년 뉴올리언스에서 열린 세계박람회에서 일본 전시관을 통해 처음 루이지애나주에 소개되었다. 부레옥잠의 꽃송이에 반한 사람들은 기념품 삼아 집으로 한 뿌리씩 들고 갔지만 신선함이 사라지자 수로에 버렸다. 이제 부레옥잠이 토종 식물을 몰아내고 루이지애나주의 모든 수로를 막고 있다. 부레옥잠 한 부대가 우리의 앞길을 막는다. 제이는 최선을 다해 피해 가고 피하지 못한 부레옥잠은 프로 드라이브를 들어올렸다가 내리면서 그날로 잎을 잘라낸다. 퍽도 효과가 있다. 우리가 지나가자마자 부레 옥잠이 다시 모여든다. 우리의 존재 자체를 역사에서 지워버린다.

"퀸타나Quintana에 안 온 지 10년은 됐나 봐. 고등학교 때는 여기서 살다시피 했는데." 패트릭이 말한다.

"뭐든 잡히기를 기도하자고." 제이가 말한다. 모든 친절한 안주인이 그렇듯 내가 즐거운 시간을 보내기를 바라는 제이의 목소리에 불안감이 묻어난다. 그러나 바로 그때, 마치 신호만 기다리고 있었다는 듯이 제이의 엄지만 한 작은 개구리가 제이의 다리 위에 착지한다. "이게 우리가 찾던 거예요." 제이가 기대에 부푼 목소리로 말한다. "이것보다 열 배는 더 커야 하지만."


개구리잡이는 야외 활동이 아니다. 중독이다. 퀸타나를 가로지르는 동안 제이와 패트릭은 자신들이 밤새 개구리잡이에 빠져서 몇 시간이나 계속 했는지 주고받는다. 네 시간, 다섯 시간, 여섯 시간. 그리고 앉은 자리에서 개구리 다리를 몇 킬로그램이나 먹었는지도. 패트릭은 해가 지자마자 개구리잡이를 시작해서 다음 날 해가 뜰 때까지 계속한 친구 이야기를 한다. 제이는 자신이 농부들이 논에 물을 가득 채워서 쌀농사를 짓는 국가에서 개구리를 하룻밤에 120마리나 잡은 적도 있다고 말한다. 제이는 이야기하는 내내 왼쪽과 오른쪽을 번갈아 보고 있다. 제이의 제3의 눈이 한쪽 강둑을 훑고 반대편 강둑을 훑는다. 이제 그는 침묵한다.

"있다." 제이가 갑자기 진지한 목소리로 말한다. "보여요? 저 사이프러스 바로 뒤예요." 그는 강둑을 따라 조명등을 죽 비춘다.

"보여." 패트릭이 말한다.

나는 조명등 불빛을 따라 시선을 돌리지만 아무것도 보이지 않는다. 상관없다. 제이와 패트릭이 포착했으니까. 제이가 보트를 강둑 가까이로 몰고 가면서 한 지점에 조명등을 비추는 동안 패트릭이 엎드려서 보트의 선미에서 몸을 내민다.

나에게는 개구리가 한 마리도 보이지 않지만 기회만 주어지면 언제든 우리를 집어삼킬 것 같은 울퉁불퉁한 나뭇가지와 나무 등치와 뾰족한 뿌리와 거미줄과 새까만 진창은 보인다. 우리 배가 저기로 들어갈 수 있을 리가 없다. 그러나 제이는 계속 앞으로 나아간다. 조명등은 내내 한곳에 고정한 채로. 어느새 우리는 강둑에 바싹 붙었고 나는 나도 모르게 비명을 지른다. "안 돼! 안 돼!" 패트릭의 상반신이 덤불 속으로 쑤욱 사라진다.

"잡았어?"

패트릭은 한참 동안 답이 없다. 그의 몸이 꼼짝도 안 한다. 주황색 구명조끼가 불꽃처럼 둥둥 떠 있다. 그러다 무릎이 갑판에 닿을 때까지 조금씩 뒤로 상반신을 끌어당기고는 통통하고 입을 활짝 벌린 황소개구리를 들어 보인다. 등심 스테이크처럼 살집이 오른 커다란 개구리다. 나는 비명을 지른다. 어쩔 수가 없다. 제이의 다리에 착지한 작은 개구리는 만화 속 캐릭터처럼 귀여웠다. 그러나 패트릭은 배에 괴물을 끌고 들어왔다. 살짝 내려온 눈꺼풀 아래 동글납작한 검은 눈은 줄마노 조각 같다. 나무라는 듯한 눈빛으로 나를 지그시 바라본다. 에메랄드 초록빛 피부에 검은 점이 찍혀 있다. 에나멜을 칠한 것처럼 반질반질하다. 입술이 없는 입은 머리 한쪽 끝에서 다른 한쪽으로 죽 그어놓은 선이다. 다리는 아기처럼 통통하다. 그러나 조명등이 비추는 한 최면에 걸린 듯 움직이지 않는다. 두 사람이 내게 그게 비법이라고 말한다. 나는 그 말을 정말로 믿고 싶다.

내가 무슨 일에 뛰어들었는지 받아들일 시간이 필요하다. 지금 이 순간 패트릭네 집에 있을 수도 있었다. 강물이 유유히 흐르는 동안 핌즈 칵테일을 홀짝거리면서 경매 카탈로그를 넘겨볼 수도 있었다. 그러나 아니, 아니, 아니요. 나는 대담해야 했다. 뭔가 새로운 걸 시도해야만 했다. 아버지가 늘 하던 말이 기억난다. 모험을 찾아 나서면 결국 재앙과 맞닥뜨리기도 한다는.

제이는 오늘 보관함 역할을 할 보라색 가재잡이용 주머니를 연다. 패트릭이 개구리를 넣자 제이는 입구를 봉하고 보냉 상자의 손잡이에 묶어둔다. 개구리가 무슨 일이 벌어지고 있는지 드디어 깨닫고는 화를 내며 뛰어다니기 시작한다. 상자의 옆면과 배의 옆면에 이리저리 부딪히다가 지칠 때까지. 개구리 한 마리 포획에 성공. 앞으로 몇 마리나 잡을지 누가 알겠는가. 패트릭은 끝이 오리 주둥이처럼 생긴 기다란 막대기로 강둑을 밀어낸다. 강둑에서 벗어나 자유로워지자마자 제이는 모터를 돌리고 우리는 저 멀리 뛰어 나간다. 사냥이 시작되었다.

＊＊＊

밤이 깊어간다. 달이 오렌지 셔벗 색으로 변하고 공기는 욕조에 받아 놓은 따뜻한 물 같다. 제이는 국방색 점퍼를 벗었고, 패트릭은 소매를 걷는다. 퀸타나를 따라 하류로 더 내려가자 풍나무가 쓰러져 운하를 가로막고 있다. 더 앞으로 나아갈 수 없겠다고 생각하는 찰나 제이가 누군가가 나뭇가지를 잘라낸 부분을 발견한다. 제이가 뛰어난 운전 솜씨를 뽐내고 우리는 나무 반대편에서 나온다. 그런데 이번에는 운하 폭만큼 넓게 짜인 호랑거미의 거미줄이 나타난다. 까맣고 커다란 호랑거미도 자신의 작품 한가운데에 매달려 있다. 우리는 고개를 숙여 피한다.

패트릭이 부르르 떤다. "거미줄을 지나가면 세상에서 제일 더러운 기분을 느끼게 되죠."

그리고 곧 저녁 이야기 시간이 시작된다. 20분 동안 제이와 패트릭은 자신이 자연에서 겪은 가장 무서운 일들을 주고받는다. 오래 이야기할수록 사투리도 심해진다.

제이의 조명등이 건너편 강둑에서 저녁거리를 찾아 어슬렁거리는 너구리를 비춘다. 엽총 총신만큼 코가 긴 악어가 우리를 향해 서서히 다가온다. 무슨 소동인가 싶어 호기심이 동했나 보다. 패트릭과 스티븐은 배 옆으로 몸을 내밀고 손으로 물보라를 일으키면서 악어를 도발하지만 나는 전혀 재미있지가 않다. 요전 날 패트릭네 집에서 패트릭의 아들들이 물속에 찌를 던졌다가 미친 듯이 릴을 감는 걸 반복하면서 악어를 놀렸다. 악어는 쏜살같이 쫓아왔다. 그렇게 빨리 움직이는 동물은 처음 봤다.

"보트만큼이나 빠르게 헤엄치는 악어도 봤어요." 제이가 말한다. 그리고는 최근에 악어가 물 밖으로 얼마나 높이 뛰어오를 수 있는지 보여주려고 닭고기를 들고 흔들던 늪 가이드의 손이 악어 입속에서 잘려나갔다는 소식을 들려준다. 우리는 모두 어색한 웃음을 터뜨린다. 배를 가득 채운 공포에 질린 관광객들을 상상하면서. 그러나 나는 혹시나 하는 마음에 패트릭의 옷깃을 잡고 배 안으로 끌고 들어온다.

"저기 또 한 마리 있네요." 조명등을 비추면서 제이가 말한다. 다시 사냥할 시간이다.

이번에는 개구리가 수면을 담요처럼 덮은 클로버 모양의 초록색 좀개구리밥 사이를 헤엄치고 있다. 제이가 조명등을 비추고 불현듯 나도 그가 보는 게 보인다. 또 다른 통통한 개구리다. 빛을 받은 알루미늄 포일처럼 눈이 은백색으로 빛난다. 개구리의 배는 마시멜로색이다. 패트릭은 다시 자세를 잡는다. 패트릭이 배를 앞으로 전진시키고, 아싸! 개구리 한 마리가 또 주머니에 들어간다.

그물이나 막대기에 작은 쇠스랑을 매단 '작살' 같은, 손이 아닌 도구를 사용해 개구리를 잡는 것은 불법이다. 제이가 배를 강둑 쪽으로 모는 동안 사이프러스들 사이 깊숙한 곳에서 개구리를 발견한 패트릭은 작살을 들고 바다의 신 넵투누스처럼 선미에 똑바로 선다. 개구리만 보인다. 갑작스레 들이닥친 불빛의 따뜻한 기운에 홀린 듯 웅크린 채로 얼어붙어 있다. 패트릭은 앞으로 몸을 기울이면서 작살을 들어 겨냥한다. '정말 안 됐다.' 내가 생각한다.

제이가 사과한다. "잔인하기는 해도 되도록 인정을 베풀려고 해요. 작살은 정말 어쩔 수 없을 때만 쓰죠."

내가 평화를 사랑하는 샌프란시스코에서 왔기 때문에 이의를 제기할 거라고 생각했나 보다. 그러나 나는 비위가 약하지 않다. 게다가 이런 소동으로 피가 뜨거워지기 시작했다. "걱정하지 마요. 더한 것도 봤는걸요." 내가 말한다. 그에게 남편과 신혼여행으로 간 스페인에서 본 투우 경기에 대해 이야기한다. 아마도 내가 아버지에게 물려받은 건 생명의 순환에 대한 경외일 것이다. 아마도 그래서 루이지애나주가 늘 고향처럼 느껴지는 건지도 모르겠다.

개구리를 여섯 일곱 마리쯤 잡고 나니 두 사람이 이번에는 내 차례라고 말한다. 제이가 완벽한 사냥감을 찾아낸다. 너무 크지도, 너무 작지도 않다. 강둑의 잘 보이는 자리에 앉아 있다. 조명등 최면을 걸어두었고 제이가 배를 가까이 대는 동안 나는 패트릭의 자리로 가서 자세를 잡는다. 더 가까이, 더 가까이. 어느새 몇 센티미터 앞으로 다가왔고 개구리와 나는 서로의 눈을 바라보고 있다.

"잡아요." 패트릭이 고함을 지른다.

"잡아요." 제이가 따라한다. "어서!"

지금 이 순간까지는 나도 사나이였다. 탁한 수로를 오르내리면서 밤을 질주하는 사람들, 머리가 어떤 꼴이 되었는지 신경 쓰지 않고, 겨드랑이에 번지는 땀자국도 개의치 않고, 닭가슴살로 악어를 놀리는 어리석은 짓을 한 늪 가이드 이야기에 웃음을 터뜨리는 사내들 중 한 명이었다. 어떤 면에서 나는 지난 두 시간 동안 아버지가 평생 한 것보다 더 과감하게 행동했다. 그러나 갑자기 욕지기가 난다. 팔을 움직일 수가 없다. 저 미끄덩하고 축축한 개구리 피부가 손에 닿으면 어떤 느낌일지에 대한 생각을 떨칠 수가 없다. 상상 속 개구리 울음소리가 머릿속에서 울린다.

"잡아요!" 패트릭이 다시 한번 소리친다.

선미에서 몸을 내밀고 있는데 억겁의 시간이 흐른 것 같다. 제이의 조명등이 주변 땅에 너른 원을 그린다. 잠시나마 나는 해가 떠 있다고 생각한다. 불빛의 온기가 내 등에, 목에, 두 팔에 닿는다. 두 팔을 한껏 뻗어야 하지만 총검처럼 뻣뻣하게 몸에 딱 붙었다.

"잡아요!" 패트릭이 무슨 일인지, 내가 왜 움직이지 않는지 보려고 일어서자 배가 조금 흔들린다. 그러다 뭔가가 변한다. 최면이 깨진다. 개구리가 달아난다.

"아, 이런. 갑자기 숙녀가 되었군요." 패트릭이 말한다.

사실이다.

나는 뒤로 조금 물러나 꼬리를 감추고는 벤치에 다시 앉는다. 내가 말한다. "못하겠어요. 팔이 안 움직여요."

"괜찮아요." 패트릭이 내 어깨를 꼭 쥔다. "시도는 했잖아요."

내가 남자였다면 분명 쉬지 않고 놀려댔을 것이다. 내가 남자가 아니라서 봐 주는 거다. 오빠 노릇을 하려는 듯 제이는 조명등이 달린 헬멧을 빌려준다. 그리고 패트릭과 함께 개구리 대여섯 마리를 더 잡는다. 한 시간 뒤 집으로 돌아갈 때는 주머니에서 기어 나오려고 서로 밟고 밟히는 황소개구리 열다섯 마리도 함께였다.

＊＊＊

개구리잡이를 세 시간 동안 했다. 거의 자정이다. 우리는 퀸타나 상류로 돌아가 더 넓은 운하로 들어간다. 제이가 조명등으로 악어의 눈이 브레이크등처럼 빛나는 건너편 강둑을 훑는다. 우리는 보트를 다시 차에 매달고 집으로 향한다. 개집으로 돌아온다. 나는 제이와 악수를 하고 꼭 안아준다.

나는 말한다. "절대 잊지 못할 경험이었어요. 정말 고마워요."

"뭘요." 제이가 말하면서 하품을 한다. 화요일 밤이다. 그는 내일 출근을 위해 일찍 일어나야 한다. 다행히 옆집으로 걸어만 가면 된다.

나를 집에 데려다준 패트릭은 여전히 흥분 상태다. "솔직하게 어땠어요?"

"진짜 끝내줬어요." 내가 말한다. 개구리잡이만 두고 하는 말은 아니다. 그 시간 전체를 두고 하는 말이다.

우리 아버지는 작년에 큰 심경의 변화를 겪었다. 마지막으로 여행을 하기로 했다. 자신이 사랑하고 기억하고 싶은 루이지애나주의 모습들에 작별 인사를 하고 싶어 했다. 땅과 하늘과 물과 음식에. 그 여행을 하기 전에 돌아가셨다. 그러나 지금 내가 여기 있다. 나는 루이지애나가 다르다는 걸 배운다. 복잡한 건 매한가지지만 어떤 면에서는 사랑에 빠지기 더 쉬운 곳이다.

# 진실 게임: 놓치지 않은 물고기

마이클 패리스 스미스

어린 시절 내게 여름휴가는 곧 뷰익 자동차에 짐을 잔뜩 싣고서 우리 가족이 사는 미시시피주 남부에서 아버지 고향인 조지아주 그리핀으로 떠나는 걸 의미했다. 일곱 시간 동안 나와 두 동생들은 뒷자리에 끼어 앉아서 서로의, 부모님의 신경을 긁지 않으려고 노력했다. 우리는 늘 8월에 할머니의 작은 집으로 가서 그곳에 머무르면서 고모와 고모부, 삼촌과 숙모, 사촌들 집을 오가며 한 주를 보냈다.

그 휴가의 또 다른 주요 일정은 당일치기 애틀랜타 여행이었다. 우리 가족은 애틀랜타의 프로야구팀인 브레이브스의 팬이었다. 당시에 브레이브스의 성적은 형편없었지만. 또 매년 스톤마운틴 공원과 식스 플래그스 놀이공원을 꼭 찾았다. 이렇듯 늦여름 휴가 일정은 매년 똑같았지만 나와 동생들은 그 휴가를 정말 좋아했다. 우리는 언제나 애틀랜타 풀턴카운티 경기장에 일찍 가서 타격 훈련을 구경했고, 날이 어두워질 때까지 스톤마운틴에서 레이저 쇼를 지켜봤으며, 달달한 조지아식 바비큐를 배가 터지도록 먹었다.

그런데 내가 열 살이 되어 맞이한 여름 휴가에서는 놀이공원보다 아주 살짝 더 좋아하는 무언가가 생겼다. 스폴딩카운티Spalding County의 외진 곳에서 친척이 농장을 운영하고 있었는데, 그곳에 몇 번이나 갔었는데도 너른 초지를 가로지르는 흙길 끝에 작은 호수가 있다는 건 몰랐다. 모두 그날 저녁에 있을 가족 디너 파티를 위해 그 농장에 모였고, 그날 오후 나는 낚시 도구 상자, 낚싯대, 릴을 들고 호수로 나가는 사촌들을 따라나섰다.

사촌들은 십 대 청소년들이었고, 나는 그들이 멋져 보였다. 그래서 그중 한 명이 내게 낚싯대 하나를 빌려주겠다고 했을 때 그 제안을 자랑스럽게 받아들였다. 덥고 습하고 바람 한 줄기 느껴지지 않는 것이 디프사우스*의 전형적인 8월 날씨였다. 호숫가의 땅은 메마르고 흙먼지가 날렸다. 우리는 물가로 뿔뿔이 흩어졌다. 어쩌다 한 번씩 나타나는 구름 한 점이 그 뜨거운 오후 햇살을 잠시나마 가려 주었다. 호수에는 물고기가 많아서 오래 지나지 않아 입질이 왔다. 우리는 블루길과 작은 배스 두세 마리를 잡았고 나는 대단한 사람이 된 것 같은 기분이 들기 시작했다. 나보다 나이 많은 사촌들과 어울리고 있었고, 사촌들이 여자와 미식축구와 운전면허에 대해 이야기하는 걸 듣고 있었으니까. 햇빛 아래에서 윗옷을 홀러덩 벗어 던진 채 낚시를 하고 있었으니까. 갑자기 롤러코스터와 레이저 쇼가 조금은 시시하다는 생각이 들었다.

오후가 그렇게 흘러갔다. 해가 서서히 저물었고, 혈기왕성한 우리의 배는 그날 저녁 메뉴인 햄버거와 핫도그를 받아들일 준비가 되었다. 막 정리하려는데 저쪽 멀리 가 있던 사촌 한 명이 어떤 큰 녀석과 힘겨루기를 시작했다. 낚싯대가 휘었고, 엄청난 물장구 소리가 났고, 사촌이 고함을 지르고 있었다. 이것 좀 봐, 이것 좀 봐. 사촌은 호숫가를 따라 움직이면서 그 큰 녀석을 잡아들이려고 애를 썼다. 바로 그때 낚싯대가 뚝 부러졌다. 잔뜩 휜 상태에서 부러진 낚싯대는 공중으로 솟아올랐다. 무게 중심이 뒤로 쏠려 있던 사촌은 뒤로 몇 걸음 비척거리고 엉덩방아를 찧었다. 수면이 다시 잠잠해졌고 우리는 잔물결만 멍하니 쳐다봤다. 그 아래에서 헤엄치

* 미국 남부의 루이지애나, 미시시피, 앨라배마, 조지아, 사우스캐롤라이나 다섯 개 주를 가리키는 말.

고 있을 놈을 상상하면서.

"다들 봤어?" 사촌이 큰소리로 외쳤다. 물론 봤다. 저기 어딘가에 대물이 있었다.

집으로 돌아가는 길에 사촌들은 다음 날도 꼭 오겠다고 다짐했다. 그 다음 날도, 또 그 다음 날도. 도망간 그 녀석을 잡을 때까지. 내일은 가족과 함께 애틀랜타에 가기로 되어 있다는 걸 알면서도 나는 그 말에 고개를 끄덕였다. 브레이브스가 필리스를 상대하는 날, 아버지는 일찌감치 출발해서 경기장에 가기 전에 시내에 있는 바시티에 들러 칠리 핫도그를 먹고 싶어 할 것이다. 나도 가고 싶었지만, 가고 싶지 않기도 했다. 나는 십 대 사촌들과 함께 그 녀석을 잡으러 가고 싶었다. 그리고 그렇게 했다.

다음 날 아침 내내 어머니는 정말로 남아서 낚시를 하러 갈 거냐고 물었다. 그날 펼쳐질 모험을 머릿속에 그리느라 밤새 잠을 거의 못 잤다. 내가 영웅이 되는 모습을 상상했다. 그 엄청난 물고기를 머리 높이 들어 올리는 내 모습과 사촌들이 내 등을 두드리며 새로 발견한 내 재능을 부러워하는 모습을. 불운한 애틀랜타 브레이브스에 대한 애정은 변함이 없었지만, 그렇다고 호수에서 보낼 멋진 하루를 놓칠 수는 없었다.


오후가 절반가량 지났을 즈음에도 우리는 그 대물을 잡지 못했을 뿐만 아니라, 모든 물고기가 어제 우리의 성공이 순전히 운이었다는 사실을 우리에게 단단히 일러야 한다고 작정한 것 같았다. 여기저기 변변찮은 입질만 올 뿐 집으로 들고 돌아갈 만큼 큰 물고기는 잡히지 않았다. 사촌들은 여자와 자동차 이야기도 하지 않았다. 우리의 볼품없는 성과에 불만을 품으며 침묵하고 있었다. 물고기가 참여하지 않은 그날은 날도 더 덥고, 공기도 더 무거웠다. 나는 호숫가에 서서 낚싯바늘을 던지고, 또 던졌다. 그러면서 아버지가 칠리 핫도그를 먹은 다음 동생들에게 구운 복숭아 파이를 사줬을지 궁금해했다. 오늘이 바로 메이저리그의 파울볼이 마침내 내 손에 들어오는 날이었을 수도 있다.

나는 딱 좋은 자리를 찾고 싶어서 호수 가장자리를 따라 움직이다가 작은 나무 그늘 아래 자리를 잡았다. 계속 낚싯바늘을 던졌고, 계속 빈 낚싯줄을 감았다. 그리고 그때마다 내가 선택을 잘못했다는 생각에 조금씩 더 화가 났다. 너무 화가 나서 이번에는 저 멀리까지 낚싯바늘을 던져보기로 했다. 대물이 있을 만한 유일한 위치까지 멀리 낚싯바늘을 던질 수 있는지 보려고. 그렇게 될 대로 되라는 심정으로 뒷걸음질을 치면서 낚싯대를 등 뒤로 휙 넘겼는데 낚싯줄이 나뭇가지 사이에 완벽하게 걸려들었다. 잡아당겼지만 꿈쩍도 하지 않았다. 부끄러움이 한없이 밀려들었다. 사촌을 불러서 도와달라고 해야 할 것이다. 뭣도 모르는 애송이처럼 보일 것이다. 어린 꼬맹이처럼 굴어야 할 것이다. 그런 건 절대 싫었다.

주위를 둘러봤다. 아직 아무도 눈치를 채지 못한 것 같았다. 그래서 두어 번 더 잡아당겼더니 낚싯줄이 끊어져버렸다. 이상하게 뒤틀린 거미줄처럼 나무에 대롱대롱 매달려 있었다. 나는 다시 한번 스윽 둘러봤다. 아무도 눈치채지 못했다. 그러나 낚시 도구 상자를 들고 온 사촌이 있는 호수 건너편으로 가서 사정을 설명해야 할 것이다. 사촌이 새 낚싯바늘과 지렁이를 주는 동안 그 자리에 앉아서 기다려야 할 것이다. 사촌들과 다음에도 낚시를 하러 오고 싶다면 그건 좋은 생각이 아닌 것 같았다. 그래서 수많은 솜씨 좋은 낚시꾼들이 이전에도 했고, 앞으로도 할 그런 선택을 했다.

나는 거짓말을 했다.

나무 아래에서 커다란 돌을 찾아냈다. 자몽 정도 크기였다. 나는 그 돌을 집어 들고 나무에서 멀찍이 떨어진 곳으로 갔다. 여기로 오기 전까지 내가 서 있던 잡초로 뒤덮인 호숫가의 빈자리로. 그런 다음 사촌들이 이쪽을 보고 있지는 않은지 확인했다. 최대한 멀리 돌을 던졌다. 커다란 물보라가 일어났고 돌이 막 가라앉으려는 찰나 나는 엄청난 전투에서 패배한 것처럼 낚싯대를 힘껏 뒤로 당겼다. 사촌들이 고개를 들었고 나는 소리를 쳤다.

"잡았는데! 정말이야, 잡았다고!"

"무슨 일이야?" 사촌 하나가 저 멀리서 물었다.

"그 녀석을 잡았는데, 내 줄도 끊어먹었어. 어제처럼. 같은 물고기가 틀림없어."

"그 큰 녀석?"

"응, 그 큰 녀석. 다 잡았었는데."

사촌들이 내 말을 믿었는지 안 믿었는지 모르겠다. 호수 건너편에서 질문이 몇 개 더 날아왔고, 나는 여느 거짓말쟁이처럼 구체적인 내용과 감정을 조금 섞어서, 지나치게 과장하지 않으려고 노력하면서도 그럴듯하게 답했다. 그런 다음 새 낚싯바늘을 받으려고 호수 건너편으로 터덜터덜 걸어갔다. 그런데 막상 거기 도착하자 다들 이 정도면 낚시는 충분히 했다며 돌아가자고 결정했다. 큰 녀석은, 그리고 다른 물고기들도 오늘은 잡힐 생각이 없는 듯했다. 우리는 집으로 향했다. 땀에 젖은 채로. 침묵 속에서. 패배자의 무거운 마음을 안고서.

그러나 나는 어쩐지 이긴 기분이었다. 낚시에서 가장 중요한 원칙을 배웠기 때문이다. 잡았건 못 잡았건 거짓말을 해라.

# 미끼

크리스 오펏

나는 켄터키주 동부 산지에 있는 대니얼분 국유림Daniel Boone National Forest에 둘러싸인 흙길에서 자랐다. 그 땅은 내 안에 깊이 새겨져 있다. 내 지식의 절반은 숲에서 혼자 시간을 보내면서 쌓은 것들이다. 나는 산골 출신이라는 배경과 그런 배경에서 형성된 정체성을 항상 당연하게 받아들였다. 수십 년 동안 나는 스스로를 '시골 소년'이라고 불렀다. 60세가 된 지금에는 그런 호칭이 다소 억지스러운 면이 있다. 머리가 희끗희끗하고 돋보기안경을 쓰고 배가 튀어나오고 심지어 귀도 먹었으면 더는 자신을 소년이라고 부르기 어려워진다. 그렇다고 '시골 남자'는 '시골 소년'과는 어감이 달라서 전달하는 의미도 달라진다. 나는 5만 제곱미터 정도 되는 땅에서 살면서 도심은 멀리하는 남자다. 나는 아내를 사랑하고 아내에게 아주 많이 의존하지만 아내가 집에 없는 시간도 소중하다. 나는 아내가 어디에 가는지조차 모른다.

대다수의 사람들은 작은 마을, 도시 근교, 도심에서 자란다. 그들이 생각하는 시골의 삶은 텔레비전과 영화에서 그린 이미지(아주 부정확하다), 책에서 읽은 묘사(매년 시골을 배경으로 삼은 책의 출간이 줄고 있다), 그리고 이국적인 시골 마을에서 보낸 휴가에서 얻은 정보에 근거하고 있다. 미국인에게 자연은 관광의 대상이 되었다. 바닷가 마을, 농장, 삼각주, 산에 놀러온 관광객은 언제나 티가 난다. 영화에서 시골 사람들의 복장이라고 배운 듯한 옷을 입고 있기 때문이다. 굵은 체크무늬 셔츠와 비싼 부츠. 심지어 멜빵을 맨 사람도 가끔 보인다. 전부 새로 산 것처럼 보인다. 상점 창고에 있는 동안 생긴 접힌 자국이 여전히 남아 있는 옷도 있다. 벨트를 보면 더 확실히 알 수 있다. 너무 가늘고, 칼집을 꽂으면 생기는 흠집이 전혀 없다.

스포츠 장비는 시골 관광 산업의 진정한 금맥이다. 총과 총알, 낚싯대와 릴. '전자 물고기 탐지기'는 300 내지 400달러부터 3,000달러까지 다양한 가격대가 형성되어 있다. 하늘과 물을 즐기는 대신 어부 전사가 되어 작은 화면을 뚫어져라 보면서 물고기가 가까이 왔다는 신호가 울리기만을 기다리는 것이다.

낚시 도구 상자도 또 하나의 잘나가는 상품이다. 마치 미국인의 단골 격언을 충실히 이행하고 있는 듯하다. 크면 클수록 좋다. 비싸면 비쌀수록 대단하다. 최고가 품목은 '미끼와 도구 준비대'이며 세금과 배송비를 포함해 6,000달러면 살 수 있다. 물론 나도 꽤 괜찮다고 생각했다. 카탈로그에 실린 사진들을 보자마자 당장 사고 싶었다. 나는 아무 미끼나 덥석 무는 서커니까. 그러나 내 도구 상자는 18년 전에 만들어진 물건인데도 제 역할을 훌륭히 해내며 벼룩시장에서 50센트를 주고 샀다.

도시 사람들은 내가 어디 출신인지 알게 되는 순간 이런저런 선입견을 갖기 시작한다. 내 외모도 그런 선입견에 한몫한다. 나는 늘 뒷머리만 긴 멀릿 커트를 하고 다닌다. 어릴 때는 그런 이름도 붙어 있지 않았다. 숲에서 생활하는 데 편리한 머리였을 뿐이었다. 앞머리가 짧아서 나뭇가지나 덤불에 걸리지 않고, 옆머리와 뒷머리가 길어서 빗방울이 셔츠 속으로 들어가는 것을 막아준다. 나는 트럭을 몰고, 흙길에서 살고, 일 년 내내 부츠를 신고 다닌다. 또한 나는 청바지 세탁을 공식적으로 반대한다. 도시 사람들이 나에 대해 가지는 선입견 중 하나는 내가 톱, 도끼, 지혈대를 다루는 구시대 기술에 능하고, 심지어 뱀에게 최면을 걸 줄도 안다는 것이다. 가장 흔한 선입견은 내가 이른바 '스포츠맨', 즉 뛰어난 사냥꾼이자 낚시꾼일 거라는 생각이다.

　미리 밝혀두지만 나는 켄터키주의 산골을 떠난 뒤로는 총기를 소지하고서 숲을 돌아다닌 적이 없다. 내 낚시 기술은 미끼를 바늘에 걸고 낚싯줄을 던진 다음 지루해질 때까지 찌를 바라보는 것이다. 대개는 40초를 넘기지 못한다. 항상 눈길을 끄는 더 흥미로운 뭔가가 나타나기 때문이다. 물에 닿아 반짝이는 햇빛, 흘러가는 구름, 내가 자신을 지켜보는 것을 지켜보는 하늘의 새. 솔직히 말해 찌를 의미하는 '부자浮子'라는 단어도 오해를 유발하는, 지나치게 긍정적인 단어다. 대개는 절대로 위아래로 둥실둥실 움직이지 않기 때문이다. 그냥 수면에 가만히 떠 있다가 갑자기 쑥 들어갔다 나온다. 나는 보통 낚싯대를 Y자로 갈라진 막대기에 걸쳐놓고서 잘생긴 돌을 찾으러 강둑으로 슬슬 나서곤 한다.

　산골에서 자란 나는 잠깐 비가 내린 날 저녁이면 손전등과 양동이를 들고 밖으로 나가 큰지렁이를 잡았다. 미시시피주에서는 내 큰지렁이 수확 기법이 통하지 않았다. 어쩌면 전자 지렁이 탐지기가 필요한 걸지도! 내 숲 생존 기술의 기본기가 녹슨 거라고 생각했다. 아니면 이곳 지렁이들은 똑똑해서 인간을 피하는 걸 수도 있겠다는 생각도 했다. 그래서 지렁이를 사는 쪽을 택했다. 시골에 대한 배신행위다. 작업용 장갑을 사는 것과 같은 거다. 그런 걸 써야 한다면 그런 작업은 아예 하지 않는 편이 나을 것이다.

우리 집에서 가장 가까운 상점에서는 가솔린, 프로판 가스, 얼음, 바비큐, 맥주, 우유, 감자칩, 소시지, 그리고 리틀 데비 브랜드의 각종 소포장 과자들을 판다. 일주일에 한 번은 소시지에 반죽을 입혀서 튀긴 콘도그를 판다. 낮은 선반에는 형광 주황색의 아이용 구명조끼 두 개가 먼지를 뒤집어 쓴 채 놓여 있다. 적어도 3년 전부터 계속 그 자리를 지키고 있다. 이곳 아이들은 일찌감치 물에서 살아남는 법을 배우기 때문이다. 미시시피주의 부모들은 아이들을 애지중지하며 품에 끼고 키우기 때문에 총을 주는 건 아이가 여덟 살이 될 때까지 미룬다. (켄터키주에서는 여섯 살이 되면 총을 쥐여준다.)

　상점에서 가장 큰 자리를 차지하는 것은 낚시 장비 진열 코너다. 2달러만 주면 약 1리터 정도의 흙과 지렁이 열두 마리가 든 스티로폼 통을 살 수 있다. 지렁이가 워낙 길어서 낚싯바늘 전체를 감고도 남는다. 아니면 한 마리를 둘로 잘라서 낚시하는 시간을 두 배로 늘릴 수도 있다. 나는 자린고비이기 때문에 대개 후자의 방법을 택한다. (공식 기록상으로는 가장 긴 지렁이는 1967년 남아프리카공화국에서 발견되었고 그 길이는 무려 6.7미터였다고 한다. 남아프리카공화국에서는 지금도 그 지렁이를 미끼로 쓴다고 전해진다.) 최근에 나는 상점에서 파는 지렁이가 어디서 왔는지 점원에게 물었다.

알고 보니 지렁이는 캐나다산이었다. 이 사실이 워낙 충격적이어서 나는 들고 있던 빵을 떨어뜨릴 뻔했다. 가장 가까운 캐나다 마을은 온타리오주의 윈저인데 여기서 1,000킬로미터나 떨어져 있기 때문이다. 나는 지렁이 하나를 16센트에 파는데 도대체 이윤은 얼마나 남는지 궁금해졌다. 비용에는 노동비, 포장비, 운송비, 세관비가 포함될 것이다. 그렇게 먼 거리를 이동해야 하는데 어떻게 돈을 번다는 걸까? 가솔린 가격의 변동이 지렁이 가격에 영향을 미칠까? 경기 변화가 지렁이 가격과 관계가 있을까? 미국이 북미자유무역협정을 파기하면 지렁이 가격도 오를까?

다행히도 내 서재에는 다양한 책들이 있고 그중에는 지렁이를 키우는 것에 관한 40년 된 독립출판물도 있었다. 그 책자를 훑어보는 것만으로도 내가 생각했던 것보다 훨씬 더 많은 정보를 얻을 수 있었다. 지면과 독자의 집중력을 고려해 핵심 정보만 추리자면 지렁이를 키우는 비용은 엄청나게 싸다. 초기 비용은 거의 없다시피 하다. 뚜껑이 있는 통과 흙, 지렁이 두 마리면 충분하다. 곧 분변토도 생성되고 그것도 팔 수 있다. '분변토'라는 용어가 낯설었는데, 소화기관에서 배출된 찌꺼기를 의미한다는 사실을 아주 장황하게 풀어 쓴 설명을 발견했다. 지렁이 배설물은 지구상에서 가장 질 좋은 비료라고 한다. 지렁이 농가는 분변토를 최곳값을 받고 판다. 그래서 살아있는 지렁이도 미시시피주까지 배송하는 비용을 감당할 수 있는 것이다.

읽으면 읽을수록 지렁이 농가를 운영해야겠다는 생각이 들었다. 흙 몇 통만 있으면 현금이 몇 통이나 생긴다. 지렁이도 팔고, 그 흙도 팔고, 똥도 팔고. 지렁이 두 마리면 시작할 수 있다. 다행히 지렁이는 자웅동체. 그러니 성별을 맞춰야 한다는 걱정은 하지 않아도 된다. (어느 화장실을 써야 하는지도 걱정하지 않겠지.) 그냥 두 마리만 구하면 나머지는 알아서들 한다. 십 대들처럼.

내 아내는 텍사스주 출신이고 아주 강인하다. 그리고 집안에서 벌어지는 일과 집 밖에서 벌어지는 일에 대해 아주 확고한 견해를 갖고 있다. 우리는 종종 이것을 두고서 의견이 갈리는데 언제나 내가 진다. 예를 들어 아내는 개를 집 안에서 키운다. 시골에서 내가 배운 원칙에 위배된다. 또한 몸이 으슬으슬할 정도로 에어컨을 세게 틀어놓는다. 그러고는 담요를 둘둘 감고 소파에 눕는다. 개들과 함께. 나는 이런 것들이 하나도 이해가 되지 않는다. 더 큰 문제는 아내가 차고를 차를 넣어두는 곳이라고 생각한다는 것이다. 지렁이를 키우는 곳이 아니라. 아내의 별난 고집 때문에 내 사업적 야망은 불타오르기도 전에 꺼졌다.

그래도 나는 여전히 낚시를 한다. 혀를 깨물고서 빌어먹을 지렁이를 돈을 주고 산다. 내가 소유한 땅에는 이전 소유주가 물고기를 풀어놓은 커다란 연못이 있다. 거기서 나는 역돔, 메기, 잉어를 잡았다. 서너 번은 입질의 강도로 볼 때 훨씬 더 큰 물고기가 깊은 물속에서 어슬렁거린다는 걸 확실히 알 수 있었다. 낚싯줄을 올렸지만 아무것도 걸려 있지 않았다. 지렁이도, 낚시도, 물속으로 내려보낸 낚싯줄까지 사라졌다. 나는 그 생물을 뒤쫓기로 했다. 분명히 연못의 가장 깊은 곳, 한가운데에서 돌아다니고 있는 게 틀림없었다. 상점으로 간 나는 아주 튼튼한 줄을 사서 릴에 감았다. 작은 닻이나 다름없는, 하도 무거워서 찌가 아닌 부표를 써야 하는 낚싯바늘도 구했다.

어느 날 저녁, 땅거미가 질 무렵 나는 배를 타고 연못 한복판으로 천천히 나아가 지렁이 열다섯 마리를 낚싯바늘에 끼웠다. 전부 돌돌 말아서 실로 감은 다음 낚싯바늘이 보이지 않도록 끼웠다. 아주 조심스럽게, 꿈틀거리는 미끼를 물속으로 넣었다. 저녁노을이 장관이었지만 나는 당장 눈앞에 놓인 작업에 온 정신을 집중했다. 쏙독새의 노래와 개구리의 합창과 매미의 울음을 무시했다. 잘난 대물 님을 낚는 것 외에는 아무것도 중요하지 않았다.

놈이 얼마나 맹렬하게 달려들었는지 낚싯대를 들고 있던 팔이 어깨에서 빠졌다. 나는 다시 팔을 제자리에 끼워넣고 낚싯대를 단단히 잡았다. 배가 점점 움직이기 시작했다. 물고기가 지그재그로 배를 끌고 갔다. 속도도 점점 높아졌다. 나는 부츠를 신은 발에 힘을 주고 뒤로 몸을 한껏 젖혔다. 물고기는 물 위로 낮게 드리워진

단풍나무 쪽으로 배를 끌고 갔다. 얼른 몸을 숙였지만 나뭇가지 하나가 머리를 푹 찔렀고 머리카락도 한 움큼 뜯겨나갔다. 피가 눈 속으로 흘러들어왔지만 신경 쓰지 않았다. 저 빌어먹을 놈은 내 거였다. 물고기도 속으로 같은 말을 중얼거렸을 거라는 생각은 미처 못했다.

너무 힘을 쓴 나머지 두 팔이 후들거렸다. 거의 부러질 듯 허공에서 휘었다가 펴지는 일을 반복하는 낚싯대를 꽉 쥐고 있는 손이 욱신거렸다. 마침내 물고기는 기운이 빠졌다. 적어도 나는 그런 줄 알았다. 그러나 실은 그냥 이 게임에 싫증이 난 것뿐이었다. 놈은 건너편 제방을 향해 아주 빠른 속도로 헤엄치기 시작했다. 배가 물을 가를 정도의 속도로 끌려갔다. 마지막 순간에 물고기는 휙 돌면서 물속에서 유턴을 했다. 배도 덩달아 돌았다. 낚싯대를 떨어뜨렸는데 노받이에 걸렸다. 배가 제방에 쿵 부딪히는 순간 허공으로 날아가는 줄로만 알았다. 나는 뒤로 넘어지면서 머리를 찧었다.

다시 의식이 돌아왔을 때는 사방이 캄캄했다. 나는 비틀거리면서 집으로 갔다. 내 평생 그렇게 지친 적도 없었다. 머리에는 상처가 두 군데 생겼다. 앞쪽과 뒤쪽에. 등에는 멍이 들었다. 아내는 집에 없었다. 어디로 갔는지는 신만이 알겠지. 아내에게 창피한 모습을 보이지 않아도 된다는 것에 감사했다. 샤워를 하고, 상처를 치료하고, 침대로 기어들어갔다. 열한 시간을 내리 잤다. 평소에는 좀처럼 깊게 잠들지 못하는 나로서는 아주 대단한 성과였다.

아침에 나는 절뚝거리며 연못으로 갔다. 배가 사라졌다. 진창 위에 난 자국은 물속으로 이어져 있었다. 그 물고기가 배를 연못으로 끌고 들어가 가라앉힌 것이다. 나중에 나는 아내에게 배를 팔았다고 말했다. 그 증거로 아내를 데리고 나가 점심을 사줬다. 점심을 다 먹자 아내는 쇼핑을 하러 가자고 제안했다. 아내는 배를 팔아서 내 지갑이 두둑할 거라고 생각하고 있었으므로 가지 않을 수가 없었다. 그 물고기 때문에 돈을 많이 잃었다. 배와 낚싯대와 릴과 비싼 원피스까지. 게다가 아내에게 거짓말도 했다. 나는 다시는 그 연못에서 낚시를 하지 않았다. 이 이야기도 여태껏 아무에게도 하지 않았다. 잠이 오지 않는 날이면 그 물고기가 자기 아내에게 이 이야기를 들려주는 상상을 한다. 놈은 그 증거로 아내에게 점심을 사주지 않아도 되니까.

# 상어 미끼

리 앤 헤니언

"밤이니까 사냥하러 상어들이 나와 있을 거예요." 배에 탄 생물학자가 내게 손전등을 넘기며 말한다. 나는 이미 전신 웨트슈트를 지급받았다. 오스트레일리아에서는 살인 해파리가 출몰하는 기간이 막 시작되었기 때문이다. 그 정도는 크게 위험하지 않다고 생각했는지 나는 앞으로도 몇 주 동안은 일어나지 않을 수도 있는 무언가를 직접 보겠다고 지구 반대편으로 날아왔다.

그레이트배리어리프Great Barrier Reef의 산호는 한날한시에 산란을 하는데 그 시기는 달의 움직임과 관련이 있다고 알려져 있다. 산란은 매년 봄, 춘분 무렵에 일어나고, 산호는 수백만 개의 알과

정자 주머니를 동시에 뿜어낸다. 이 생식 물질들이 만들어내는 끈적끈적한 끈이 마치 벚꽃잎이 흩날리는 것처럼 보이고, 게다가 한곳에 몰리면 그 색이 워낙 진해서 우주에서도 보일 정도라고 한다.

지구에서 가장 황홀한 장관인 이 산호 산란은 1981년에야 세상에 알려졌다.

그리고 그때나 지금이나 알려진 것이 별로 없는 신비로운 현상이다.

퀸스랜드주 전역의 구멍가게와 선창에서 사람들은 산호가 언제 파티를 벌일지를 두고 내기를 하고 있었다. 나는 때를 맞춰 왔지만 산호가 산란하는 날짜를 과학적으로 정확하게 예측하기는 불가능하다. "때로는 산란이 아무도 모르는 장소에서 벌어지기도 해요." 생물학자가 말한다.

그레이트배리어리프를 구성하는 2,900종의 산호초 중 하나인 플린 리프가 순식간에 거리가 1미터도 되지 않을 정도로 가까워졌다. 넓게 퍼진 내 손전등 불빛이 닿은 산호 틈으로 숨어 있는 물고기들이 보인다. 특히 바다거북을 만나자 짜릿한 기분마저 든다. 상어 입 모양으로 살점이 떨어져 나간 그 바다거북의 등을 보기 전까지는.

내가 바다에 뛰어든 지 10분도 지나지 않았는데, 유일한 구조 요청 신호 도구인 손전등이 깜빡거리기 시작한다. 그렇게 불빛이 점점 약해지다가 칠흑 같은 어둠 속에 남겨진다. 네오프렌을 덮어 쓴 손바닥으로 한참을 두드려 겨우 불빛을 살려낸다.

하지만 나는 이미 방향을 잃었다.

저 멀리 두 번째 배가 보인다. 오늘 밤이 바로 그날일 경우에 대비해 서둘러 나온 몇 안 되는 배 중 하나다. 달 때문에 더 혼란스러워진다. 달이 빨갛고 부풀어 올랐다. 달이 저렇게 보이는 것은 산불 때문이라고 들었다.

여기서 보니 우주 전체가 불이 붙은 것처럼 보인다.

바다 생물을 그물로 잡는 대신 나 자신을 바다의 거미줄에 대롱대롱 매달았다. 내 몸 구석구석 생명체와 소통하지 않는 부분이 없다. 말랑말랑한 뭔가가 내 얼굴 앞에서 꿈틀거린다. 황홀하고 기묘하다. 물속을 미끄러져가면서 몸속에서 나오는 빛을 사방에 퍼뜨린다.

나는 무중력 상태로 우주를 떠 다닌다.

가끔 나와 산호 사이의 거리가 충분히 멀어질 때면 스쿠버다이버가 그 사이를 통과한다. 다이버들의 산소 탱크에서 나온 거품이 내 주위를 가득 채운 수은 같은 투명한 생명과 뒤섞여 내 얼굴을 간질인다.

우리 팀에서 나이가 조금 많은 편인 멤버 두 명은 강사가 끌고 가는 구명 부환에 매달려 있다. 그 소품 때문에 두 사람은 이름 없는 얼굴들 사이에서 눈에 띈다. 짙은 색 사과처럼 바다 위를 둥둥 떠다닌다. 그중 한 명이 갑자기 비명을 지른다. "상어다!"

농담이 아니라는 걸 깨닫기까지 몇 초가 걸린다.

가장 가까운 배 갑판에 물갈퀴를 던진 다음 얼른 물속에서 빠져나와 잠수복을 가져오지 않은 이 지역 출신 여인 옆에 앉는다. 그녀의 팔에서 목숨에는 지장이 없는 상처 자국이 부풀어 오르는 중이다. 그녀는 산호와 소통하기 위해서라면 이 정도 대가는 아무것도 아니라고 말한다.

작년에는 그녀가 바다에 있을 때 산란이 시작되었다. 워낙 규모가 커서 그녀가 자유 다이빙을 끝마칠 무렵에는 해수면 위를 떠다니는 알의 띠가 1미터나 이어졌다. 그녀는 물속에서는 알이 핑크색을 띠고, 하늘에서 내리는 눈처럼 보인다고 했다. "신비로운 데가 있어서 산란이 좋아요. 산호들이 서로 언제 산란을 할지 어떻게 아는지 아무도 모르잖아요. 그리고 사람들은 산호가 동물이라는 걸 잘 모르는데, 산란은 산호가 살아있다는 걸 알려주죠."

산호는 18세기까지 식물로 분류되었다. 그러나 실은 뇌가 없는 동물이다. 사람과 공유하는 유전자도 70퍼센트나 된다. 수백 종의 산호가 산란기가 되면 동시에 생식 물질을 분비한다. 뇌도 없는데 어떻게 아는 걸까? 최근 산호에 광수용체가 있다는 사실이 발견되었다. 광수용체는 눈의 전신에 해당한다. 이 발견은 달, 온도, 조류가 어떤 식으로 작용해 산란이 시작되는지 탐구하는 과학자들에게 도움이 되었다.

산호는 언제 산란해야 하는지 아는 게 아니다. 느끼는 거다.

그레이트배리어리프는 수천 년에 걸쳐 형성된 생태계다. 세대가 거듭 바뀌는 동안 1,500종의 어류와 4,000종의 연체동물을 보호하는 살아 있는 뼈대를 함께 만든 작디작은 폴립으로 구성되어 있다. 산란은 매년 서로 연결된 생명을 기념하는 행사다. 마치 결혼식에서 쌀과 색종이를 던지며 축하하듯 알주머니와 정자를 물에 던지는 것이다. 매 행사는 약속의 이행이다. 그 전해에 만들어진 것을 토대로 또 다른 한 세대를 쌓아 올린다.

그 현상은 이곳에서 가장 멋지게 빛나지만 이집트처럼 의외의 장소나 플로리다처럼 접근성이 좋은 장소에서도 일어난다. 앞으로 10년간 이 산호 서식지의 90퍼센트가 위기에 처할 것이라고들 예측한다. 산호초 탄생 순간을 목격한 일과 산호초가 파괴되는 일이 한 세대 내에, 그것도 내 세대에 이루어질 거라는 사실을 도저히 받아들일 수가 없다.

갑판 밑에서 누군가가 소리친다. "지금 시작되고 있어요!"

배 뒤에서 작은 입자들이 소용돌이치고 있다. "우리가 뛰어들려고 했던 바로 저기에 있는 게 알 같은데!" 목소리가 들린다. "진짜 알이야!" 내가 물에 뛰어들 차례가 되었는데 분홍 거품이 보이지 않는다.

대신 형형색색의 해파리 십여 마리가 보인다.

앞에 있는 여자가 수면에 손전등을 비춘다. 마치 전기가 통한 듯 해파리가 진동한다. "정말 아름다워요!" 그녀가 큰소리로 외친다. 그 낯선 여자가 돌아서서 나를 보는데 나는 이미 물갈퀴를 가슴에 안고 있다. 그녀가 물에 들어간다. 다음은 내 차례다.

"위험한 것들은 생각하지 말아요. 아름다움에 집중하세요." 그녀가 말한다.

나는 위험한 것들로 가득한 물속으로 미끄러져 들어간다. 긴장해서 잠시 멈추는 바람에 내가 속한 안전 팀을 또다시 놓쳤다는 걸 깨닫는다. 흉상어를 만난 나는 홀로 떠다니고 있다.

상어는 우아한 구릿빛을 띤 산호초 밑동 주위를 빙 돈다. 곧 상어가 바로 아래로 지나간다. 손전등 불빛이 미끼처럼 물고기들을 불러들인다. 우리는 평화롭게 그곳에 매달려 있다. 포식자와 피식자가 함께 밤 수영을 즐긴다. 상어가 공격을 시작하기 전까지는.

나는 산호 산란을 보러 왔다.

상어의 사냥을 돕고 말았다.

저 멀리서 가이드가 흠뻑 젖은 관광객에게 조금 더 버티라고 설득하는 소리가 들린다. 나는 그의 목소리에 귀를 기울인다. 그가 말한다. "1초만 기다려 주세요. 꼭 보여드리고 싶은 게 있어요. 손전등 불빛을 손으로 가리고 물속에서 흔들어보세요."

가려진 불빛에 우리 손이 산호알처럼 분홍빛으로 빛난다. 우리가 서로를 향해 물속에서 손을 흔들자 그 움직임이 희미한 생체발광 별빛을 내뿜는다. 흉상어가 내 허벅지 옆을 아슬아슬하게 지나간다. 하지만 나는 더는 위험한 것들에 대해 생각하지 않는다. 손가락 사이를 빠져나가고 있는 아름다움에 한껏 취했으니까.

# 낚시 수업: 2막으로 구성된 에세이

가비노 이글레시아스

**1막**

나는 푸에르토리코Puerto Rico의 베르데섬Isla Verde 해안에서 10미터가량 떨어진 곳에 서 있다. 대서양의 바닷물이 섬 주위에서 찰랑거리고 내 내장 깊숙한 곳에서 그 물이 느껴진다. 나는 카리브해의 시우다드후아레스Ciudad Juárez*인 산후안San Juan의 라펠라La Perla**에서 약 15킬로미터, 카리브해에서 가장 크

---

\*
\* 멕시코의 국경 지대에 있는 산업 도시. 경찰이 마약 범죄와의 전쟁을 벌이고 있어서 세계에서 가장 위험한 도시로 악명이 높다.
\*\* 푸에르토리코의 수도 산후안의 구도심. 빈민가로 전락하면서 범죄율이 급격히 상승했다.

고 위험한 루이스 요렌스 토레스 빈민 주택 단지에서 약 5킬로미터, 내가 다닌 학교에서 약 1.5킬로미터 떨어진 곳에 서 있다. 이곳은 고향이다. 나는 바닷가에 있지만 청바지를 입고 있다. 수영을 하러 온 게 아니기 때문이다. 내 발치에는 신발 상자가 놓여 있다. 상자의 로고는 거의 누구나 알아볼 수 있는 브랜드의 것이다. 상자에는 테니스화 대신 훔친 보석이 들어 있다. 굵은 금줄들, 지나치게 큰 보석이 박힌 반지들, 큼지막한 팔찌 두어 개. 대다수는 가짜겠지만 나 같은 어리석은 애송이는 그런 것에 끌리는 법이니까.

나는 여기 있으면 안 된다. 주중 한낮에 바닷가에서 도난품을 팔고 있으면 안 된다. 그런데 여기 있다. 내가 알려고 하지 않는 것: 보석이 어디서 온 건지, 보석을 판 돈이 누구 주머니로 들어가는지, 단 한 곡도 녹음하지 못한 레게톤* 가수나 어린 갱스터 지망생이 어떻게 나를 찾아올지. 내가 아는 것: 이러고 있으니까 내가 대단한 사람이 된 것 같다. 이 일감을 준 남자에게 이것보다 더한 것도 할 수 있다고, 총을 들고 누군가를 위협할 준비가 되었다고 말할 배짱은 없다. 그러나 이 정도를 할 배짱은 있다. 어깨에 힘을 주고 센 척하면서 살짝 떨리는 손으로 거리 생활의 가장 바깥층을 건드릴 배짱은.

아마도 오늘로 이 일을 한 지 나흘이나 닷새 정도 되었을 것이다. 이건 쉬운 일감이다. 누가 다가오면, 우리 같은 가난한 사람들을 자신들의 수영장에서 몰아내려고 모래사장 경계에 높다랗게 벽을 쌓아서 만든 거대한 건물들에 가려진 구석으로 간다. 내가 가진 물건을 보여준다. (모든 물건에는 가게에서 파는 물건처럼 조그맣고 하얀 가격표가 붙어 있다.) 돈을 받는다. 이 상자를 내게 준 남자에게 돈을 넘긴다. 오늘은 일이 조금 복잡해졌다.

나보다 나이가 많기는 하겠지만 아주 많아 보이지는 않는다. 나보다 키가 조금 더 크고, 조금 더 말랐다. 여드름 때문에 꽤나 놀림받았을 것이다. 바닷가에서 후드티를 입고 있다. 멍청해 보인다. 카리브해 바닷가에서 후드티를 입고 다니는 건 구제 불능의 마약 중독자나 센 척하는 바보뿐이다. 그는 내 앞에 서더니 해골 뒤통수에 닿도록 콧물을 힘껏 빨아들인다. 고개를 들고 후드티 밑단을 살짝 들어 올린다. 검고 두꺼운 총 손잡이가 보인다. 뭔가 차가운 것이 목 뒷부분을 꽉 움켜쥔다. 입술이 귓불에 닿을 것 같다.

남성성이 아주 부서지기 쉽다는 사실은 대학교에서 고급 문학을 읽으면서, 또는 누군가에게 자신의 남성성을 순식간에 짓밟히면서 배운다. 나는 뭐라고 중얼거린다. 지금은 무슨 말을 했는지 기억이 안 난다. 적어도 그 남자의 여드름 흉터 자국만큼 생생하게

* 1990년대 파나마와 푸에르토리코를 중심으로 생겨난 라틴 음악 계통의 대중음악 장르.

기억나지는 않는다. 어쨌거나 나는 뭔가 사과의 말을 하는 것 같다. 나약한 애원을 하는 것 같다. 그래서 화가 난다. 이 남자에게 자비를 구해서는 안 된다. 그의 얼굴에 주먹을 날리고 총을 빼앗고 그의 이빨이 목구멍으로 넘어갈 때까지 패야 한다. 그런 것들을 전혀 하지 않는다. 대신 뭔가 차가운 것이 여전히 뒷목을 꽉 움켜쥐고 있었고 너무 긴장한 나머지 내 의지와는 상관없이, 제약이 사라지고 검열이 사라지고 자존심이 사라진 단어들이 입에서 흘러나온다. 그는 뒤로 물러나라고 말한다. 나는 군인처럼 그 지시에 따른다. 권위에 대한 내 혐오가 생존 본능과 뒷목을 꽉 움켜쥐고 있는 차가운 것 사이의 틈에서 녹아내린다. 그는 상자를 들고서 내가 알아들을 수 없는 협박을 중얼거린다. 나는 그것이 내가 평생 들은 제안 중에 최고의 제안인 양 고개를 끄덕인다.

내게 일감을 준 남자는 이해한다. 거리가 어떤 식으로 돌아가는지 안다. 그 남자는 내게 올드산후안의 부두에서 자기 아버지와 일해보지 않겠느냐고 제안한다. 그의 아버지는 배에서 짐을 내리고 매주 물건들을 '발견하는 일'을 한다. 나는 그의 차로 떨어진 상자들에서 꺼낸 셔츠를 입기도 하고, 앞으로 몇 년이 지난 뒤에는 어찌 된 영문인지 그의 손에 들어온 홈시어터 장비 서너 개를 우리 엄마 집에 숨기기도 할 것이다. 나는 그 제안을 부드럽게 거절한다.

하루하루가 지나가도 그날 바닷가에서 있었던 일이 잊히지가 않는다. 나는 화가 난다. 그 녀석의 엉덩이를 냅다 찼어야 하는데. 완전히 망쳤다. 그러다 뭔가 이상한 일이 일어난다. 내 뇌가 내가 올바른 선택을 했다고 말하기 시작한다.

생각 많은 게 병이라면 나는 열다섯 살이 되기 전에 죽었을 것이다. 강도를 당한 날의 일은 내 머릿속에 살아 있고 무수히 많은 시나리오를 돌려보지만 그럴수록 내가 올바른 선택을 했다는 생각이 점점 자라면서 끊임없이 내게 속삭인다. 그러도록 내버려둔다. 어쨌거나 내가 똑똑하다고 생각하면 비겁하다고 생각할 때보다는 기분이 나아졌다. 아직 총을 만져보지 못한 겁쟁이. 첫 주먹을 날리기 전 머릿속에서 그린 것과는 달리 순조롭게 풀리지 않는 싸움에서 이빨 두어 개가 부러진 겁쟁이.

시간은 제 할 일을 하면서 계속 흘러간다.

이삼 주 뒤 나는 친구들과 그때 그 바닷가로 간다. 바닷가가 학교에서 워낙 가깝다 보니 우리 집에서도 걸어서 갈 수 있는 거리다. 그래서 우리는 자주 바닷가에 갔다. 이번에는 분위기가 달랐다. 피부를 구릿빛으로 태운 사람들로 북적이고 아주 작은 라디오에서 우리가 자메이카 사람들에게 늘 빌리는 보석 같은 밥 말리의 노래가 흘러나온다. 비키니를 입은 여자애들이 내 사춘기 뇌에 생각들을 불러일으킨다. 이런 분위기에서는 그날 일을 되돌아봐도 괴롭지가 않다. 나는 살아남았다. 바다를 바라보면서 나는 올바른 선택을 하게 된 이유가 두려움만은 아니었다는 사실을 깨닫는다.

내가 열 살 때였다. 루키요Luquillo 근처에 있는 폐쇄된 부두에서 아버지와 낚시를 했다. 날이 흐렸고 바다는 신경이 곤두서 있는 듯했다. 우리는 아무것도 잡지 못했고, 막 정리하려는데 입질이 왔다. 몸길이가 25센티미터나 되는 곰치가 낚였다. 검고 노랗고 아주, 아주 화가 많이 나 있었다. 온통 반짝거리고 매끈한 것이 멋져 보였다. 나는 아버지에게 도움을 받아 그 물고기를 양동이에 던져 넣었다. 아버지는 먹지도 않을 물고기를 왜 양동이에 넣었느냐고 물었다. 나는 가지고 싶다고 말했다. 아버지는 우리 집에 그걸 둘 자리는커녕 그 비슷한 자리도 없다는 말은 한마디도 하지 않았다.

몇 시간 뒤 곰치는 작은 플라스틱 통 밑바닥에 있었다. 입을 이상하게 벌리고 있었다. 아버지는 얼른 바다로 되돌려 보내지 않으면 죽을 거라고 했다. 그건 원하지 않았다. 나는 그걸 가지고 싶었다. 소유하고 싶었다. 친구들에게 보여주고 싶었다. 그러나 죽음이 평생 나를 따라다니는 건 싫었다. 머리 위에 죽은 곰치의 영혼이 떠다니는 장면을 상상하는 것만으로도 끔찍했다. 나는 어렸지만 뭔가를 죽이면 그 영혼이 영원히 달라붙는다는 사실을 모를 정도로 어리지는 않았다. 너무 늦기 전에 돌려보내야 한다는 걸 알았다. 비가 퍼붓기 시작했다. 카리브해에서만 볼 수 있는 그런 비였다. 굵어진 빗줄기가 이리저리 휘몰아치면서 내렸지만 그래도 아버지는 차를 몰고 나를 부두에 데려가주셨다.

몇 년 뒤 내 뱃속까지 두려움에 떨게 했던 사건을 여전히 곱씹으면서 바닷가에 앉아 있는데, 그날 곰치 사건에서 얻은 조용한 교훈이 아직도 내 안에 머무르고 있다는 사실을 깨닫는다. 올바른 선택이 늘 옳게 느껴지는 것은 아니다. 그러나 살아남는 것, 그리고 다른 것들이 살아남게 돕는 것은 그 무엇보다 기분이 좋아지는 일이다.

## 2막

우리 머리 위의 하늘은 우리 사이에 내려앉은 침묵만큼이나 컸다. 이것은 신성한 침묵이다. 말을 뛰어넘는 어떤 합의에 이른 친구들 사이에서나 가능한 그런 부류의 편안한 침묵이다. 모든 완벽한 것처럼 그 침묵도 오래가지 않는다.

루이스와 나는 지난 몇 년 동안 붙어 다녔다. 나는 언젠가 루이스와 자비를 등장시킨 소설을 쓸 테지만 아직은 그런 사실을 모르고 있다. 이 순간 우리는 구아니카만Guanica's inlet에서 천천히 노를 저으면서 낚싯줄을 바다에 드리우고 있었다. 루이스의 목소리는 아주 깊숙한 곳에서, 우리의 현재 상황 너머에 존재하는 그런 곳에서 흘러나온다. 우리는 고등학교를 갓 졸업한, 우리 앞을 가로막고 있는 괴물을 못 본 척하려고 애쓰는, 길 잃은 두 아이였다.

루이스의 말이 아주 빠르고 또렷하게 들린다. 여자애가 있다. 누구나 아는 여자애다. 노는 걸 좋아한다. 그 애의 정맥은 늘 따뜻한 꿈에 목말라 있다. 그 애가 임신했다. 루이스의 아이다. 루이스는 어쩔 줄 몰라 하고 있었다.

루이스가 그런 폭탄선언을 한 뒤 찾아온 침묵을 나는 영화나 책에서 본 바보 같은 내용들로 채운다. 어쨌거나 달라지는 건 없다. 나는 대학교에 갈 생각이다. 우리 가족 최초로 대학 졸업장을 따고 싶다. 루이스는 아이가 생길 거고 일자리를 구해야 한다. 여자애는 마약을 끊을 거라고 말하지만 루이스는 정말로 그럴 수 있을지 믿지 못하는 눈치다.

어느 순간 침묵이 다시 찾아오자 루이스가 눈물을 조금 흘린 것 같다. 그러다 내 낚싯대에 입질이 왔고, 그 혼란 속에 다른 모든 것이 지워진다. 4킬로그램이나 나가는 갈전갱이라면 두 명의 낙오자를 실은 빨간색 카누를 매단 채로 영원히 헤엄칠 거라고 믿게 되니까. 나는 그날 갈전갱이를 두 마리나 잡아 올린다. 아름다운 물고기다. 먹기에도 좋은 물고기다. 그날은 루이스와 내가 함께 낚시를 한 마지막 날이기도 하다.

시간을 뛰어넘어서, 대략 십여 년 후 텍사스주 오스틴Austin의 얼음장 같은 작은 방에 들어갈 수 있다고 상상해보라. 나는 중이염에 걸렸다. 어두운 지하실 배관에서 더러운 물이 똑똑 떨어지는 것 같은 소리가 왼쪽 귓속에서 들린다. 히터는 고장이 났고 텍사스치고는 추운 겨울이다. 26제곱미터인 원룸의 실내 온도는, 내가 만든 책장에 놓인 회색 온도계에 따르면 그다지 쾌적하다고는 할 수 없는 영상 3도다. 나는 통증이 조금이라도 가라앉으면 에버렛 루스Everett Ruess의 책을 읽는다. 통증이 너무 심하거나 물 떨어지는 소리가 너무 커지면 루이스와 마지막으로 함께 낚시했던 날을 떠올린다.

그게, 물에서 보낸 시간은 영원히 내 안에 머무르니까. 그날 잡은 물고기 때문일 수도, 그날 함께 있었던 사람 때문일 수도, 그 시간의 의미 때문일 수도 있다. 루이스와 바다에서 보낸 마지막 날, 두 아이는 어른이 되었고, 우정은 익사했다. 우리가 우정을 죽인 것도 아니고, 우정이 죽길 바란 것도 아니지만 먹고사는 일이 십년 동안 끼어들고 나면 함께 어울린 친구와 함께 죽는 친구가 같은 사람일 수는 없다. 아주 집중해서 찾아보면, 결국 그 지나간 시절이 여전히 내 가슴속에 남아 있다는 걸 알 수 있다. 그리고 그 안에는 가끔씩 교훈이 감춰져 있다. 조개 속에 감춰진 진주처럼 말이다.

'제발 서두르지 좀 마.' 이런 진주는 어떤가? 고등학교를 졸업하자마자 아이가 생겨서 운 사람은 내가 아니었다. 나는 대학교에 가고 싶었다. 벗어날 수 있었다. 다른 나라에 가고 새로운 친구를 사귈 수 있었다. 낚시를 하면서 기른 인내심과 평화로운 순간에 대한 경외심 덕분이다.

물은 기적을 낳는다. 물에 시간과 인내를 투자하면 때로는 물고기를 보상으로 받는다. 그렇지 않을 때도 있다. 도를 닦을 수도 있다. 당신의 시간과 함께 심장 한 조각까지 몰래 훔쳐갈 수도 있다. 당신의 영혼에 침입해 영원히 그곳에 머물 수도 있다. 때로는 당신을 재워주는 자장가가 된다. 아직도 그곳에 머물고 있다는 것을 알리려고, 당신이 어디를 지나쳐 왔는지 안다는 것을 알리려고, 앞으로 그 물의 어두운 뱃속에서 무엇을 꺼내게 될지는 앞으로 다가올 미래만큼이나 아무도 모르는 일이라는 것을 알리려고 당신 귓속에서 물 떨어지는 소리를 낼 수도 있다. 그리고 그것도 나쁘지 않다.

# 둑을 지나

레이 맥매너스

남부의 아이들이 대부분 그렇듯이 나도 아버지에게 낚시를 배웠다. 나는 젭코 낚싯대와 이런저런 낚싯바늘, 고무 지렁이, 진짜 정체가 무엇인지는 신만이 아는 냄새 나는 조각들이 담긴 작은 낚시 도구 상자를 들고 아버지를 따라 사우스캐롤라이나주 렉싱턴Lexington 곳곳의 연못 둑을 돌아다녔다. (당시에는 렉싱턴카운티가 얼마나 넓은 곳인지 몰랐다.) 우리는 대개 역돔을 잡았다. 가끔 배스나 메기도 잡았다. 전형적인 낚시 대상어들이다. 서로 다른 방향을 향해 낚싯줄을 던지고는 거의 한마디도 나누지 않는 전형적인 아버지와 아들의 낚시 나들이였다.

남부의 아이들이 대부분 그렇듯이 아버지에게 낚시하는 법을 배웠지만 낚시 자체에 대한 모든 것은 친구에게 배웠다. 글렌을 만나기 전까지 나는 큰 강, 그리고 때로는 산속 개울에서 낚시를 했다. 바다에서도 한 번 낚시를 해봤고, 바다와 강이 만나는 만에서도 몇 번 낚시를 해봤다. 그 시기에는 항상 어른이 동행했다. 부모님이 다니는 교회의 어른이나 친구의 친척이 늘 함께 따라왔다. 아버지처럼 그 어른들도 거의 말을 하지 않았다. 아이는 그저 지켜보고 그대로 따라하면 됐다. 곧 그 아이는 뭐라도 물기를 바랄 것이다. 한 마리를 배나 물가로 끌어 올린다는 것은 뭔가 신나는 일이 벌어진다는 뜻이었고, 물고기의 크기에 관한 과장된 표현과 함께 "꼬마야, 잘했다."가 따라오는 걸 의미했다.

남부의 아이들이 대부분 그렇듯이 나도 칭찬에 목이 말라 있었다. 인정한다. 그러나 글렌과 함께 하는 낚시는 자존감을 높이는 것과는 아무 관련이 없었다. 우리는 나이가 비슷했다. 우리는 지역 식료품점에서 일했다. 나는 대학교에서 영문학을 전공하면서 농산물 코너에서 일했다. 글렌은 정육점에서 고기를 자르면서 벽에 칼을 던졌다. 나는 이미 끝이 보이는 결혼 생활을 하고 있었고, 글렌은 막 결혼 생활을 시작했다. 글렌은 사관학교를 졸업했고 나는 아마도 사관학교에 갔어야 했다. 글렌은 강과 늪 근처에서 자랐다. 나는 연못과 호수 근처에서 자랐다.

신기하게도 사람은 자신이 태어난 지역의 물을 닮는다. 강은 끊임없이 움직이고 변하지만 한 방향으로만 흐른다. 호수는 강보다는 잔잔하지만 수면이 오르내리고 그 깊은 물속에 비밀을 간직하고 있다. 보이는 게 전부가 아니다. 그리고 우리도 그런 물을 닮아 있었다. 글렌은 끊임없이 움직였고, 나는 그럭저럭 잔잔했지만 속을 쉽게 내보이지 않았다. 그래도 배를 끌고 머리 호수에 나갈 때면 우리는 같은 부류의 사람이 되었다. 우리는 적응하지 못하고 길을 잃은 낙오자였고, 길들여지기를 거부했다. 우리는 형제였다. 꽉 채운 보냉 박스를 짊어지고 불량한 생각으로 가득 찬 머리를 이고 나선 아마추어 낚시꾼이었다. 우리는 살아 있었다. 상사도 없었다. 망할 마누라도 없었다. 아무도 찾지 못할 곳으로 숨고 싶어 하는 방황하는 두 명의 소년이었다.

머리 호수는 내가 먹고 자란 흙먼지만큼이나 내 유전자의 일부를 이룬다. 우리는 그 호수에서 헤엄쳤다. 최선을 다해 그 물 위를 떠다녔다. 그 물을 마셨다. 그 호수는 우리에게 전부였고 우리가 던진 것을 전부 간직했다. 머리 호수는 넓이가 200제곱킬로미터에 달하고 호수의 둘레는 700킬로미터나 된다. 살루다강 Saluda River의 강물이 모여드는 곳들이 대개 그렇듯 호수 전체에 혼령이 깃들었다. 1930년대에 댐이 완공된 뒤 물을 흘려보냈을 때 순식간에 땅이 물에 잠겼다. 집들을 옮겼고, 묘지의 비석도 옮겼지만, 물이 그냥 통째로 집어삼킨 마을도 있었다. 카운츠빌Countsville도 마을 전체가 물에 잠겼다. 가족 묘지부터 노예 묘지까지 모두 잠겼다. 무시무시한 귀신 이야기가 다 그렇듯이 비석은 옮겼지만 시체는 옮기지 않았다. 밤에 그 호수에 가보시라. 물에 떠 있건 들어가건 그곳을 맴도는 그들의 존재가 느껴질 것이다.

렉싱턴이 머리 호수보다 훨씬 먼저 생겼지만 호수 덕분에 살아남았다는 데는 의심의 여지가 없다. 한동안 그 호수는 지역 주민만 아는 비밀 장소였다. 그러나 아니나 다를까 렉싱턴은 곧 외지인들이 호수로 가는 길에 기름을 채우는 경유지가 되었다. 원래 이곳에는 아무것도 없다시피 했다. 작은 마을과 커다란 호수가 전부였다. 마을은 적수가 되지 못했다. 호수가 이겼다. 곧 외지인들이 정착했다. 대형 프랜차이즈들이 들어왔다. 곧 대형마트, 창고형 마트, 반려동물용품점, 아울렛이 들어섰다. 글렌이 이곳으로 이사올 무렵에는 렉싱턴 곳곳이 이미 컸고 여전히 커지고 있었다. 나는 이미 수많은 저녁을 호수의 만에서 작살과 활로 동갈치를 잡으며 보냈다. 기억하고 싶지 않을 정도로 많은 블루길과 선피시와 얼룩메기와 크래피와 록피시를 잡았다. 그러나 그때는 누구나 자기가 잡은 물고기를 직접 요리해서 먹었다. 그걸 사줄 가게도 없었고, 그런 물고기를 요리하는 식당도 없었다. 잡은 고기를 놓아주는 것은 낚시터에 나가서 허탕 친 날이 일터에 나가서 보람찬 성과를 올린 날

보다 낫다고 말하는 것만큼이나 어리석은 짓 같았기 때문이다.

그 시절의 렉싱턴은 지금과는 달랐다. 그러나 호수와 함께 커지며 탁하디탁한 물에 스스로를 팔아넘기는 법을 배웠다. 아니나 다를까 배스가 넘쳐나는 조용한 만이 곧 사람들로 북적거리기 시작했다. 집들이 생기고 호숫가 바깥쪽에 불쑥 나와 있던 부두가 안쪽으로 옮겨왔다. 앞니가 토끼같이 톡 튀어나온 아이들을 끌어들이는, 댐 주변을 도는 커다란 유람선들이 들어왔다. 뭐든 그런 식으로 흘러가기 마련이다. 늘 그런 식으로 흘러가니까. 그리고 여기 내륙 지방은 유독 그런 경향이 강했다. 누군가 '우리도 …가 있었으면' 하고 중얼거리면 얼마 지나지 않아 소원이 이루어졌다. 그리고 주변의 모든 것이 영영 변해버렸다. 작은 주유소는 신발 할인매장이 되었다. 오래된 미끼 가게는 대형 할인마트의 주차장이 되었다. 하이트네 아이스크림 가게는 편의점이 되었다. 피자 배달 가게가, 케이블 텔레비전이, 새 영화관이, 기업형 잡화점이, 프랜차이즈 옷 매장이, 텔레비전으로나 보던 고급 레스토랑이 들어왔다.

글렌이 이곳으로 이사올 무렵에는 렉싱턴은 골치 아픈 교통체증에 시달리는 큰 마을이 되었다. 그리고 아니나 다를까 두 소년은 곧 지루함과 마구잡이식 개발과 빌어먹게 많은 교회의 소용돌이에 휩쓸려 살아남을 방법을 찾기 시작했다. 우리는 생계를 위해 낚시하지 않았다. 우리는 자연과의 경쟁에서 이기려고 낚시하지 않았다. 우리는 벗어나기 위해 낚시를 했다. 허리를 펴고 똑바로 앉아 있지 않으려고. 호숫가와 그 가장자리에 늘어선 나무들 바로 너머에 순진해 빠진 박애주의자와 참견꾼과 식료품점에서 근무 시간에 채점표를 들고 다니는 미친놈들로 가득한 고지식한 마을이 있다는 걸 잊으려고. 간단히 말하자면 그때는 낚시가 우리가 구할 수 있는 최고의 마약이었기 때문에 우리는 낚시를 했다.

남부의 아이들이 대부분 그렇듯이 우리는 우리가 들은 이야기를 공기 삼아 숨을 쉬었다. 어릴 때는 그런 이야기에, 그런 말에 굶주려 있다. 그러나 곧 어른들은 이야기를 하는 대신 잔소리를 하기 시작한다. 아버지가 아들에게 잔소리한다. 상사가 직원들에게 잔소리한다. 목사가 신도들에게 잔소리한다. 이것은 한쪽이 다른 한쪽보다 멍청하다는 조건을 전제로 한다. 그래서 한쪽이 다른 한쪽에게 잔소리하는 거다. 렉싱턴에서는 어느 쪽이 어느 쪽인지 알기 어려웠다. 장소의 문제라서, 또는 송전탑과 가까워서, 또는 지하수면이 엉망진창이 되어서가 아니다. 우리 세대가 모두의 예상을 뒤엎고 영리해졌기 때문이다. 아무도 그 사실을 인정하려 들지는 않지만. 초기에 어떤 도움도 받지 못한 채 우리는 직접 해보면서 실수를 통해 스스로 배웠다. 우리는 우리의 실수에서 배웠다. (배우지 못했다면 그냥 바보인 거고.) 그리고 남부의 아이들이 대부분 그렇듯이 글렌과 나는 20대 중반이 되었을 무렵 하도 실수를 많이 저질러서 앞으로 네 번은 더 환생해서 살아도 될 정도의 깨달음을 얻었다. 그리고 남부의 아이들이 대부분 그렇듯이 우리는 그것이 억울했다. 식료품점의 배경 음악 엿 먹어라. 지점장과 출근표도 엿 먹어라. 목사와 일요일 영업시간도 엿 먹어라. 농부와 그들이 뿌리는 똥도 엿 먹어라. 도도하게 구는 사교계 아가씨들과 그들이 뿌리는 똥도 엿 먹어라. 점원에게 종이와 플라스틱의 차이를 아느냐고 묻는 노인네도 엿 먹어라. 그걸 옆에서 보고만 있는 할망구도 엿 먹어라. 남은 하루를 겨우 버티게 해줄 마지막 흡연 휴식 시간이 끝날 즈음 우리 중 한 명이 낚시하러 갈 때가 되었다고 말했고, 다른 한 명은 낚시 따위 엿 먹으라고 해, 라고 말했다.

우리는 어부가 아니었다. 우리는 그걸 낚시라고도, 치료라고도, 교회라고도 부르지 않았다. 그랬다면 우리의 허무주의 정신에 어긋났을 것이다. 게다가 일터의 고루한 시골 놈들이 따라나섰을 것이다. 그것도 아버지의 30센티미터짜리 수심 측정기와 아버지의 크레스트라이너 보트와 그밖에 그들이 필수 장비라고 주장하는 온갖 잡동사니를 바리바리 싸들고서 말이다. 우리는 그냥 물고기를 잡아서 놓아주고 싶었을 뿐이다. 그러면서도 그냥 우리 자신으로 지내고 싶었을 뿐이다. 파란 머리의 글렌과 선명한 빨간색 뾰족 머리를 한 나로. 그러나 진실을 말하자면 그건 치료였다. 교회였다.

우리 삶 전체가 우리가 무엇을 통제할 수 있고 무엇을 통제할 수 없는지를 협상하는 과정이었다. 우리가 어떤 조건을 내걸든지 후자로 결정되는 것이 더 많아 보였다. 우리가 주어진 일을 얼마나 열심히 하건, 내가 얼마나 교육을 많이 받건, 우리가 아내에게, 부모에게, 그냥 일반 사람들에게 아무리 최선을 다해도 우리는 실패자였다. 우리는 무한한 잠재력을 타고났지만 (우리는 그런 말을 자주 들었다) 세상의 규칙에 따를 줄을 몰랐다. 그래서 우리는 지나가는 배에 손을 흔들었다. 때로는 상대방도 손을 흔들었다. 대개는 그냥 우리를 바라보기만 했다. 멈춰서 길을 묻는 사람은 아무도 없었다. 만에 자리를 잡은 우리에게 다가와 입질은 좀 오느냐고 묻는 이도 없었다. 그게 당연하다고 생각할지 몰라도 정말 멋졌다. 우리 두 사람과 물과 물 아래에서 헤엄치는 것들밖에 없었다. 솔직히 말하면 우리는 물고기가 필요했지만, 물고기는 우리가 필요하지 않았다. 우리는 놓여나고 싶었고, 그러니 놓아주는 게 당연했다. 게다가 우리에겐 남은 평생 동안 중간 관리자가 될 때까지 우리가 잘났다는 걸 증명할 기회가 얼마든지 있었다. 여기서는 그냥 약에 취해 낚시만 하면 되었다. 뭔가가 잡히면 좋은 거고, 안 잡혀도 상관없었다.

우리는 서로의 말에 귀를 기울이고 서로에게 배웠다. 글렌은 내게 도래 묶는 법, 수중찌 고르는 법을 가르쳤고, 언제 귀뚜라미를 써야 하는지, 언제 섀드*를 써야 하는지, 언제 미누어, 크랭크베이트**, 스피너를 미끼로 써야 하는지 알려줬다. 나는 글렌에게 내가 아는 시인들에 관한 모든 것을 가르쳤고, 갈매기가 나타나면 가리켰다. 이런저런 것들에 대해 시시한 이야기를 하고 유일하게 말이 되는, 또는 말이 안 되는 운율로 마무리 지었다. 입질이 전혀 오지 않을 때는 다른 만을 찾았다. 하루 중 어느 때인가에 따라서는 더 탁 트인 곳으로 나가기도 했다. 그리고 술을 마셨다. 그리고 약에 취했다. 그리고 뭔가를 잡으면 놓아주었다. 낚시는 단순했다. 낚시는 좋은 삶이었다. 고지식한 촌스러움과는 완전히 달랐다.

남부의 아이들이 대부분 그렇듯이 글렌과 나는 주의력 결핍 과잉 행동 장애 진단을 받아야 했다. 남부의 아이들이 대부분 그렇듯이 우리는 지루함과 싸웠고, 지루함에 뒤따르는 충동과 싸웠다. 물가에서는 입을 꾹 다물고서 온종일 하릴없이 쏘다닐 수 있었다. 옳고 그름의 문제가 아니었다. 무엇이 진짜고 무엇이 시시한지의 문제였다. 사람들은 발끝도 쫓아갈 수 없는 이들을 본받으려고 기를 썼다. 우리는 그런 게 지겨웠다. 지점장이 우리에게 와서 관리자 과정을 밟으면 어떻겠냐고 했을 때 우리는 웃음을 터뜨렸다. 약에

●

* 전어 같은 작은 물고기 모양을 한 인조 미끼.
** 특이하고 통통한 물고기 모양을 한 인조 미끼.

취하고 낚시하러 간 것이 우리가 벌인 일 중 유일한 진짜였다.

당시에 딱히 카타르시스를 느낀 순간은 없었던 듯하다. 그러나 내 평생 아마도 가장 마음이 평온한 시기였으리라. 바람이 수면을 살짝 간질일 정도로만 불 때가 있었다. 앞이 전혀 가려지지 않은 해가 반사되어 반짝거렸다. 그럴 때면 우리는 천국이 어떤 곳인지를 보았다. 머릿속에서 연주되는 음악에 맞춰 솔잎이 바람을 타고 춤을 출 때가 있었다. 우리는 지상으로 내리뻗은 신의 손이 되었다. 물이 얼마나 얕건 얼마나 깊건 가까이 올 정도로 멍청한 것들을 채갈 수 있는 그런 손. 그러다 우리 중 한 명이 방귀를 뀌었고 그것이 우리가 그날 느낀 유일한 신의 존재일 때도 있었다. 우리는 낚싯줄을 던진 뒤에 효과음을 내면서 베스 낚시의 전설이자 낚시 프로그램 진행자인 빌 댄스Bill Dance나 롤랜드 마틴Roland Martin인 척하기도 했다. 글렌이 진행자가 되고 나는 말도 안 되는 질문들을 던졌다. 때로는 심폐 소생술 거부 서류를 들고 다니는 수렵구 관리인이 천천히 차를 몰고 지나가면 글렌이 경례를 하고 나는 손을 흔들면서 마치 고질라라도 잡은 것처럼 호들갑을 떨었다. 약에 너무 취해서 그냥 보트에 앉아서 섬 주위를 떠다닐 때도 있었다. 지금도 마음이 생각들로 어지러워지기 시작하고 이런저런 이미지가 나를 괴롭힐 때면 나는 보트의 옆면에 부딪히던 물소리와 릴의 리듬을 회상한다. 그 소리가 열심히 일하고 휴식을 취할 때가 된 사람들을 위한 신의 자장가라도 되는 양. 크래피를 두 손으로 들어 올려 물로 돌려보내면서 옛 찬송가를 흥얼거릴 때도 있었다.

그 당시에는 몰랐다. 하지만 돌아보면 글쓰기에 대한 내 이해의 대부분은 낚시를 하면서 얻었다. 초보 작가 시절에는 처음 물고기를 낚았을 때처럼 발표 기회를 얻었을 것이다. 뭔가를 던졌는데, 운이 좋았을 뿐이다. 그러나 시간이 지나면서, 절제와 조절의 가치를 배우면서, 보상을 받으려면 노력을 해야만 한다는 사실을 배웠다. 그리고 때로는 아무리 열심히 노력해도 아무것도 낚지 못할 수도 있다는 것도 안다. 글쓰기처럼 말이다. 누가 낚시꾼이고 누가 물고기인지는 잊자. 그저 우리가 들이는 시간과 일에 걸리는 시간에 집중하고, 하던 일을 하고 또 하는 것이 전부다. 무엇보다 중요한 것은 내 손을 완전히 떠난 요소가 언제나 있다는 것이다. 어떤 사람들은 배 가장자리에 서서 오줌을 갈길 수 있다. 어떤 사람들은 그러지 못한다. 어떤 사람들은 시간이 있다. 어떤 사람들은 시간이 없다.

낚시를 할 때면 어찌 된 영문인지 시간이 우리에게서 멀어지곤 한다. 그러면서도 낚시를 할 때면 어찌 된 영문인지 시간이 멈추곤 한다. 시간은 손에 잘 잡히지 않는 물고기다. 시간은 못돼먹은 놈이다. 우리가 한 것 또는 하지 않은 것의 집합체. 특히나 기회가 생겼을 때 또는 기회가 없었을 때 우리가 한 말 또는 하지 않은 말의 집합체다. 그것이 지금 내가 글로 써야만 하는 것들이다. 그러나 다른 한편으로는 나는 낚시를 해야만 했다. 왜냐하면 조용한 곳 어딘가에서, 아침이 태양에게 자리를 내주는 안개 속 어딘가에서 두 소년이 서로 마주보며 웃었으니까. 그동안 살아오면서 꽤 많은 시간을 상당히 재수 없는 일들을 당하면서 보내야 했는데도 말이다. 나는 그때 낚시를 한 덕분에 내가 누구이고 내가 지금 무엇을 하고 있는지 더 잘 알게 되었다. 글렌과 낚시를 한 덕분에. 그렇지만 우리는 너무 많은 순간을 아무것도 하지 않으면서 침묵 속에서 보냈다. 낚시를 할 수도 있었던 시간에. 뭔가 다른 것, 독창적인 것, 살아 있는 것을 낚을 수도 있었던 시간에.

남부의 아이들이 대부분 그렇듯이 나는 내가 늘 들었던 말들을 그대로 내뱉을 수밖에 없었다. 글렌의 등에 갈매기가 똥을 쌌던 때처럼. 나는 운이 좋을 징조라고 말하면서 수건을 건넸다. 그날 이후로는 거의 낚시를 하러 가지 않았다. 곧 내게 아들이 생겼다. 곧 글렌에게도 딸이 생겼다. 나는 대학원에 들어갔고 대학 강단에 섰다. 글렌은 주 북부에 있는 산업용 배관 제작 업체에 용접공으로 취업했다. 왜냐하면 원래 다 그런 식으로 흘러가니까. 언제나 그런 식으로 흘러가니까. 소망이나 의지와는 무관하다. 우리는 나이를 먹는다. 우리는 흘러간다. 계속 흘러간다. 그것이 호수에서의 삶이다. 물고기라면 그렇게 생각해야만 하니까. 저 둑만 넘어가면 분명히 삶이 있을 거라는 생각. 그렇지 않다는 걸 깨닫기 전까지는.

라이언(글렌의 형)이 전화를 걸어 글렌이 일터에서 죽었다고 했다. 산업용 배관을 지지하던 체인이 끊어졌다고 했다. 그는 중증외상과 사고 같은 단어를 썼다. 나는 마지막으로 글렌을 본 때로 자꾸 되돌아갔다. 한 달도 채 지나지 않았다. 그날 반대 방향으로 향하던 두 남자가 주유소에서 잠시 스쳐 지나갔다. 우리는 잠깐 대화를 나눴고 물살에 의해 갈라졌다. 나는 심지어 고개를 돌려 낚시하러 갈 때가 되지 않았느냐고도 말했던 것 같다. 하지만 글렌은 이미 가게로 들어간 뒤여서 내 말을 듣지 못했다. 그런 게 인생이다. 일상의 구질구질한 물살 속에서 헤엄치고 있다가 어느 순간 끌려가서는 영영 돌아오지 못한다.

관 속의 글렌은 야구 모자와 선글라스를 쓰고 있었고, 가슴 위에 얹은 두 손에는 담뱃갑이 쥐어져 있었다. 흡사 다음 월척을 기다리고 있는 것처럼 보였다. 그렇게 보이길 원했을 거야, 그들은 말했다. 그게 글렌의 소원이었을 거야. 글렌은 스물일곱 살이었다. 내게 소원을 빌 기회가 주어진다면 아주 단순한 소원을 빌 테다. 무엇보다 라이언이 그날 밤 전화를 걸지 않았기를 바랄 것이다. 무엇보다 모두가 시간을 들여서 자신이 받은 것을 돌려주기를 바랄 것이다. 무엇보다 누군가 내게 낚시하러 가자고 묻기를 바랄 것이다. 오로지 낚시 따위 엿 먹으라고 해, 라고 말할 수 있도록.

# 서커

짐 미닉

    우리는 물속으로 걸어 들어가기 전에 풀밭 모래톱에서 잠시 멈춘다. 레드크리크Red Creek는 얕은 물, 급류, 깊은 소, 가재, 송사리로, 그리고 이맘때는 서커로 가득 찬 폭 4.5미터의 하천이다. 물에 발을 담근다. 맨살을 드러낸 종아리가 차가운 물에 감각을 잃는다. 우리는 상류로 거슬러 올라간다. 늦은 봄 우리 머리 위를 떠다니는 구름 같은 진흙덩이가 뒤로 흘러간다. 내 단짝 친구 조는 왼쪽 강둑을 훑고 나는 오른쪽 강둑을 훑는다. 준비한 작살의 날이 번쩍거린다.

    우리 앞에 나타난 첫 구멍은 푸줏간 축대 바로 밑에서 쑥 들어간다. 할아버지는 그 가게 마루 밑을 지나가는 배수관에서 피가 쏟아져 나와 6미터 아래 물속으로 떨어지던 시절 이야기를 해주었다. 이 하천의 이름도 거기서 유래한다고 했다. 지금은 머리 너머에 아무 건물도 없다. 인동으로 뒤덮인 거대한 콘크리트 바닥과 그 안에서 삐죽 머리를 내민 배수관 하나가 있을 뿐이다.

내가 그 축대 밑바닥을 찔러대자 검은색 물고기가 튀어 오른다. 뒤늦게 알아차린 조가 작살을 던져보지만 놓친다. "오른쪽 앞이야." 내가 큰소리로 외치고 조가 고개를 끄덕인다. 서커는 이미 다리 밑으로 사라졌다. 우리는 물살을 헤치며 다리 그림자 속으로 들어선다.

하천 한쪽이 좁아지면서 다리 아래로 자갈과 모래로 덮인 넓은 흙바닥이 드러난다. 이곳이 우리가 최고로 꼽는 은신처다. 부모로부터, 뉴버그로부터, 기타 펜실베이니아주의 시골로부터 숨을 때 찾는 곳. 예를 들자면 작년 겨울, 우리는 지나가는 차들을 향해 얼음 덩어리를 던지고 있었다. 그런데 차 한 대가 갑자기 멈췄고, 브레이크 등이 후진 등으로 바뀌었고, 우리를 향해 돌진했다. 뒷좌석 너머로 돌아보고 있는 운전수의 분노에 찬 얼굴이 점점 또렷하게 보였다. 우리는 그 자리에서 도망쳤다. 서로 다른 방향으로, 나는 우체국 쪽으로, 조는 교회 쪽으로 냅다 달렸다. 두 길 모두 이 다리 아래로 이어진다. 이곳에서 다시 만난 우리는 숨을 고르고, 웃음을 터뜨리고, 돌아가면서 고개를 빼고 망을 보면서 몸을 사렸다. 분노에 찬 운전수가 가버렸기를 간절히 빌면서.

조는 물살 속에서 딱 햇빛이 반사되는 자리에 가만히 떠 있는 서커를 발견한다. 나는 조가 살금살금 앞으로 나가다가 등을 한껏 젖힌 다음 던지기만을 기다린다. 칼날이 살에 꽂히고 우리의 함성이 다리 밑에서 메아리친다. 그날 아침 잡은 첫 물고기다. 더는 꿰미가 비어 있지 않다.


너무나 뻔한 사실이지만 서커sucker는 입 모양 때문에 빨판을 의미하는 서커라는 이름이 붙었다. 물고기는 대개 입이 얼굴 앞부분에 달려 있지만 서커의 입은 얼굴 바닥에 달려 있다. 납작한 몸통과 수평을 이루고 있는 셈이다. 서커의 라틴어 학명은 카토스톰과Catostomidae로, 이 학명의 그리스 어원은 '아래'를 뜻하는 '카타kata'와 '입'을 뜻하는 '스토마stoma'이다. 이 '아래 입'에는 두꺼운 입술이 붙어 있다. 덕분에 하천 바닥의 먹이를 더 잘 빨아들일 수 있다.

몸 길이는 30센티미터, 무게는 500그램부터 1.5킬로그램까지 나간다. 수명은 적어도 10년 이상은 되는 것으로 알려져 있다. 수컷은 2년이면 성체가 되는 반면 암컷은 성체가 되기까지 3년이 걸린다. 우리가 잡는 서커는 등은 올리브색, 배는 하얀 색이고, 몸통 옆 부분은 막 광을 낸 은이나 동처럼 광이 난다.

할머니와 할아버지가 결혼식을 올리고 나서 찍은 낡은 사진이 한 장 있다. 두 분은 산속 오두막에 있다. 내가 모르는 곳이다. 두 사람은 십여 마리의 송어가 매달린 기다란 꿰미를 사이에 두고 서 있다. 꿰미가 물고기의 무게를 못 이기고 축 늘어져 있다. 두 분의 얼굴에 핀 미소와 같은 모양이다.

두 분 다 낚시를 아주 좋아했고, 종종 나를 포섬 호수Possum Lake 나 산 위에 있는 피닉스밀Phoenix Mill로 데려가기도 했다. 피닉스밀 은 솔송나무가 가장자리에 늘어선 작은 개울로, 수년 뒤에 내가 결 혼식을 올릴 곳이기도 하다. 제일 자주 찾은 낚시터는 할머니와 할 아버지의 농장에 있는 연못이었다. 집과 농장에서는 잘 보이지 않 는 논밭 사이 움푹 팬 곳에 자리 잡은, 넓이 2,000제곱미터의 동그 란 연못이었다. 할머니는 관절염을, 할아버지는 폐기종을 앓고 있 었으므로 우리는 1킬로미터쯤 떨어진 그 연못까지 걸어가지는 않 았다. 아주 가끔 뷰익을 타고 갈 때도 있었지만, 보통은 할아버지 가 경운기에 시동을 걸면 할머니와 내가 경운기 짐칸에 탔다. 짐칸 가장자리에 기대둔 낚싯대가 양옆에서 대롱거렸다.

연못에 도착하면 접이식 의자를 펼쳐 놓고 불꽃 막대기로 각다 귀들을 쫓아냈다. 할머니와 할아버지는 마당에서 잡은 지렁이나 옥수수 알갱이나 공처럼 뭉친 식빵 조각을 미끼로 쓰는 법을 가르쳐주셨다. 수면에 뜬 찌가 오르락내리락 움직였고, 그 주위의 물결고리들이 침입자의 갑작스런 등장에 도망친 물고기만큼이나 빨리 사라졌다. 그러나 오래 기다리는 법은 없었다. 그 연못에 사는 어종은 블루길이었다. 크기는 제각각이어서 잼 병뚜껑보다 작은 것도 있었고 할아버지 손보다 큰 것도 있었다. 어느 해에는 블루길이 얼마나 멍청했는지 연못 가장자리까지 와서 바늘에 걸린 미끼가 떨어지기만 기다리고 있었다. 심지어 미끼를 걸지 않은 바늘까지 건드렸다. 할아버지는 너무나 한심하게 여긴 나머지 잡은 물고기를 몽땅 양동이에 넣으라고 말했다. 한 마리도, 제일 작은 물고기조차도 물에 돌려보내지 않았다. 큰 것들은 우리가 먹고, 나머지는 농장의 고양이들에게 먹일 작정이었다. 젖소의 젖을 짜는 일꾼들을 도우러 가기 전에 이미 30마리도 더 잡았다. 처음에 고양이들은 팔딱거리는 물고기를 앞에 두고 어찌해야 할 바를 몰랐다. 그러나 곧 좀 더 나이 많은 고양이들이 블루길의 몸통을 씹어 먹었고, 새끼 고양이들은 블루길을 툭툭 치며 놀기 시작했다.

봄이 되면 서커는 상류로 올라간다. 수컷이 먼저 도착해서 최적의 산란 장소를 차지한 다음 기다린다. 암컷이 도착하면 수컷이 다가간다. 한 암컷에 수컷이 많으면 열 마리까지 몰리는 것도 봤지만 대개는 한두 마리가 다가간다. 수컷이 암컷의 몸통 옆에 붙어서 비비면 암컷이 알을 낳고 수컷도 곧장 정자를 뿌린다. 이 모든 과정이 몇 초면 끝난다. 암컷은 다른 수컷을 찾아 자리를 옮긴다.

암컷과 수컷 모두 '귀향'한다. 자신들이 태어난 곳이 어디인지를 알고서 고향 땅으로 돌아온다. 그것도 매년 거의 비슷한 시기에. 우리가 독립기념일에 동창회를 열듯이 그들도 그렇게 하는가 보다.


어릴 때는 낚시가 지루하지가 않았다. 적어도 처음 시작할 때는 그랬다. 그러다 블루길을 하도 많이 잡아서 양동이 바닥이 보이지 않을 정도가 되면, 또는 대개는 잘 잡히지 않아서 양동이가 계속 비어 있고 찌가 움직이기를 기다리는 기대의 시간이 아무것도 없는 물을 하염없이 바라만 보는 시간이 되면, 나는 연못가를 돌아다니기 시작했다. 더 나은 자리를 찾아다니다가 낚싯줄이 여기저기 걸리기도 했다. 할머니와 할아버지는 묵묵히 물만 바라봤다. 가끔 이야기도 했지만 그런 일은 거의 없었다. 내가 숲을 탐험하려고 내 낚싯대를 두 분에게 맡겨도 개의치 않으시는 것 같았다.

나는 쉽게 지루함을 느끼지 않는다. 어른이 된 지금도 마찬가지다. 낚시할 때만이 예외다. 친구들이 낚싯줄을 던진 다음 기다리면서 아무것도 하지 않는 데에서 즐거움을 찾는다는 걸 안다. 명상을 하면서, 물 가까이에 머물면서, 자신의 먹거리를 직접 구한다는 사실에서 마음의 평안을 얻는다는 걸 안다. 나는 사슴을 사냥할 때는 그런 즐거움을 느끼지만 낚싯대를 손에 쥐고 있을 때는 느끼지 못한다. 이런 비교에 가성비가 작용한다는 점을 인정한다. 숲에서는 사냥용 디딤목에서 기다리면서 같은 시간을 들이고도 똑같이 빈손으로 돌아오기도 하지만 일단 사슴을 잡으면 냉동고가 꽉 찬다. 사슴 서너 마리만 잡아도 냉동고에 1년치 식량을 채울 수 있다. 그런데 블루길이나 배스는 서너 마리를 잡아도 겨우 몇 끼 식사를 해결할 수 있을 뿐이다. (특히 블루길이) 맛은 좋지만, 식료품 창고는 여전히 텅텅 비어 있다.

낚시를 즐기지 못하는 나는 멍텅구리 서커인가? 그럴지도.


산란기에 암컷 서커는 2만 개에서 13만 개 정도의 알을 낳는다. 이 알과 치어는 스스로 살아남아야 한다. 부화하기까지는 대략 20일이 걸리고 그로부터 한 달 뒤에는 포식자를 피해 대개 밤중에 이동해 하류로 내려간다. 부화해서 첫 이동을 할 때까지 전체 알의 단 3퍼센트만이 생존할 때도 있다.

서커가 태어날 때부터 입이 아래에 있는 것은 아니다. 부화한 뒤 첫 몇 주 동안은 수면에서 먹이를 찾는다. 그러다 입이 얼굴 아래쪽으로 내려가면서 강바닥을 훑게 된다. 태어날 때와 다른 모양으로 입이 변해서 얻는 이득은 무엇일까? 과학자들도 추측만 할 뿐 정확한 이유는 모른다.


　저기 앞쪽에 커다란 호두나무가 그늘을 드리우고 있는 곳에 뿌리에 감춰진 다음번 어두운 구멍이 나온다. 조가 웅덩이로 들어가는 동안 나는 빙 돌아서 상류 쪽에서 기다린다.

　이 나무는 아빠와 돈 삼촌이 어릴 때 서커를 잡으러 자주 찾아온 나무다. 그때는 아빠의 도발에 삼촌이 이 구멍 속으로 손을 넣었다. 삼촌은 작살을 강둑에 놓아두고 천천히 구멍 쪽으로 다가갔다. 천천히 앞으로 나아간 삼촌이 진흙 바닥에 무릎을 꿇자 어깨까지 물이 올라와서 고개만 겨우 물 위로 나왔다. 삼촌은 손으로 뿌리 쪽을 더듬었다. 거친 나무와 질척이는 강바닥과 삼촌이 찾는 미끄러운 감촉이 느껴졌다. 몸을 앞으로 날리면서 재빨리 손을 움직여 그 미끄러운 생물의 꼬리를 잡아채고 당겼다. 그런데 뭔가 이상했다. 생각보다 가늘었다. 기다란 근육 띠가 몸을 이리저리 비틀었다. 돈 삼촌이 마침내 그 생물을 완전히 물 밖으로 꺼내고 보니 아래 입을 한 서커가 아니라 길길이 화를 내며 비늘 없는 몸을 휘두르는 물뱀이었다. 물뱀은 서둘러 하류로 도망쳤다.

　조는 작살을 들어 뿌리 아래쪽을 휘휘 저어 보지만 뱀은 나오지 않는다. 대신 우리는 둘 다 "저기다!"라고 외친다. 검은 물체가 획 지나가는 걸 보면서 나는 몸을 뒤로 젖힌 다음 던진다. 작살은 빗나가 돌바닥에 꽂힌다. 물고기는 상류로 올라간다. 나는 욕을 하면서 작살을 도로 줍는다. 우리는 계속 천천히 상류로 올라간다. 오스카 프랭클린 삼촌네 집까지는 상류를 따라 5미터 정도 더 올라가야 한다. 프랭클린 삼촌은 우리가 잡은 서커를 늘 고맙게 받는다.

우리가 노리는 것은 화이트서커이지만 그것만 잡는 것은 아니다. 몇 개만 예로 들자면, 첩서커(하천과 호수), 호그서커(북부와 로어노크강), 러스티서커, 토렌트서커, 서커입피라미, 그리고 토끼입술서커도 잡는다(기묘한 이름이다).

또 다른 어종인 빨판상어라는 바닷고기도 서커라는 이름으로 불린다. 그 물고기는 아래로 쏠린 입을 가지고 있지 않다. 이 물고기가 서커라고 불리는 이유는 몸에 서커, 즉 빨판이 달려 있기 때문이다. 지느러미가 빨판으로 진화한 덕분에 더 큰 생물인 거북, 상어, 고래에 달라붙을 수 있다. 상어 배 밑에 매달려서 다니는 것만큼 상어에게 잡아먹히는 걸 피하는 좋은 방법도 없을 것이다.

미주리주 닉사Nixa의 주민들은 60년도 더 전부터 매년 서커데이 축제를 열었다. 매년 봄이 되면 서커를 몇백 킬로그램이나 잡고 튀겨서 수천 명의 사람들을 먹인다. 그런데 낚싯대를 쓰지 않고 작살도 쓰지 않는다. 그냥 물속을 걸어가면서 잡는다. 서커가 상류로 이동하면 닉사 주민들은 미끼를 매달지 않은 낚싯바늘을 들고 하천으로 나간다. 헤엄치는 서커가 보이면 그 근처에 낚싯줄을 던진 다음 물고기가 낚싯줄 근처에 왔을 때 낚싯바늘에 물고기를 '건다'. 물고기의 어느 부위에 걸어도 상관없다. 그리고 잡아당긴다.

서커데이 축제는 금요일 저녁 가두 행진과 함께 공식적으로 시작된다. 토요일에는 중심 거리가 노점상과 관광객으로 꽉 들어찬다. 정오에는 서커 파티를 벌이고 시상식을 한다. 가장 큰 서커(1.8킬로그램), 가장 작은 서커(29그램), 가장 많이 잡은 사람(51마리) 등에게 상을 수여한다. 내가 제일 좋아하는 상은 가장 맛좋은 서커가 잡힌 강에게 수여하는 상이다. 또한 서커 여왕과 서커 왕 대관식도 열린다. 여왕과 왕은 서커데이로 번 수익금으로 마련한 장학금을 받을 고등학생들이다.


서커는 호구, 잘 속는 사람, 쉬운 상대를 의미한다. 옥스퍼드 영영사전은 애송이, 멍텅구리라고 정의한다.

나는 얼마나 여러 번 서커가 되었던가. 시인 지망생이던 십 대 시절 새로 부임한 목사에게 내 시를 보여줬을 때 그 목사는 웃음을 터뜨렸다.

세 번째로 섹스를 했을 때, 적어도 거의 할 뻔했을 때도 서커가 되었다. 그때 나는 친구의 포드 핀토를 빌려서 펜실베이니아주에서 노스캐롤라이나주까지 달려갔다. 오직 여자애 하나를 위해서. 고등학교 때부터 대학교 때까지 사귄 여자 친구였다. 그녀는 나보다 한 살 많았고 여름 인턴십 때문에 남부로 내려가 있었다. 나는 잔뜩 흥분해서 그 여자애 안으로 들어갔는데, 그녀는 이렇게 말했다. "저기, 이건 말해둬야 할 것 같아서. 나 새로운 사람이 생겼어." 예상치 못한 서커 펀치에 당한 나는 완전히 쪼그라들었고 내 작살을 피해 달아난 그 어떤 서커보다도 더 빨리 내 기를 죽였다.

　이제 누구나 부러워할 교수 직함을 단 50대이지만 여전히 서커가 된 기분이다. 대학원 졸업장도 두 개나 있고 30년 동안이나 대학 강단에 섰고, 거의 매 순간이 즐거웠지만 그 모든 것이 아메리칸 드림이 아닌 아메리칸 악몽을 쫓고 있는 것처럼 느껴지기 시작했다. 안정된 월급과 확실한 의료 보험을 챙기려고 위험을 감수해야 하는 진짜 꿈을 포기하는 악몽을.

　아마도 나는 이미 오래전에 걸려들었는데, 나를 천천히 쥐어짜는 손을 이제야 느끼기 시작한 건지도 모른다. 아마도 이 일을 그만두면 가장 비싼 의료 보험이나 의료 재난이라는 작살의 희생양이 될지도 모른다. 이런 관점에서 보면 물뱀이든 서커이든 전망이 썩 좋지 않기는 매한가지다.

출발 지점에서 1킬로미터 정도 상류 쪽으로 올라오자 우리가 레드크리크에서 가장 잘 아는 장소에 도착했다. 높다란 강둑 너머로 100여 미터 떨어진 곳에 하얀 벽돌집이 보인다. 농구대와 경사진 뒷마당도. 섬에 잠시 멈춰 서서 우리가 가파른 강둑에 판 계단을 바라보며 감탄한다. 우리는 도피하고 싶을 때마다 저 계단을 오른다. 강변에서 섬으로 이어진 돌을 밟고 다시 섬에서 저 반대편 강둑으로 이어진 돌을 밟는다. 강둑을 올라가서 400미터 정도 더 걸어가면 할머니와 할아버지의 농장 울타리를 만난다. 그곳에서, 커다란 하얀 참나무를 구름다리 삼아 울타리를 넘어간 다음 자주개자리를 헤치고 들어가 마멋을 향해 22구경 총탄을 날려댔다.

그러나 이 섬은 우리의 은신처다. 머리를 숙이고 쪼그리고 앉으면 아무도 우리를 보지 못한다. 이곳에서 가재를 잡은 적도 있다. 물웅덩이에 잡은 가재가 여러 마리 모였을 때 깡통에 담아 작은 불을 피워서 끓이다가 들켜서 혼이 났었다. 강변의 진흙을 파서 아주 멋진 조각상을 빚었다. 우리 둘이 동시에 만들기 시작한 변기, 그리고 나체 여인상은 그 뒤에 내린 비에 씻겨서 사라졌다.

그리고 섬 바로 위쪽 상류에서 서커 한 마리가 자갈 바닥을 열심히 뒤지고 있다. 내가 천천히 다가가는 것도 모르고. 내 그림자를 나무 그림자에 숨긴다. 근처에 갔을 때 앞으로 달려들면서 작살을 던진다. 마침내 물속에서 칼날이 돌바닥에 부딪히는 소리가 아닌 살덩어리에 꽂히는 소리가 들린다.

나는 서커를 하늘 높이 들어올렸다. 빛이 은색과 구리색 비늘에 닿아 반짝거린다. 검은 눈은 우스꽝스러울 정도로 크고 지느러미는 먹구름 같은 잿빛이다. 함성을 지르면서 서커를 꿰미에 끼운다. 그리고 우리는 계속 앞으로 나아간다.

조와 나는 우리가 옹알이를 하기 전부터 알고 지낸 사이다. 우리는 먼 친척뻘이다. 조가 나보다 두 달 먼저 태어났지만 나보다 두 살은 어려 보일 때가 많다. 조는 내게 작살로 물고기 잡는 법을 알려줬다. 나보다 먼저 사슴을 잡았고, 나보다 먼저 술과 담배와 섹스를 했다. 그리고 그 모든 것 이전에 그는 내게 인동에 대해 알려줬다. 꽃송이를 따서 초록색 끝부분을 잘라내고 수술을 천천히 뒤로 당겨서 '꿀'을 얻는 방법을. 우리는 여러 나무를 돌아다니면서 이 기술을 연마했다. 늘 더 달콤한 꽃을 찾아낼 수 있었다.

서커를 발견하는 가장 좋은 방법은 그림자를 쫓는 것이다. 서커의 비늘 색은 진흙 바닥과 비슷해서 잘 구분이 안 된다. 상류로 올라가는 서커의 꼬리가 휙 움직이는 장면을 볼 수도 있다. 서커가 나무뿌리로 덮인 은신처 속으로 쑥 들어가는 모습을 볼 수도 있다. 그러나 아마도 돌바닥에서 흔들리는 기다란 그림자만 보일 때가 더 많을 것이다. 날렵한 몸통이 눈에 들어오기 전까지는 주인 없는 그림자처럼 보일 테지만.

서커가 당신을 발견하는 가장 좋은 방법은 당신의 그림자나 윤곽선을 보는 것이다. 태양을 등지고 서면 서커는 온데간데없이 사라진다. 그림자를 서커 위로 드리우는 순간 작별이다. 서커의 눈이 그렇게 크게 진화한 것은 당신을 비롯한 다른 작살꾼들과의 긴 역사 때문이다. 그 작살꾼에는 왜가리와 물총새와 보브캣, 그리고 심지어 당신의 고조할머니도 포함된다.

서커는 빛과 그림자에 대해서만큼은 결코 멍텅구리가 아니다.

짐작했을지도 모르겠지만 서커의 입에는 이빨이 없다. 대신 목구멍에 고랑 하나가 나 있어서 강바닥에서 빨아들인 먹이를 간다. 서커는 잡식성이다. 곤충, 달팽이, 물고기, 수초를 먹는다. 삼킬 수 있을 만큼 작기만 하면 된다.

우리는 가끔 알을 잔뜩 품은 암컷을 잡았다. 배를 누르면 튀어나오는 젤리 같은 알갱이들이 하류로 떠내려가는 걸 지켜봤다.

* * *

늦은 오후가 되자 상류를 따라 올라가는 동안 우리의 조준도 더 정확해지고 인내심도 더 강해진다. 우리는 더 많은 서커를 잡고 꿰미는 잡은 물고기의 무게로 점점 무거워진다. 그래도 여전히 잡는 것보다 놓치는 게 훨씬 더 많다. 헨젤힐 언덕 아래에 있는 아주 깊은 물웅덩이에 도달하자 강둑에 앉아 발을 물에 담그고 쉰다. 웅덩이가 더 컸다면 물 위에 등을 대고 누웠을 것이다. 그러나 웅덩이 폭이 좁았으므로 그냥 앉아만 있다.

"움직이지 마." 조가 속삭인다. 작살을 천천히 들어 내가 보지 못하는 뭔가를 겨냥한다. 끙 소리와 함께 몸을 날려 작살로 허공을 가르며 소리를 지른다. 그런데 조의 작살에는 서커가 아닌 커다란 가재가 꽂혀 있다. 하도 커서, 자도 없지만 크기를 어림잡아 보기로 한다. 자꾸 휘두르는, 파랗고 붉은 반점이 박힌 집게발을 조가 바닥에 대고 누르는 동안 내가 미끈한 껍데기를 따라 손가락으로 길이를 잰다. 20센티미터야, 내가 말한다. 우리가 본 것들 중에서는 가장 크다는 데 동의한다. 성냥과 깡통이 있었다면 바로 그 자리에서 구웠겠지만, 아무것도 없기도 했고 저녁이 다 되어가고 있었으므로 우리는 그 가재를 다른 동물이 먹을 수 있게 강둑에 놔둔다.

하천의 폭이 점점 더 좁아지고 오리나무와 말채나무가 점점 빽빽하게 들어차서 물고기를 잡는 일보다는 덤불을 헤치는 일에 더 많은 시간을 쓴다. 결국 하천은 개울이 되었고 우리는 낚시를 마무리하기로 한다. 꿰미에는 서커 여섯 마리가 걸려 있다. 1킬로미터 정도 앞에 오스카 삼촌의 집이 보인다. 우리는 막 파종을 끝낸 옥수수 밭을 터덜터덜 지나서 간선 도로를 건너고 삼촌 집 나무 계단을 올라가 문을 두드린다. 삼촌이 동그란 대머리를 창밖으로 빼꼼 내민다. 삼촌은 웃으면서 들어오라고 말하지만 우리는 거절한다. 삼촌은 거의 1년 내내 장작 난로에 불을 피워 둔다. 그 열기가 혼자 사는 노인의 냄새와 뒤섞여 문밖으로 흘러나온다. 우리는 삼촌이 프라이팬을 들고 나오기를 기다린다. 조는 꿰미에서 서커를 빼고 우리는 인사를 한 뒤 집으로 돌아간다.

나는 서커를 먹어본 적은 없다. 남들이 먹은 이야기만 들었다. "아, 뼈밖에 없어." "먹을 게 없어." "프라이팬을 달구는 불이 아깝다니까."

나는 작살 낚시를 서너 번 하면서 서커 십여 마리를 잡았지만 먹은 적은 단 한 번도 없다.

서커로 지내는 게 나쁘지만은 않다. 나는 개들이 장난스럽게 깨물거나 뛰어노는 모습에 금세 넘어간다. 우리가 심은 나무로 집을 짓는 비버 가족 다섯 마리에게도 홀랑 넘어갔다. 바흐와 밍거스의 음악에도. 모든 새에게도. 특히 빙글 돌면서 노는 듯 나는 까마귀와 부리로 나무에 구멍을 내느라 검은색과 흰색이 순식간에 번갈아 눈앞에서 번쩍거리게 하는 도가머리딱따구리에게. 다크 초콜릿과 신선한 블루베리와 라즈베리잼에. (그래도 세 가지를 함께 먹는 건 싫다.) 엄청나게 결석을 했지만 그걸 눈감아 주고도 남을 만큼 아주 괜찮은 과제물에. 몇 번을 읽어도 감동적인 시구에. 모든 도로를 건너려고 애쓰는 모든 거북에게. 겨울의 블루베리 막대 사탕에, 눈이 올 때는 빨간색 막대 사탕에. 그리고 아내의 적갈색 눈동자와 작고 동그란 귓불에. 우리가 함께 길을 잃곤 하는 숲속의 수많은 아늑한 구석들에.

# 엔캠프먼트강

C. J. 박스

내가 죽으면 내 재를 부디 와이오밍주 남쪽에 있는 엔캠프먼트강Encampment River에 뿌려달라고 할 생각이다.

더 구체적으로 말하면 커미서리 공원Commissary Park 근처 강물에 뿌려달라고 부탁할 것이다. 콜로라도주 북쪽의 파크산맥Park Range의 벅산Buck Mountain 부근에서 시작해 70여 킬로미터를 흘러내려가는 엔캠프먼트강이 와이오밍주로 들어서는 지점이다.

그곳에 뿌려진 재는 엔캠프먼트 야생보호지구를 통과하여 25킬로미터 정도를 떠내려갈 것이다. 깊은 계곡을 지나 큰뿔양, 엘크, 곰, 낙타사슴, 사슴, 수달, 퓨마, 대머리독수리의 눈길을 받으며 유유히 흘러갈 것이다. 빠르게 흐르는 하얀 물보라 속에서 바위 사이를 휘돌아 가다가 마침내 속도를 줄이면서 리버사이드와 엔캠프먼트의 작은 마을들이 모여 있는 남쪽에서 다시 모습을 드러낼 것이다. 그 즈음에는 빗물과 개울물이 충분히 모여들어 초여름이면 고무보트와 뗏목을 띄울 수 있을 정도로 유량이 많은 지역에 들어설 것이다. 재는 강둑의 내 오두막 옆을 지나 새롭게 착수한 강 복구 프로젝트 지구를 통과한 뒤 사유 농지를 거쳐 야생 무지개송어와 민물송어가 지켜보는 가운데 공공 '주립 구역'을 굽이굽이 미끄러져갈 것이다. 재는(아직도 남은 재가 있다고 치고, 조금만 더 내 이야기를 들어주시길) 엔캠프먼트강 협곡 사이를 지나 마침내 레인보우홀(꼭 맞는 이름이다)이라 불리는 장소에서 노스플랫강 North Platte River 속으로 떨어질 것이다.

아주 훌륭한 마지막 여정이 될 것이다.


아름다운 풍경과 훌륭한 낚시터로 명성을 얻은 노스플랫강 상류가 당신의 매혹적인 애인이라고 해 보자. 그렇다면 엔캠프먼트강은 그 애인의 더 자유분방하고, 더 섹시한 여동생이다. 이마에 '애물'이라고 대문짝만하게 쓰여 있는.

수년간 엔캠프먼트강과의 접전에서 나는 이긴 적보다 진 적이 더 많다. 엔캠프먼트강은 좁고, 야성적이고, 도전적이고, 때로는 무자비하기까지 하다. 그 강에 떠 있을 때는 매분 매초 최선을 다하지 않으면 배가 돌에 걸리거나 쓰러진 나무둥치 사이에 갇힌다.

일단 그 강에 들어서면 어떤 일이든 당할 각오를 해야 한다. 나는 그 강에서 비에 흠뻑 젖은 적도, 눈보라에 갇힌 적도, 계곡 바람에 밀려 상류로 올라간 적도 있다. 눈 씻고 찾아봤지만 송어를 단한 마리도 구경조차 못한 적이 한두 번이 아니다.

낚시꾼들은 입질이 좋은 지점을 딱 한 번 만나고, 그런 기회를 얻었다 해도 낚싯바늘을 완벽하게 입수시켜야만 한다. 한번은 플라이 낚시를 하는데 커다란 민물송어가 내 웨이더 가랑이 사이를 보란 듯이 지나가면서도 기어코 낚싯바늘은 물지 않았던 적도 있다. 낚싯바늘이 닿지 못하게 지붕처럼 자리 잡은 나무줄기 아래에서 물고기 떼가 트리코스 스피너를 쪽쪽 빨아대는 것도 여러 번봤다.

강폭이 좁다 보니 낚싯바늘을 앞으로 던져도, 뒤로 던져도 여기저기 어이없게 걸리기 십상이다. 게다가 배에 타고 있는데 그런 일이 생기면 낚싯줄을 끊는 것 말곤 방도가 없다. 때로는 그냥 미끼상자를 열어서 플라이를 몽땅 물에 털어 넣고 강물에 떠내려 가도록 내버려두는 편이 더 쉬울 거라는 생각도 한다. 그러면 앞으로몇 달간 플라이를 하나씩 하나씩 차례차례 잃으면서 짜증이 점차쌓여가는 일도 피할 수 있고 시간도 아낄 수 있을 테니까.

엔캠프먼트강은 하루살이속 그린드레이크의 전설적인 산란 장소이기도 하다.

나는 30년 동안 그 산란을 입소문으로만 접했다. (대개 미국독립기념일인 7월 4일 전후에 일어나는데) 아주 마법과도 같은 시기라고들 했다. 커다란 송어들이 뭔가에 취한 것처럼, 커다란 그린드레이크들을 미친 듯이 수면에서 낚아챈다고 했다. 이 산란기가 시작되면 낚시 가이드들은 갑자기 병가를 내고 사라토가의 상점들이 하나같이 '휴점' 표지를 내건다. 그때 강에서 그 전설 같은 풍경을 목격한 이들은 그런 경험은 난생 처음이라고 말했다.

나도 그토록 유명한 그린드레이크 산란을 보고 싶어서 매년 시도했다. 7월 4일 당일과 그 전날, 그리고 그 다음 날 강에 나가 보았다. 그린드레이크를 한 마리도 못 봤다. 어쩔 수 없이 포기하고 집으로 돌아오면 나중에 하루 차이로 놓쳤다는 소리를 들어야 했다. 마치 낯선 도시에 갔더니 폭우가 몰아치고 그곳 주민이 하나같이 "어제 오셨어야 했는데."라고 말하는 것과 비슷하다.


한번은 초여름에 엔캠프먼트강에 배를 띄워 놓고 레인보우홀에 닿기 전 마지막 굽이를 돌고 있었다. 서늘한 데다가 비도 내려서 물안개가 피어올랐다. 그때 내가 자연에서 본 가장 큰 낙타사슴이 앞에 떡 나타나 노스플랫강 입구를 가로막고 있는 게 아닌가.

낙타사슴은 우리를 보고도 놀라지 않았다. 실은 꿈쩍도 하지 않았다. 우리는 낙타사슴이 얼른 움직여서 계속 강을 따라 내려갈 수 있기를 기다렸다.

거리가 워낙 가까워서 그 녀석의 냄새까지 맡을 수 있었고, 검고 두꺼운 가죽에 맺힌 빗방울까지 볼 수 있었다. 그런데도 여전히 꼼짝도 하지 않았다.

우리는 노를 저어서 낙타사슴 뒤로 간신히 돌아나갔다. 노를 젓는 내내 언젠가 본, 낙타사슴이 멍청한 관광객을 뒷발로 차서 혼쭐내는 동영상이 자꾸 떠올랐다.

그러나 물에서 만나서인지 낙타사슴은 우리를 위협으로 여기지 않았다. 우리가 지나가도록 내버려뒀고 곧 안개 너머로 사라졌다.

그 낙타사슴이 강에 서 있던 장면은 영원히 잊을 수 없을 것이다.

작년 여름 낚시 여행 중이던 어느 아름다운 7월 아침에 나는 엔캠프먼트강에서 무릎까지 물속에 들어가 있었다. 드라이 플라이로 작은 무지개송어 몇 마리를 잡았다가 풀어줬다. 그것만으로도 그날은 성공한 셈이었다. 그러나 그 전날 노스플랫강에서 일행과 함께 잡은 수많은 큰 물고기를 생각하면 집에 편지를 쓸 (또는 에세이를 쓸) 정도로 대단한 일은 아니었다.

그때 내 뒤에서 크고 둔탁한 첨벙 하는 물장구 소리가 들렸다.

그리고 또 들렸다. 나는 다시 낙타사슴이 나타났나 보다(그리고 나를 해치우려고 왔나 보다) 생각하면서 뒤돌았다.

낙타사슴이 아니었다.

바로 거기 수면에 하류로 향하는, 작은 배들처럼 보이는 무리가 있었다. 무슨 일이 벌어지는지 깨달은 찰나 커다란 민물송어가 물보라를 일으키며 작은 배들을 공격했다. 그리고 강이 살아났다.

나는 전설로만 들었던 그린드레이크의 산란 한복판에 있었다.

미끼를 묶는 손이 덜덜 떨렸다. 내 주위에서 물이 부글부글 끓고 있었다. 수면이 타닥타닥 진동하고 있었다. 첫 시도로 40센티미터짜리 무지개송어를 잡았다. 그 다음에는 43센티미터짜리 민물송어를 잡았다. 작은 배들이 내 옆으로 계속 흘러내려가고 있었다. 낚싯줄을 던질 때마다 물고기가 잡혔다. 심지어 어설픈 뒤로 던지기 동작에 또 한 마리가 잡혔다!

그리고 끝이 났다. 그린드레이크 무리가 지나갔고 강이 다시 잠잠해졌다.

나는 강둑에 서서 머리를 절레절레 흔들면서 심장박동이 다시 정상으로 돌아가길 기다렸다.


내가 죽으면 내 재를 부디 와이오밍주 남쪽에 있는 엔캠프먼트강에 뿌려 달라고 할 생각이다.

# 찰나

토드 데이비스

　　물은 기억한다. 미량원소들을 수십 년 동안, 때로는 수백 년 동안 간직한다. 그보다 더 오랜 세월 동안 간직하기도 한다. 산성을 띤 광산 배수, 유출된 기름, 하수나 비료 같은 더 소소한 오염 물질도. 폭우가 들판에서 흙을 씻어 내고 개울에 진흙 덩이를 심는다. 따뜻해진 물이 모여들어 민물송어가 도저히 살 수 없게 되어버린다.

　　우리도 물로 이루어져 있다. 우리의 탄생 의식도. 우리의 역사와 우리의 어머니도. 우리는 그 안에서 물장구를 치면서 꼼지락거렸다. 강둑을 기어올라와 수백억 년 전에 그 깊숙한 곳을 떠났다. 수천 년도 더 흐르는 동안 진화 과정을 거치며 그 기억은 가물가물해졌다. 그러나 움직이는 물소리에 가까이 가면 우리의 뼈와 피부는 기억해낸다. 물결이 모래와 돌에 찰싹거리는 소리에. 우리의 심장과 귀가 양수의 바다에서 떠다니던 시절을 떠올린다.

펜실베이니아주 중부에 있는 알레게니 단애*에서 토종 송어를 낚시하는 이유 중 하나는 그런 인간이라는 종의 기억, 즉 우리의 유전자에 새겨진 기억 때문이라고 생각한다. 이 물고기들이 생명을 이어가는 하천의 연주가 들려오는 고요한 숲속에 신성한 증거한 조각이 존재한다. 우리가 아주 오랜전에 만들어진 존재라는 역사의 흔적이.

낚시꾼에게 낚싯대를 휘는 낚싯줄 끝 송어의 움직임과 순간적으로 폭발하듯 샘솟는 힘에 대해 물어보라. 근육덩어리 몸통을 흔들고 꼬리와 머리를 비틀어대는 물고기를 손에 쥔 느낌에 대해 물어보라. 물고기의 아름다움에 대해 물어보라. 길쭉한 타원들. 화려한 황금빛 편린으로 엮은 망토가 펼치는 색깔의 향연. 비늘에 어린 옅은 자수정들. 물어보라. 이런 순간을 설명할 수 있는 말은 없으니 중간 중간 말이 끊기기는 하겠지만. 아마도 이렇게 답할 것이

---

＊ 침식이 심한 하천이나 해안 등에 생긴 급경사면. 주로 암벽으로 되어 있다.

다. 그 물고기의 생명은 곧 우리의 생명과도 같다고.

하천의 맑은 물을 들여다보는 일은, 수면 아래 돌 밑이나 강둑 아래에서 아주 작은 물고기들이 모이고 흩어지는 걸 보는 일은 근원적인 갈망의 발현이다. 처음 사랑받은 그 어둠 속 기억들, 두둥실 떠다니면서 매끈한 물고기처럼 움직이던 기억들.

우리는 우리 존재의 본질 대부분을 부정하는 시대에 살고 있다. 우리는 일반적으로 육체적인 것들, 물질적인 것들, 일시적인 것들을 부정한다. 우리의 본능적인 욕구를 거부한다는 뜻이 아니다. (오히려 그런 욕구에 대한 집착을 중심으로 돌아가는 산업까지 일구었다.) 육체를 영혼으로부터 분리해서 마치 우리가 단순히 육체를 빌려 쓰고 있는 것처럼 군다는 뜻이다. 소설가 짐 해리슨Jim Harrison이 셰익스피어를 인용해서 내건 주문을 기억해야 한다고 생각한다. 우리가 일부러 잊으려고 하는 사실을 환기하라고 꾸짖는 그 주문을. "우리도 자연이다."

우리도 자연이기 때문에 야생의 자연도 우리 유산의 일부다. 우리가 아무리 애써도 우리 자신을 자연으로부터, 근원이 되는 자연으로부터 완벽하게 분리해낼 수는 없다. 나무 꼭대기를 맴도는 바람. 보브캣이 눈 위를 손쉽게 가로질러 가는 걸 보고 느끼는 경탄. 곰이나 말코손바닥사슴이 오리나무 습지에서 우리가 공유하는 세계의 원시성을 냄새로 맡을 수 있을 정도로 가까이 다가와 어슬렁거릴 때 느끼는 두려움.

내가 민물송어 플라이 낚시에 끌리는 이유 중 하나도 아마 그런 깨달음을 얻을 기회가 주어진다는 것 때문이리라. 그리고 고백하자면 여기서 말하는 깨달음은 그 깨달음의 형태, 강도, 물리적 구현 양식에 따라 차별하지 않고 동일하게 취급한다.

나는 민물송어를 낚을 때 수면에 띄우는 드라이 플라이*만 쓴다. 초봄에는 엘크 헤어 캐디스를 쓴다. 4월 말에는 드물지만 블루 윙드 올리브를 쓰기도 한다. 5월에는 패러슈트 애덤스를 쓴다. 그 뒤로는 11월 산란기까지 로열 울프면 충분하다.

그렇다고 해서 무조건 드라이 플라이만 써야 한다고 고집하는 원칙주의자는 아니다. 님프나 지렁이를 쓴다고 해서 민물송어의 명예가 실추된다고는 생각하지 않는다. 내가 드라이 플라이만 쓰는 이유는 내가 떠오르는 것에 집착하기 때문이다. 최고의 아름다움을 지닌 이 물고기가 자신의 모습을 드러내는 방식에 집착하기 때문이다. 어느 물속, 어느 물결 틈새에 숨어 있었는지를 드러내는 순간에. 그들이 꼭꼭 간직하고 있던 비밀을 갑자기 알게 된 것 같

●

* 드라이 플라이는 털과 깃털을 묶는 방식에 따라 패러슈트 애덤스, 로열 울프, 블루 윙드 올리브, 엘크 헤어 캐디스 등으로 나뉜다.

아서.

그리고 민물송어가 모습을 드러낼 때마다 나는 한껏 두려움을 느낀다. 구시대적인 의미로서의 두려움, 즉 절정의 아름다움이 경탄으로 이어지는, 사랑과 두려움 모두가 뒤섞인 그런 감정을 느낀다. 그런 비밀을 알 자격을 얻을 만한 일을 아무것도 하지 않았다는 사실이 나를 무겁게 짓누른다. 우리가 우리의 개울과 강을 심각하게 오염시켜서 송어들이 영원히 자취를 감출지도 모른다는 공포에 휩싸인다.

6월의 둘째 날. 올해는 거의 매일 비가 내려서 강과 개울의 물이 계절에 맞지 않게 차갑다. 나는 아들 노아와 함께 우리 집 서쪽에서 흐르는 작은 하천으로 들어가 알레게니 단애를 따라 주니아타강Juniata River상류로 올라간다. 과거 경험에 비추어 보면 꽤 큰 물고기들이 물속에서 우리를 올려다보고 있을 거라는 확신이 든다. 작은 계곡 사이로 산소가 풍부한 하얀 물거품이 흘러간다. 민물송어가 왜가리와 물총새를 무시한 채 마음껏 헤엄치고 마음껏 먹이를 먹으면서 다소 조심성 없이 굴 만한 날이다.

이 산의 주름과 틈새에서 15년을 산 우리 부자는 일반적으로 유속이 느린 소가 어디인지 안다. 여름 무더위가 닥치면 그런 곳에서는 민물송어가 살지 못한다. 그러나 최근의 홍수로(지난 사흘간 비가 10센티미터도 더 넘게 내렸다) 그런 소가 오히려 거세진 물살에 내내 맞서느라 지치고 허기진 물고기들에게 안식처가 되었을 것이다.

소 건너편까지 미끼를 쫓아 물속에서 튀어나온 꽤 큰 송어를 놓친 뒤 노아와 나는 아주 날카롭게 솟은 암반 모서리 사이에 생긴 연못으로 이동한다. 그릇처럼 땅이 움푹 파여 시냇물을 담아두는 곳이다. 남쪽 끝에서 흘러들어온 시냇물은 북쪽으로 가서 작은 폭포를 따라 떨어진다.

우리는 연못 가장자리를 도는 큰 송어들이 눈치 채지 못하도록 엎드려서 기어간다. 새로 난 감태나무 잎 사이로 멀리 건너편 비버 집 근처에서 물이 찰랑거리는 지점을 몰래 지켜본다. 다시 첨벙. 또 다시 찰랑. 또 한 번 펄쩍. 대개는 이따금씩 민물송어가 아주 조심스럽게 입을 뻐끔거리며 모습을 드러내는 걸 제외하면 잠잠한 연못이 주변을 의식하지 않는, 심지어 소동이라고도 할 만한 불협화음 속으로, 깊어진 수심과는 아무 상관이 없는 먹이 사냥의 세계 속으로 빨려 들어갔다.

이전에 보지 못한 무언가의 목격자가 된다는 것은 어떤 의미일까? 나는 처음으로 커다란 강송어의 배를 갈랐을 때를 기억한다. 분홍색과 흰색 살에 버터를 뿌릴 생각에 신이 나 있었다. 그런데 뜻밖에도 그 뱃속에서 반쯤 소화된 쥐를 발견했다. 때로는 쥐 모양 미끼를 쓰기도 한다는 미신 같은 이야기가 갑자기 현실이 되었다.

그리고 여기, 물결이 연신 몰아치는, 물보라가 다시 물보라와 부딪히는 시끌벅적한 이 연못에서, 우주의 중심은 하나이고, 그 안에서 모든 것이 서로 연결되어 있고, 우리의 모든 움직임이 우주를 재형성한다는 사실을 보여주는 이 연못에서 우리 부자는 연못의 가장 큰 송어가 한데 모여 자신의 욕구 충족에 전력을 다하기 위해 꼬리를 휘둘러가며 허공으로 떠올라 부화 중인 곤충을 허겁지겁 집어삼키는 것을 지켜본다.

이전에는 이 산속에서 이 날개 달린 종을 본 적이 없다. 그런 것들이 이곳에, 이 외진 숲에 존재하리라고는 꿈도 꾸지 않았고 기대하지도 않았다. 이 벌레는 전혀 오염되지 않은 청정 지역에서만 살고, 지난 150년 동안 이 숲은 벌목과 채굴의 제물이 되어 돈이 될 만한 것들은 그 뼈마디 하나하나에서 모조리 짜내졌기 때문이다.

우리는 완전히 넋을 잃고 바라본다. 그린드레이크가 번데기에서, 이전 삶에서 요리조리 빠져 나와서는 소용돌이 속으로 빠진다. 그중 일부는 우리 다리 위와 손을 기어다니며 날개를 말린다. 아주 화려한 색유리 같다.

노아는 그중 한 마리를 잡아 바로 코앞에서 빛에 비춰 살펴본다. 생명이 생명을 탐구한다. 우리가 이렇게 존재한다는 것에 대한, 애초에 여기 있다는 것 자체에 대한 경탄의 몸짓이다. 이 행위, 새롭게 형성된 생물의 탄생을 목격하는 행위에서 비롯된 친밀감이 우리의 속도를 늦추고 목소리를 낮춘다. 물고기들은 그렇게 요란 법석을 떠는데도. 그래서 아버지와 아들은 속삭인다. 마치 저녁 예배가 한창 진행 중인 예배당에 우연히 발을 들인 사람들처럼.

우리는 각각 다른 단계에 놓인 그린드레이크의 사진을 찍는다. 아주 보기 좋은 짙은 초록빛 날개의 구조를 설명하려고 애쓴다. 나는 주위를 둘러싼 숲의 색을 반사하는 연못의 수면을 가리킨다. 먼저 언덕을 빙 두르고 있는 고사리. 그 다음에는 사탕단풍나무와 꽃단풍나무. 그리고 그 다음에는 진달래, 너도밤나무, 솔송나무. 각각의 색 그림자가 전부 다른 색을 띠고 있다. 라임색과 올리브색부터 피클과 해초까지.

사방이 굴절과 반사가 펼쳐지는 에메랄드빛 프리즘이었다. 그리고 불가능한, 상상조차 불허한 하루살이들. 순식간에 허공으로 날아가는 선물. 찰나의 만남, 그리고 흔들린다. 저 민물송어들이 있는 초록빛 수면으로 도로 떨어진다. 그 자신의 등도 다양한 초록빛으로 뒤덮인 물고기들이 또 다른 초록을 집어삼킨다. 어느새 세상이 탄생과 죽음만으로 이루어진 것처럼 보일 때까지. 아버지와 아들이 마주보며 웃는다. 다음에 어떤 일이 벌어질지 모르는 채로. 다만 그것이 물고기로 시작하기를 소망하면서.

# 결혼하기 전에 해보는
# 결혼에 관한 몇 가지 생각들

레베카 게일 하월

어느 아침 켄터키주 반리어Van Lear에서 클리오가 오직 한 가지 생각만 하면서 잠에서 깼다. 클리오는 옷을 입고 아내 프랭키에게 작별 인사 대신 뭔가 신랄한 말을 내뱉고는 차를 몰고 페인츠빌Paintsville에 있는 드루서 다이너로 가서 친구들과 커피를 마셨다. 커피를 다 마시고는 결판을 내기 위해 모두를 뒤로 하고 밥이 관리하는 페이 호수Pay Lake로 향했다. 자갈이 깔린 주차장으로 곧장 들어가 차를 주차하고 시보레 시베트의 트렁크를 열고 그에게 주어진 단 하나의 과제를 완수하는 데 꼭 필요한 장비인 상어잡이용 낚싯대 여섯 개를 꺼냈다. 호수의 터줏대감이자 모두가 거짓말이라고 할 만큼 커다란 메기, 올드69를 잡는 게 그의 도전 과제였다. 모든 남자들이 메기의 승리를 예상하는 항아리에 돈을 넣었다. 강바닥에서 먹이를 먹으며 홀로 조용한 시간을 즐기는 그 물고기를 낚을 사람에게 몰아주는 오락용 복권인 셈이었다. 물론 올드69는 사람들이 자신이 거기 있다는 사실 자체를 잊어주기를 바랐을 것이다.

나는 클리오를 개인적으로 만난 적은 없다. 그는 내 연인의 아버지의 아버지다. 친절하고 자상한 사람이라고 했다. 그리고 프랭키가 예전 삶은 아무것도 아니었다고 웃어넘길 정도로 폭력적인 면도 있다고 했다. 클리오와 프랭키는 뭐든 버리지 않고 모으는 사람들이었다. 두 사람의 집에는 《타임》과 전기 부품이 쌓여 있고 그 사이로 길이 나 있었다. 집안을 다니려면 꼭 필요한 길이었으니까. 클리오가 살던 시절 반리어는 다른 지역에 통합되었다. 그는 광산에서 아주 잠깐 비조합원으로 일했다. 하지만 진짜 하는 일은 카드 게임과 술이었다. 그는 가족에게 자신이 부자라고 말하면서 그 증거로 돌돌 만 돈다발을 주머니에 넣고 다녔다. 두 사람의 집은 실크스타킹루프에 위치했다. 마치 우두머리의 집처럼 보였다. 포치가 비닐로 감싼 네 개의 웅장한 기둥을 따라 2층 지붕까지 닿아 있었다. 승리에 취하고 술에 취한 클리오는 오직 프랭키가 웃는 모습을 보려고 옷가게의 옷을 싹쓸이하기도 했다. 그러고는 바로 다음 날 돈을 전부 잃었다. 그러면 다음 날 아침 옷을 전부 반품해야 했다. 클리오는 뭐든 일을 크게 벌였다. 휘어진 물가를 따라 전략적으로 반듯하게 줄지어 세워놓은 상어잡이용 낚싯대들이 눈에 보이는 듯하다. 이길 수밖에 없는 도박 아닌가. "비스킷과 그레이비 소스 만들어 놔, 프랭키! 이 몸은 낚시하러 갔다 올 테니까!" 그는 집 전체가 울리도록, 온 마을이 울리도록 소리를 질렀다. 어느 쪽도 듣고 있지는 않았지만.

클리오의 아들은 다른 유형의 인간이었다. 더 컸다. 더 크게 고함을 지르고, 더 큰 걸 바라고, 더 세게 때렸다. 광부인 그는 어느 새벽 연속 근무를 하고서 지칠 대로 지친 나머지 운전하고 돌아오는 길에 깜빡 잠이 들었다. 트럭은 구르고 굴러서 빈 들판에 떨어졌다. 몸 한쪽이 마비되었고 그 후로 10년간 가족을 공포에 떨게 했다. 그의 아내가 마침내 용기를 냈고 그를 떠났다. 그는 다른 여자와 결혼했고, 또 다른 여자와 결혼했다.

우리 가족은 작은 걸 더 선호한다. 할아버지는 버크혼Buckhorn에서 가정을 꾸렸다. 클리오와 프랭키의 집에서 160킬로미터 정도 떨어진 곳이다. 고립된 몇만 제곱미터의 땅에서 할머니와 함께 열 명의 자식들과 돼지들을 먹이느라 절절맸다. 할아버지는 젊은 시절 질 낮은 술을 마셨지만 형제들처럼 들이붓지는 않았다. 대신 술을 끊고 자립했다. "네 할아버지가 원하는 건 오직 가족과 함께 그

구석진 곳에서 지내는 것이었어. 남들이 그를 잠자코 내버려두는 곳에서." 어머니는 계속 경고했다. 뭐에 대한 경고였을까? 아마도 등을 돌리고 세상을 보지 않는 것을 경계하라는 것이었을까? 어쨌거나 나는 세상을 봤다. 전적으로 어머니가 소녀였을 때 그 가족을 떠난 덕분이다.

어머니는 정말이지 낚시를 좋아했다. 어머니가 마침내 용기를 내서 내 아버지를 떠나자 스포츠카를 파는 남자친구가 나타났다. 케네스는 밤마다 콜벳이나 파이어버드를 몰고 집 앞으로 왔다. 그것도 술에 잔뜩 취해서 난동을 부렸다. 어머니는 경찰에게 전화하라고 내게 소리를 쳤다. 정신이 멀쩡한 토요일에는 어머니를 낚시터에 데리고 갔다. 때로는 우리 셋이 한자리에 모여 두 사람이 잡은 물고기를 튀겨서 나눠 먹고 함께 카드 게임을 했다. 해가 질 때까지. 그는 어머니가 위험을 무릅쓰고 만난 유일한 남자친구였다. 어머니가 그와 헤어지고 난 뒤 몇 년 동안 진료소나 쇼핑몰에 들어갔다 나오면 어김없이 자동차 문 손잡이에 죽은 물고기가 걸려 있곤 했다. 나는 프랭키에 대해 생각할 때가 많다. 그녀에게 '예지력'이 있었다고 들었다. 일종의 초능력이었다. 그녀는 장막 너머를 볼 수 있었고, 곧 무슨 일이 벌어질지 알 수 있었지만, 정작 아들과 남편의 실체는 보지 못했다. 아니면 봤지만 개의치 않았거나.

페이 호수는 더러운 곳이다. 얕은 땅에 고인 정체된 물에서는 자연의 강에서 살아야 할 물고기들이 한가득 늙어가고 있다. 넓은 머리메기와 블루메기를 최고로 치는데 대개 20살은 족히 먹었고, 나보다도 크다. 뭔가 대회의 상 같은 것이다. 그러니까 잡은 사람이 임자인 그런 것이다. 메기는 비늘이 없다. 살이 물컹하고, 기다란 수염이 나 있다. 몸 전체가 감각 기관이다. 가까이 있는 것만으로도, 몸 전체로 냄새를 맡고, 맛을 보고, 소리를 듣는다. 온종일 가만히 멈춰서 돌 밑에서 지낸다. 가만히 있지만 경계는 늦추지 않는다. 자고 있다고들 말하지만 그 말은 틀렸다.

판게아 대륙이 탄생하기 전에는 켄터키주 전체가 해조류에 뒤덮여 있었다. 바다 밑에서 언약을 받았다. 오늘날의 켄터키주는 내륙에 있다. 가짜 호수를 만들고 수원지는 묻어버린다. 마시는 물은 버지니아주에서 들여온다. 우리는 서로를 모르고, 서로의 집도, 우리 자신의 집도 모른다. 반리어에는 연인을 따라서 처음 와봤다. 우리가 사귄 지 얼마 안 되었을 때였다. 땅이 여전히 눈에 덮여 있었다. 우리는 마약을 파는 사람과 마약을 하는 사람을 보호하는 집들이 양 옆으로 주르륵 늘어선 길을 지나갔다. 흰자위만 번득이는 그런 이웃들을. 그리고 그리스도의 교회의 독실한 신도들이 사는 깔끔한 집들이 양 옆으로 주르륵 늘어선 길도 지나갔다. 준비하는 이웃들을. 1945년 제2차 세계 대전에서 승리한 이후, 반리어는 통합되었던 지역에서 다시 분리되었다. 공식적으로는 건물들이 자생

한 장소다. 대표자도 없고 경계도 없는 확정되지 않은 인구의 집합체다. 전통에 따라서 존재하는 장소다. 늘 그래왔으니까. 우리 모두 누군가가 필요하니까. 연인이 그 추운 날 차를 모는 동안 나는 창밖을 보면서 신에게 물었다. 도대체 우리가 어떻게 서로를 선택해야 하는 건지. 전통에 따라서가 아니라면. 하지만 그것은 항아리에 돈을 넣은 사람이어야만 믿을 가치가 있는 또 다른 이야기다.

# 물의 기억

실라스 하우스

　　　　때로는 상실의 슬픔이 너무나도 커서 떠올리
는 것만으로도 고통스러울 수도 있다. 요즘에는 데일할로 호수Dale
Hollow Lake로 돌아갈 때마다 그런 대가를 치를 각오를 해야 한다.
즐거운 기억과 슬픈 기억이 딱 절반씩 차지하는 기억에 매몰될 각
오를. 도토리가 생각나는 초록빛을 띤 물을 보는 순간 그저 기억을
떠올리느라 바빠진다. 트럭에서 튀어나와 호숫가로 달려 내려간
나는 두 손을 물에 담근다. 뾰족한 돌을 몇 개 꺼내서 손가락으로
훑은 다음 물수제비를 뜬다. 우리가 매년 여름과 가을에 야영을 했
던 삼나무와 백합나무가 우거진 섬이 저 멀리 보인다. 내 앞에 펼

쳐진 이곳은 6월 초에 씨알이 굵은 블루길이 산란을 위해 수초로 모여드는 장소로, 우리는 이른 아침 안개 속에 앉아서 입질을 기다리곤 했다. 저쪽으로 조금 내려가면 후텁지근한 저녁에 선피시뿐 아니라 그늘을 찾아 이리저리 자리를 옮기면서 낚시를 하던 곳이 나온다. 어린 시절 최고의 기억들이 호수 주변을 빽빽하게 에워싼 산등성이의 깜빡거리는 흐릿한 그림자 속에서 재연된다. 앞에 있는 물 위에서 기억의 단편들이 작은 물결을 타고 출렁거리며 흩어진다. 나는 이 세상을 떠난 이들을, 나를 가르친 이들을 본다. 여전히 이 세상에 나와 함께 있지만 이제는 늙어버린 이들을 본다. 삶은 얻는 것이자 잃는 것이다. 삶은 내가 이곳으로, 이 세상에서 내가 가장 좋아하는 이곳으로 돌아올 때마다 느끼는 즐거움과 슬픔 사이에 존재하는 공간들이다.

우리가 미국 원주민 왕족과 아일랜드에서 대기근에 굶어 죽을 뻔한 공화국 지지파의 후손이라는 말을 귀가 닳도록 들었다. 우리 가족의 이야기와 노래는 잉글랜드 북부 랭커셔의 초지와 스코틀랜드 북동부의 얼음장 같은 바람을 타고 이곳까지 날아왔다. 나는 우리 혈통에 관한 이야기들의 진실성에 의심을 품고 있다. 다만 지난 100년간 아버지의 부모님 집안이 양쪽 다 가난했다는 것만큼은 확실하다. 어머니의 집안이 가난했다는 것은 의심의 여지가 없고.

작은 할아버지 데이브 시즈모어가 우리 집안에서 처음으로 가난에서 벗어났다. 작은 할아버지는 제2차 세계 대전에 참전했다 돌아온 후 열심히 머리를 굴려가며 석탄을 나르고 차고와 광산에서 일해서 돈을 벌었다. 작은 할아버지가 전장에서 귀환하기 몇 년 전 차로 두세 시간이면 갈 수 있는 거리에 커다란 호수가 새로 만들어졌다. 데일할로 호수는 켄터키주와 테네시주 경계에 걸쳐 있었다. 넓이가 120제곱킬로미터에 이르고 둘레도 960킬로미터나 되는 호수에 배스, 크래피, 블루길, 월아이, 메기, 강늉치, 송어가 가득 들어차 있었다.

데이브 할아버지가 작은 초록색 소형 보트를 살 정도로 돈을 모았을 무렵 그곳에 국제적인 뉴스거리가 생겼다.

1955년 7월 9일 데이비드 헤이스는 아내와 어린 아들을 데리고 배스와 월아이를 잡으려고 데일할로 호수에 배를 띄워 돌아다녔다. 입질이 거의 없다가 일월크리크Illwill Creek에 닿아서야 입질이 왔다. 바람에 흔들리는 갈대밭 사이 틈새에서 데이비드가 늘어뜨리고 있던 트루템퍼 브랜드 낚싯대와 펜 피어 209 릴에 대규모 군단이 몰려들었다. 데이비드는 20파운드 이하용 낚싯줄을 90미터 정도만 풀었다. 그는 달려드는 괴물과 씨름을 하다 겨우 보트로 끌고 와 그물에 넣었다. 잡고 보니 그것이 '꽤 괜찮은 배스'라는 건 알아챘지만 기록을 세울 정도라고는 전혀 생각하지 않았다. 그는 나중에 손질해서 먹을 생각으로 그 배스를 보냉 상자에 넣었다. 당시 유명한 낚시 야영장이었던 근처의 위즈덤 부두Wisdom Dock에 닿았을 때, 그는 자기가 배에 기름을 넣는 동안 배스의 무게를 좀 달아달라고 선창가 직원에게 부탁했다. 그 배스는 5.4킬로그램에서 딱 30그램이 부족했다. 몸통 길이가 68.5센티미터였고, 몸통 둘레도 53센티미터가 넘었다.

데이브 할아버지는 신문에서 헤이스 씨가 세운 세계 기록에 대해 읽은 적이 있었고 그런 괴물은 낚지 못한다 해도 데일할로 호수에 가면 꽤 괜찮은 대물을 낚을 수 있을 거라고 생각했다. 그리고 실제로도 그랬다. 데이브 할아버지는 다 잡지 못할 정도로 많은 블루길이 모여들어 미끼를 물어댔다는 소식을 전하고는 낚싯줄을 감는 동안 보트를 만으로 끌고 들어간 강민어에 대해, 셰익스피어 브랜드 낚싯대를 두 동강 내고는 손잡이는 두고 나머지 부분을 끌고 달아난 배스에 대해 이야기했다. 데이브 할아버지에게는 그런 이야기들을 뒷받침할 증거도 있었다. 호숫가에서 손질해서 얼음에 넣어 집에 가지고 돌아온 뽀얗고 아름다운 살점들을 보여줬다. 그뿐만이 아니었다. 데이브 할아버지의 아내는 삼촌의 작은 코닥 카메라로 찍은 필름을 들고 베글리의 잡화점에 다녀왔고 사람들을 불러 그 사진들을 보여줬다. 삼십여 마리의 선피시가 매달려서 축 처진 꿰미를 들고 있는 데이브 할아버지, 황금색 비늘로 뒤덮인 월아이나 동글납작한 눈이 달린 메기를 들고 있는 데이브 할아버지를.

그런데 작은 할아버지가 찬양한 것은 물고기만이 아니었다. "물이 하도 맑아서 호수 한복판에서도 물에 넣은 수중찌가 보일 정도야." 할아버지는 허풍을 떨었다. "그리고 호수가 바다처럼 넓어." 할아버지는 계속 말했다. "어느 방향으로 고개를 돌려도 아주 크고 오래된 삼나무가 보이지." 데이브 할아버지는 몸을 앞으로 숙였다. "꼭 알아둬. 내가 평생 본 장소 중에 가장 예쁜 곳이었어."

모든 뛰어난 이야기꾼처럼 할아버지도 과장된 표현을 썼다. 그러나 아주 근거 없는 허풍은 아니었다. 데일할로 호수는 독보적인 아름다움을 지닌 장소다. 그곳의 저녁노을은 키웨스트Key West의 노을 못지않게 아름답다. 그곳의 숲은 다르다. 잠잠하다. 삼나무 향기로 가득하다. 새와 귀뚜라미의 노랫소리 외에는 조용하다. 그리고 물은 믿을 수 없을 정도로 맑고 투명하다. 남부의 웬만한 호수보다 넓고 깊다.

1960년대 초 어머니 쪽 집안은 막 빈곤에서 벗어나고 있었다. 어머니 가문 이야기는 20세기에 애팔래치아에 살던 수많은 지역민들의 이야기와 똑같다. 1900년대 초 자작농으로 지내던 이들이 산업 혁명의 도래로 자신들의 사회와 문화가 급격하게 변하는 것을 지켜봤다. 교환 경제에서 화폐 경제로의 이전을 목격했다. 온전히 자립했던 농부가 온전히 의존적인 벌목꾼과 광부가 되는 것을 목격했다. 그들은 잠시나마 애팔래치아 디아스포라에 합류했다. 제2차 세계 대전과 광산업 및 벌목 산업의 몰락으로 북부로 이동해야 했다. 북부에서 그들은 너무나 우울한 삶을 견디지 못하고 곧장 돌아오거나 그곳에서 버는 돈의 유혹을 뿌리치지 못하고 정착한 뒤 끝없는 향수병에 시달렸다. 어머니의 집안은 오하이오주나 미시건주에 아주 잠시 머물면서 어느 정도 여윳돈을 마련한 뒤에 곧장 딕시 고속도로를 타고 돌아와 자신들이 사랑하는 땅에 머물기 위해 험한 일도 마다하지 않고 떠맡았다. 웨이트리스, 기계공, 광부, 트럭 운전수, 청소부로 일했다. 모든 사람이 내려다보는 하층민으로 살았다. 그러나 그들은 열심히 일했고, 어느새 먹고사는 걱정은 하지 않게 되었다. 심지어 휴가를 갈 생각도 하는 놀라운 일도 벌어졌다. 그들은 너무 멀리 가고 싶어 하지는 않았다. 우리 가족 중에 1980년대 말이 되기 전까지 머틀비치Myrtle Beach 같은 연안으로 나간 사람은 아무도 없었다. 그러나 그들도 미국인들이 떠들어대는 여가를 즐기고 싶어졌다.

낚시 여행이 안성맞춤일 것 같았다. 으스대는 데이브 할아버지의 뒤를 따라 주 경계선을 향해 세 시간을 달려가 위즈덤 부두에 작은 알루미늄 소형 보트를 여러 척 띄웠다. 그들은 켄터키주 경계 안쪽에 있는 섬들 중 하나에서 야영을 했다. 켄터키주의 충성스러운 시민이었기 때문이다. 그 섬에 콜맨 화로대를 세우고 만찬을 차렸다. 밤에는 화덕 주위에 둘러앉아 허황된 이야기들을 지어냈다. 아이들은 종일 수영을 하고 숲을 쏘다녔다.

그들은 매일 아침, 그리고 매일 저녁 낚시를 했다.


그런 어느 저녁, 내 어머니가 될 여자가 서 있는 모습을 그려본다. 그녀는 스물여섯 살이다. 한창 아름다움을 뽐내고 있다. 1971년 6월, 작은 섬의 평평한 진흙 바닥에 서 있다. 그녀의 등 뒤로 텐트 두세 개가 보인다. 어머니의 가족이 매년 여름마다 적어도 일주일은 데일할로 호수에서 휴가를 보낸 지도 벌써 십 년이 넘었다. 그동안 야금야금 모은 캠핑 장비가 꽤 그럴듯한 구색을 갖추었다. 근처에서 각다귀 불(곤충을 몰아내려고 나뭇가지와 잎사귀를 모아 계속 연기를 내뿜도록 피우는 작은 불이다)이 삼나무 가지 사이로 꼬리가 긴 잿빛 쉼표를 띄우고 있다. 공기는 수천만 장의 녹음 짙은 (라임 같은 녹색의) 여름 잎사귀 냄새로 촉촉하고 향기가 좋다. 투명한 물이 섬 가장자리에서 찰랑거린다. 서쪽 언덕 너머 하늘에 땅거미가 스스로를 수놓고 있다. 빨간색, 보라색, 살구색, 분홍색. 이글거리던 한낮의 태양이 지나간 뒤 그늘진 곳에 내려앉는 특유의 서늘함이 깃들어 있다. 남부 사람만이 아는 특별한 평온함이 내려앉는다. 그날 저녁 세상은 그런 느낌이었다.

미래에 내 어머니가 될 여인은 섬으로 돌아오는 배들을 바라보고 있다. 그녀는 나를 임신한 지 7개월이 되었고 배가 어마어마하게 불렀다. 그런 몸으로 작은 알루미늄 소형 보트를 타는 건 너무 위험했으므로 어머니는 아주, 아주 나이가 많은 고모할머니 한 분과 섬에 남았다. 할머니는 접이식 의자에 앉아 내내 나지막이 코를 골았다. 다른 사람들은 모두 호수로 나가 낚시를 했다. 지난 두 시간 동안 어머니는 낮잠을 자고 잡지를 읽고 각다귀 불을 피우고, 작은 섬을 돌아다니고, 섬의 고사리, 돌, 작은 소리를 하나하나 머리에 새겼다. 그녀는 이 세상에서 자신이 사랑하는 사람 모두를 바라보고 있다. 남편, 여동생, 오빠들, 삼촌들과 고모들. 올케와 매제, 조카와 사촌들. 두 손은 부푼 배를, 그녀가 가장 사랑하는 존재를 품은 배를 감싸고 있다. 그리고 그 존재는 그녀가 남은 평생 가장 사랑할 존재다.

"누가 제일 큰 놈을 잡았어?" 그녀가 큰 소리로 묻자 모두가 한꺼번에 답변을 쏟아낸다. 즐거운 함성이다. 아이들은 선피시와 크래피의 아가미가 걸린 은빛 줄을 집어 든다. 데이브 할아버지가 일어나서 두 팔을 1미터 너비로 벌린다. 늘 그렇듯 허풍을 떤다. "얘야, 송아지 같은 눈을 한 놈을 잡았단다!" 데이브 할아버지가 소리를 지르자 모두의 웃음소리가 수면 위를 스치듯 미끄러져 나가 그녀 앞에서 솟아오른다. 그녀를 지나쳐 뒤편의 만과 구멍 속으로,

가장 그늘진 곳으로 숨어든다.

자궁에 있을 때조차 나는 그들이 얼마나 행복한지 느낀 게 틀림없다. 그래서 내가 그 호수와 낚시 여행을 그토록 사랑했는지도 모르겠다. 그들은 함께였기 때문에 행복했다.

이것이 이후로 수십 번도 더 반복된 우리 가족의 이야기이다. 그리고 데이브 할아버지의 표현은 그 뒤로 있었던 수많은 가족 낚시 여행에서 반복되었다. 누군가 대물을 낚으면 그 물고기가 송아지 같은 눈을 했다고 주장하고 그러면 우리 가족 중에서 가장 뛰어난 이야기꾼이었던 데이브 할아버지 이야기가 뒤따라 나왔다. 우리 가족에게는 이야기가 늘 중심이었다. 물론 그중에서도 낚시 이야기를 최고로 쳤다.

**스냅숏:**

어머니가 호숫가에 서서 배를 타고 돌아오는 가족을 바라보며 그들과 함께 웃었던 그날로부터 6년 정도 지난 어느 날 나는 시스 이모와 사촌 엘리시아와 함께 소형 보트를 타고 있다. 시스 이모는 우리 가족들 중에서도 타고난 완성형 낚시꾼이었다. 모두가 시스 이모가 마법을 부린다고 말했는데, 그녀는 남자들과는 달리 가장 좋은 입질이 올 때까지 기다릴 줄 아는 인내심을 갖추고 있었다. 나는 시스 이모와 낚시하는 게 좋았다. 시스 이모를 숭배했기 때문인 것도 있지만 이모와 낚시하면 마음이 평화로웠기 때문이다. 남자들은 유쾌하게 공정한 경쟁을 벌였지만 어쨌거나 경쟁했다. 워낙 치열하게 경쟁해서 나는 그런 분위기에서는 재미를 느낄수가 없었다. 남자들이 자신의 처남이나 삼촌보다 뒤처진다고 느끼는 순간 배를 무겁게 내리누르는 긴장감을 견딜 수가 없었다. 가풍에 따라 남자들이 오락으로 삼는 허풍 떨기도 나는 싫었다. 아버지는 내 부족한 실력이 못마땅한 나머지 한 자리에 진득하게 버티고 있지를 못했다. 낚시터에 막 자리를 잡았는데도 금세 닻을 올렸다. 삼촌은 나와 자신의 아들의 경쟁을 심하게 부추겼고 사촌은 늘 나보다 뛰어난 낚시꾼이었다. 그래서 나는 느긋하게 즐길 수가 없었다. 시스의 배에서 낚시를 할 때는 여유를 갖고 호수를 즐길 수 있었다. 물에 귀를 기울이는 게 관건이었다. 만 건너편에서 자신의 낚시에 몰두하는 왜가리를 지켜보는 게, 왜가리의 새하얀 형상이 그림자를 뒤쫓는 것을 바라보는 게 가능했다.

내가 기억하는 저녁을 담은 사진 한 장이 있다. 아마도 우연히 시스 이모와 엘리시아와 내가 탄 배 근처에 우리 부모님의 배가 잠시 머물렀던 것 같다. 부모님이 코닥 인스타매틱 카메라로 내 사진을 찍었다. 사진 속에서 나는 꽤 큰 블루길을 잡아 올리고 있고 시스 이모가 몸을 앞으로 내밀어 낚싯줄을 잡고 바늘을 빼고 있다. 나는 형광 주황색 구명조끼를 입고 있고 시스 이모는 검은 머리에 파란색 손수건을 둘렀다. 이모의 손이 사진 한복판을 차지하고 있다. 이모 손의 봉긋 솟은 정맥과 체로키 인디언과 흑발 아일랜드계 혈통을 보여주는 구릿빛 피부와 빨갛게 칠한 손톱과 웨이트리스의 고된 일상이 드러나는 굵은 손마디가 보인다. 나는 시스 이모의 손을 보는 게 언제나 좋았다. 이모만큼이나 많은 이야기를 들려주었기 때문이다.

그 당시 시스 이모는 무적이었다. 시스 이모가 집안의 남자들과는 완전히 다른 방식으로 낚시를 하는데도 집안의 남자들보다 더 많은 물고기를 잡아들일 수 있다는 걸 모두가 알았다. 남자들은 입질이 좋은 자리를 찾을 때까지 배에 앉아 두런두런 이야기를 하면서 호수 위를 돌아다녔다. 시스 이모에게는 입질이 좋은 자리를 찾아내는 마법 같은 재주가 있었다. 이모는 물을 지그시 바라보면서 그날의 날씨, 계절을 고려한 뒤 누구와도 상의하지 않고 자리를 골랐다. 그곳에 닻을 내리고 적어도 한두 시간은 기다렸다. 그러면 입질이 왔다. 배에 기대 앉아 기다리는 그녀의 한 손에는 릴이, 다른 한 손에는 윈스턴 라이트 담배가 들려 있었다. 이모는 담배를 피면서 끊임없이 이야기를 들려주었다. 내게 낚시에 관한 신중한 조언을 할 때만 이야기를 멈췄다. 남자들은 낚시에 관한 조언을 농담처럼 툭툭 던지곤 했다. "애야, 입을 그렇게 내밀고 있으니까 물고기가 안 잡히는 거야." 시스는 차분하고 단호하게 뭘 해야 하는

지 말해줬다.

아니요, 도련님. 이제 미끼는 직접 끼워야 합니다. 그래야 낚시꾼이라고 할 수 있는 거야.

엄한 표정에서 그녀가 노력하는 나를 자랑스러워한다는 걸 알 수 있었다.

봤지? 지렁이가 확실하게 걸렸는지 확인해야 해. 되도록 바늘을 지렁이 몸통에 여러 번 찔러 넣어.

그녀는 약한 소리를 할 틈을 주지 않았다. 그건 다 쓸데없는 소리였다.

자, 낚싯줄을 너무 많이 풀지 마.

담배를 이 사이에 물고 연기가 들어오지 않도록 한쪽 눈을 감았다.

그러면 안 돼. 애야, 천천히 감아야지. 아주, 아주 천천히.

시스 이모가 내 손 위에 자신의 손을 포개고 내 젭코 33 낚싯대의 손잡이에 달린 작은 검은색 버튼에 엄지손가락과 검지손가락을 얹었다.

입질이 오면 손목 중앙에 느낌이 올 거야.

검지로 내 손목 중앙을 두드린다.

낚싯대 끝을 봐.

내 낚싯대 끝 쪽을 향해 고개를 까딱한다.

*꼬마야, 왔다! 기운을 빼야 해! 이제 감아, 감아, 감아—.*

그 시간을 돌려받을 수 있으면 소원이 없겠다. 이모와 물에 띄운 배에 앉아 있던 그 모든 순간들을. 눈을 감고 그녀의 말 한 마디 한 마디를 음미할 것이다. 이렇게 적고 있지만 나는 그때도 그랬다는 걸 안다. 이미 말했듯이, 나는 시스 이모를 숭배했다. 어린 시골 소년이 좋은 고모와 이모, 그리고 삼촌과 함께 있을 때면 늘 하는 것처럼. 말 한 마디 한 마디를 경청한다. 그 모든 말을 기억한다.

물론 나는 부모님과도 자주 낚시를 하러 갔다. 그리고 그것이 내 유년 시절에 우리 세 가족이 함께 보낸 아주 드문 시간들이었다. 부모님은 늘 움직이고 있었다. 두 분 다 가난한 집에서 태어나 자랐다. 어머니는 아홉 살에 고아가 되었다. 아버지는 다섯 살 때 아버지를 잃고, 여덟 명의 형제와 함께 홀어머니 밑에서 자랐다. 다시는 그런 가난을 겪고 싶지 않았던 부모님은 일을 쉬는 법이 없었다. 내가 아주 어릴 때 아버지는 켄터키주 런던의 셸 주유소의 잘나가는 기계공이었다. 주유소는 새로 닦인 75번 주간고속도로에 위치하고 있어서 그레이트스모키산맥으로 가는 양키와 애팔래치아에서 쫓겨나 뿔뿔이 흩어졌다가 주말을 맞아 고향으로 돌아가는 사람들로 북적였다. 또한 작디작은 우리 마을에서 자기 집 앞길을 시멘트로 포장할 정도로 여유가 있는 사람에게 그 작업을 받아서 했다. 몇 년이 지나 유리 섬유 공장의 감독관이 된 후에도 그 일은 부업으로 계속했다. 어머니는 웨이트리스로 일하고 냉장고 공장에서 일하고 내가 다닌 초등학교 급식실에서까지 일했다. 마침내 계산원으로 승진한 어머니는 내가 고등학교에 갈 때까지 계속 그 일을 했다. 두 분은 퇴근해서 집에 온 뒤에도 쉬지 않고 일했다. 어머니는 집을 깔끔하게 보살폈고, 아버지는 마당을 깔끔하게 돌보았다. 두 분은 늘 일할 거리를 찾았다. 데일할로 호수의 잠잠함에 적응하지 못해 힘들어했다. 그러나 두 분 다 낚시를 좋아했다. 당시에는 분위기가 지금과 달랐다. 부모가 늘 아이들 곁을 지켜야 한다는 강박에 시달리지 않던 시절이었다. 우리 부모님은 독실한 오순절 교파 신자였으므로 나를 영화관이나 축제에 데려가는 법이 없었고 심지어 핼러윈 놀이에도 참여하지 않으셨다. 그런 건 시스 이모나 사촌 엘리시아와 해야 했다. 그 당시에도 나는 호수에서 부모님과 함께 보내는 시간이 특별하다는 걸 알았다. 부모님이 일을 쉬는 아주 드문 시간이었기 때문이다. 식사 시간을 제외하면 우리 세 가족이 한데 모여서 조용히 뭔가를 한 유일한 자리였다.

아버지는 낚시를 할 때는 침묵이 흐르거나 적어도 그와 유사한 상태여야 한다고 믿었다. "쉿, 물고기가 다 달아나잖아." 아버지는 내게 말했다. 아버지는 귀뚜라미를 미끼로 쓰는 걸 좋아했고 나는 미끌미끌한 지렁이를 계속 찔러대는 것보다 귀뚜라미의 배 밑 구멍으로 미끼를 넣는 게 훨씬 더 싫었다. 나는 귀뚜라미를 죽이면 재수가 없다는 말을 늘 들었을 뿐 아니라 그건 잘못된 행동이라는 말도 계속 들어왔다. 그런데도 우리는 물고기를 잡겠다고 귀뚜라미를 학살하고 있었다. "음식을 구하려고 그러는 건 다른 거야." 아버지가 말했다.

물론 부모님도 물 위에 있는 동안 이야기를 풀어냈다. 우리는 이야기꾼의 후예였으니까. 침묵에 대한 갈망도 우리를 멈추지는 못했다. 아버지의 배에서는 모두가 속삭였지만 어쨌거나 이야기를 멈추지는 않았다. 그렇게 조용한 아침과 후텁지근한 저녁에 낚시를 하러 나갔을 때 부모님에 대해 더 잘 알게 되었다. 지금은 부모님이 너무나도 또렷하게 보인다. 지금의 나보다 젊은 부모님이 보인다. 우리 집안에서 전설로 남을 거대한 강민어를 끌어당기면서 기뻐하던 어머니의 얼굴이 보인다. "이봐요들, 이번에야말로 송아지 같은 눈을 한 놈을 잡았어!" 좋은 입질이 오기를 기다리면서 한껏 집중한 아버지의 얼굴이 보인다. "군대에 있을 때 하도 많이 기다려서 나는 기다리는 건 잘 못해." 베트남 참전 시절을 떠올리는 아버지의 얼굴이 어두워졌다. 아버지는 거대한 강당에서 기다려야 했다. 진군하라는 명령을 기다리면서 물을 가득 채운, 뱀들이 기어다니는 논에 엎드린 채 기다려야 했다. 한번은 부츠를 벗기까지 일주일을 기다려야 했다. 지금 아버지의 발은 엉망이다. 그런 주가 여러 번 있었기 때문이다. 아버지는 데일할로 호수의 잠잠한 물 위에서만 그런 이야기를 들려주었다.

저 멀리, 마치 떠다니는 것 같은 모습으로 우리 셋이 안개가 자욱한 아침에 보냉 상자에 물고기를 가득 채우고서 야영장으로 돌아가는 모습이 보인다. 우리가 탄 배가 수면을 가르면서 그리는 하얀 선이 보인다. 배가 만들어낸 작은 물결에 모래톱의 갈대가 이리저리 흔들리는 게 보인다. 작은 주황색 구명조끼를 입은 내가 보인다. 마치 미래 전체가 내 앞에 펼쳐진 듯이 데일할로 호수를 내다보는 내 자신이 보인다. 젊은 부모님이, 아름답고 강인한 부모님이 보인다.


십 대가 된 나는 샘 삼촌과 삼촌의 아들인 테리와 더 자주 어울려 다녔다. 샘 삼촌은 술을 좋아했고, 우리가 술을 마셔도 뭐라고 하지 않았다. 삼촌 앞에서는 너무 심한 욕을 하거나 욕만 쏟아내는 게 아니면 욕을 하고 나서 눈치를 볼 필요가 없었다. 열일곱 살이 되자 삼촌 앞에서는 굳이 숨어서 담배를 피울 필요도 없게 되었다. 샘 삼촌과 함께 있을 때면 우리는 완벽하게 십 대처럼 굴 수 있었다.

이즈음 우리 가족은 매년 3주 이상의 시간을 호수에서 보냈다.

6월에 열흘 동안, 노동절이 낀 긴 주말 내내, 그리고 언제나 송어가 몰려드는 아주 이른 봄에 호수로 갔다. 샘 삼촌은 특히 송어 낚시를 좋아했다. 삼촌은 송어가 아주 아름답다고 생각했고, 실제로도 아름다웠다. 그러나 송어 손질은 고역이었다. 게다가 테리와 내가 그 손질을 전부 떠맡았다.

일단 뭍으로 나오면 약 십여 명쯤 되는 남자들이 전부 호숫가에 모여 잡은 물고기를 손질했다. 더그 삼촌이 우리에게 물고기 살을 바르는 법을 가르쳤다. 미끈한 뽀얀 살 두 점을 지퍼백에 넣는 데 성공한 우리는 정말 대단한 사람이 된 것 같았다. 물고기 대부분은 낚시 여행 마지막 날 밤인 물고기 튀김 날에 튀겨 먹을 것이다. 그러고도 남으면 집에 가져가서 나중에 큰 가족 모임이 있을 때 튀겼다.

물고기 손질을 할 때만큼 내가 남자 어른들의 일원이 되었다고 느끼는 때도 없었다. 나는 우리 집안 남자들이 하는 대부분의 활동에 재능이 없었다. 사냥 솜씨는 형편없었고, 샘 삼촌이 다람쥐 사냥에 나를 데려갔는데 거대한 너도밤나무 아래에 나를 혼자 두고 내가 잡을 만한 사냥감을 찾으러 나갔다가 한 시간 뒤에 돌아왔더니 내가 나무에 기대앉아서 삼촌이 빌려준 커다란 위장용 재킷 주머니에 쑤셔 넣었던 너덜너덜한 종이책을 읽고 있었던 일로 내내 놀림받았다. 나는 삼촌들과 사촌들이 즐겁게 참여하는 남자다움과시하기를 경멸했다. 남자들에게는 모든 것이 경쟁이고, 모든 것이 놀림거리고, 모든 것이 우리가 얼마나 낚시를 잘하는지, 얼마나 사냥을 잘하는지, 얼마나 여자를 잘 유혹하는지에 관한 이야기로 귀결되었다. 나는 그런 것들에 별로 재능이 없었고, 사냥과 여자에는 거의 또는 아예 관심이 없었다. 그러나 물고기 손질만큼은 그 누구에게도 뒤처지지 않을 자신이 있었다.

우리가 물고기를 손질하는 모습을 담은 사진이 많다. 여기 한 장이 있다.

수십 마리의 물고기를 손질한, 직사각형 도마 두 개와 쇠 쟁반 두 개를 올려놓은 탁자에 모두 모여앉아 있다. 쟁반 하나에는 물고기 내장과 비늘이 쌓여 있고 다른 하나에는 발라낸 살을 씻는 깨끗한 물이 담겨 있다. 나는 열여덟 살이다. 여전히 미래와 젊음으로 통통하게 볼살이 올라 있다. 켄터키주립대학교 야구 모자가 머리 위에 어정쩡하게 놓여 있다. 아주 빈약하고 볼품없는 수염이 나 있다. 톰 페티Tom Petty의 풀 문 피버 티셔츠를 입고 있다. 그해 그 티셔츠를 하도 자주 입고 다녔더니 어느 날 세탁기에서 조각조각 찢어져버렸다. 주위로는 우리 집안 남자들이 빙 둘러서 있다. 사촌 테리가 내 목에 팔을 감싸고 자기 쪽으로 끌어당기고 있다. 테리도 같은 티셔츠를 입고 있다. 같은 콘서트에 가서 산 티셔츠니까. 우리는 뭐든지 함께한다. 또 다른 사촌인 존 폴은 내게 몸을 슬쩍 기

대고 있다. 삼촌들은 모두 호탕하게 웃음을 터뜨리고 있다. 그중
한 명이 다른 삼촌을 놀리거나 핀잔했던 것 같다. 더그 삼촌은 샘
삼촌 뒤에서 토끼 귀를 만들고 있다. 아버지는 나를 보고 있다. 그
사진 속에서 나는 이들에게 속해 있다.

지난 이삼십여 년간 우리 가족은 많은 변화를 겪었다. 우선 우
리가 데일할로 호수에서 그 모든 시간을 보내게 해준 일등공신인
데이브 할아버지가 1996년에 돌아가셨다. 할아버지와 함께 우주
만큼 많은 이야기도 사라졌지만, 그중 많은 수를 할아버지를 모델
로 삼고 그의 이야기를 허구화해서 내 첫 장편소설에 담아 보관했
다. 몇몇 어른들도 세상을 떠났고 그들과 함께 수만 가지 기억과
농담과 지식이 사라졌다.

1990년대 중반 우리 부모님과 삼촌들과 이모들은 엄청난 품이
드는 섬 야영에 지쳤다. 특히나 통조림으로 끼니를 해결하거나 샌
드위치 몇 조각을 먹는 여느 캠핑족과는 달리 껍질 콩, 닭튀김, 으
깬 감자, 직접 구운 비스킷, 불독 그레이비로 구성된 제대로 된 식
사를 차리는 걸 고집했기 때문에 더 그랬다. 가족들 대다수가 캠
핑카를 샀고 우리는 호수 건너편 물가에 위치한 더 편리한 야영
장으로 자리를 옮겼다. 호수로 들어가 미역을 감고 숲에서 볼일을
보는 대신 이제는 야영장에서 제공하는 샤워실 세 군데에서 더 문

명화된(그리고 더 심심한) 편의 시설을 이용하게 되었다. 나는 에어컨이 구비된 캠핑카를 거부하고 계속해서 텐트를 치고 잤다. 그래야 밤에 쏙독새 소리를 들을 수 있기 때문이다. 섬에 가지 않게 되면서 우리가 하루하루 매 순간을 함께 보내던 시절은 막을 내렸다. 그러나 우리는 여전히 매일 잠에서 깨면 발치에 놓인 호숫가로 나갔다. 매일 동이 트면 해가 지기 한 시간 전까지 호수에 배를 띄웠다. 매일 남자들이 모여 그날 잡은 물고기를 손질했다.

이제는 모두가 늙었다. 더 많이 쉬어야 한다. 가끔 아버지는 더는 낚시하러 가고 싶지 않다고 말하기도 한다. 허리가 너무 아파서다. 베트남 참전과 고된 노동과 지긋한 나이 때문에 안 아픈 곳이 없으시다. 다들 예전처럼 만찬을 차리고 싶어 하지는 않지만 물고기 튀김 날만큼은 모두들 기꺼이 팔을 걷어붙인다. 아무도 그 전통이 사라지도록 내버려둘 생각은 없다.

특히 타격이 컸던 건, 그리고 가장 힘들었던 건, 2015년에 한 달 간격으로 시스 이모와 샘 삼촌을 잃은 일이었다. 시스 이모는 79세, 샘 삼촌은 74세였다. 그 두 분을 생각할 때면 언제나 데일할로 호수에서 두 분이 낚시하던 모습이 떠오른다. 두 분의 얼굴에 닿아 황금빛으로 빛나던 저녁 해, 강 건너까지 퍼지던 두 분의 웃음소리, 우리가 밤에 화덕에 둘러 앉아 귀 기울여 들었던 두 분의 이야기. 그들이 사랑하던 호수에서 그들이 가장 사랑하는 활동인 야영,

낚시, 대화, 협동을 하면서 그곳에 있었던 걸 항상 기억한다.

이 모든 기억이 하나의 호수, 그리고 낚시와 연결되어 있다. 그토록 큰 상실감과 슬픔을 안긴 그 장소와 그 활동을 계속 사랑할 수 있을까? 그렇다, 계속 사랑할 수 있다. 왜냐하면 애도가 곧 사랑이기 때문이다.

두 분이 돌아가신 뒤로 처음 우리가 그 호수에 돌아간 날이 내 평생 가장 힘든 날이었다. 그러나 꼭 해야만 하는 일이었다. 그리고 그곳에 돌아가는 건 매번 똑같이 힘들다. 그래도 나는 계속 돌아가야만 한다. 그들은 돌아갈 수 없기 때문이다. 그리고 다른 어디에서보다 그곳에 가면, 특히 배를 타고 나가서 손에 낚싯대를 들고 있을 때, 내 손목을 살짝 두드리는 입질이 느껴져 정신이 번쩍 들어 그걸 배로 끌어올릴 때, 그들을 더 잘 느낄 수 있기 때문이다.

# 작가 소개

데이비드 조이(David Joy)는 2016년 에드거상 최우수 신인 장편 부문 최종 후보에 오른 『빛이 모여드는 곳(Where All Light Tends To Go)』을 비롯해 『이 세상의 무게(The Weight Of This World)』, 『우리를 하나로 엮은 끈(The Line That Held Us)』등을 썼다. 회고록인 『아가미 기르기(Growing Gills: A Fly Fisherman's Journey)』는 리드 환경상과 레이건 올드 노스 스테이트상 논픽션 부문 최종 후보에 올랐다. 그의 단편소설과 에세이는 《타임》, 《뉴욕 타임스 매거진》, 《가든 앤드 건(Garden & Gun)》, 《비터 서더너(The Bitter Southerner)》 등에 실렸다. 현재 노스캐롤라이나주 잭슨카운티에 거주한다.

테일러 브라운(Taylor Brown)은 조지아주 해안에서 자랐다. 그의 작품은 《볼티모어 리뷰(The Baltimore Review)》, 《노스캐롤라이나 문학 리뷰(The North Carolina Literary Review)》, 《스토리사우스(storySouth)》 등에 발표되었다. 단편소설집 『피와 황금의 계절에(In the Season of Blood and Gold)』는 2015년 국제도서상 단편소설 부문 최종 후보에 올랐다. 현재까지 세 권의 장편소설(『타락한 땅(Fallen Land)』, 『왕들의 강(The River Of Kings)』, 『하울산의 신들(Gods Of Howl Mountain)』을 발표했다. 이글스카우트인 그는 노스캐롤라이나주 윌밍턴에 거주한다.

J.C. 새서(J.C. Sasser)는 열두 살 때부터 16번 주간국도의 조지아주 휴게소에서 접시 닦이, 웨이트리스, 요리사 등으로 일했다. 그 뒤로 봉투도 접고, 거북 기록원, 인명구조원, 상원 의회 직원, 모텔, 편집자, 수구 코치, 해양생물학자, 정원사, 소프트웨어 컨설

턴트 등으로 일하고 6 시그마 블랙벨트 자격증도 땄다. 장편소설 『그래들 버드(Gradle Bird)』의 작가이며 사우스캐롤라이나주 에디스토섬의 낡은 농가에서 살고 있다.

론 래시(Ron Rash)는 2009년 펜/포크너상 최종 후보이자 《뉴욕 타임스》 베스트셀러인 『세리나(Serena)』의 작가이다. 그 외에도 장편소설 다섯 권(『폭포 위(Above the Waterfall)』, 『만(The Cove)』, 『한쪽 발은 에덴동산에(One Foot in Eden)』, 『강가의 성자들(Saints at the River)』, 『바로잡은 세계(The World Made Straight)』)과 시집 네 권, 단편소설집 여섯 권을 발표했다. 단편소설집 중 『환하게 타오르는(Burning Bright)』은 2010년 프랭크 오코너 국제 단편소설상을, 『케미스트리 및 단편소설들 (Chemistry and Other Stories)』은 2007년 펜/포크너상 최종 후보에 올랐다. 오헨리상을 두 번 수상한 그는 웨스턴캐롤라이나대학교 교수로 재직 중이다.

M.O. 월시(M.O. Walsh)는 루이지애나주 배턴루지 출신이다. 단편소설집 『마법의 전망(The Prospect of Magic)』과 팻 콘로이상 남부소설 부문 수상작이자 《뉴욕 타임스》 베스트셀러인 장편소설 『떠나버린 내 햇빛(My Sunshine Away)』을 썼다. 현재 뉴올리언스대학교 교수로 학생들을 가르치고 문예창작학과 석사과정의 문예 창작 워크숍을 담당하고 있다.

잉그리드 소프트(Ingrid Thoft)는 매사추세츠주 보스턴에서 태어나 웰슬리칼리지를 졸업하고 IT 기술자, 예능 및 교육 분야 저널리스트로 일했다. 사설탐정인 주인공을 더 사실적으로 그리기 위해 워싱턴주립대학교에서 개설한 사설탐정 과정을 수료했다. 평단의 호평을 받는 〈피나 러드로(Fina Ludlow)〉 소설 시리즈의 작가다.

질 맥코클(Jill McCorkle)은 현재까지 네 권의 단편소설집과 여섯 권의 장편소설을 펴냈다. 장편소설 다섯 권은 《뉴욕 타임스》의 주목해야 할 책에 선정되었다. 뉴잉글랜드 도서상, 도스 파소스 문학상, 노스캐롤라이나 문학상을 수상한 그녀는 현재 노스캐롤라이나주 힐스보로에 거주하면서 노스캐롤라이나주립대학교에서 학생들을 가르치고 있다.

에릭 스토리(Erik Storey)는 목장 일꾼, 야생 보호 구역 안내원, 개 썰매꾼, 사냥꾼 등으로 일했다. 유년 시절 매년 여름을 조부모의 농장이나 콜로라도주 플랫탑 야생 보호구역에서 보냈다. 명사수 자격증을 여러 개 보유하고 있다. 〈클라이드 바(Clyde Barr)〉 소설 시리즈의 작가다. 그는 가족과 함께 콜로라도주 그랜드정크션에서 산다.

J. 드루 랜햄(J. Drew Lanham)은 사우스캐롤라이나주 에지필드 출신으로 회고록 『고향: 흑인 남자의 자연과의 연애사 회고록(The Home Place: Memoirs of a Colored Man's Love Affair with Nature)』의 작가다. 그는 조류 관찰자, 자연학자, 환경보호 사냥꾼으로 활동하면서 《오리온(Orion)》, 《오듀본(Audubon)》, 《플라이캐처(Flycatcher)》, 《윌더니스(Wilderness)》 등의 잡지에 에세이와 시를 기고하고 있으며, 『자연의 색(The Colors of Nature)』, 『심장의 상태(State of the Heart)』, 『식물학자 바트람의 살아 있는 유산(Bartram's Living Legacy)』, 『고향에 돌아온 캐롤라이나주의 작가들(Carolina Writers at Home)』 등에 글을 실었다. 클렘슨대학교 야생생태학과 교수이며, 가족과 함께 사우스캐롤라이나주 북부에 산다.

J. 토드 스콧(J. Todd Scott)은 미국 마약 단속국에서 연방 요원으로 20년 이상 근무했으며, 『파 엠티(The Far Empty)』와 『하이 화이트 선(High White Sun)』의 작가다. 켄터키주 출신이며, 지금은 미국 남서부에서 산다.

프랭크 빌(Frank Bill)은 장편소설 『새비지(The Savage)』와 영화화된 『도니브룩(Donnybrook)』, 2011년 《GQ》가 선정한 올해 최애 도서상 및 2011년 《데일리 비스트(Daily Beast)》가 선정한 올해 최고 신인 작가상을 수상한 단편소설집 『인디애나주 남부의 범죄사건들(Crimes in Southern Indiana)』의 작가다. 인디애나주 남부에 거주하면서 글을 쓰고 있다.

에릭 릭스태드(Eric Rickstad)는 『죽은 소녀들의 이름(The Names of Dead Girls)』, 『침묵하는 소녀들(The Silent Girls)』, 『숨 죽여 기다리기(Lie In Wait)』 등 《뉴욕 타임스》 베스트셀러 및 《USA 투데이》 베스트셀러를 다수 배출한 〈가나안 범죄

(Canaan Crime)〉시리즈의 작가다. 그의 첫 장편소설 『수확(Reap)』은 《뉴욕 타임스》의 주목할 만한 소설로 선정되었다. 가장 최근작은 『아직 남은 그녀의 부분들(What Remains of Her)』이다.

**윌리엄 보일**(William Boyle)은 뉴욕시 브루클린 출신이다. 『그레이브젠드(Gravesend)』, 『죽음은 무자비하다(Death Don't Have No Mercy)』, 『외로운 목격자(The Lonely Witness)』, 『친구는 스스로에게 주는 선물(A Friend Is a Gift You Give Yourself)』의 작가다. 미시시피주 옥스퍼드에서 산다.

**스콧 굴드**(Scott Gould)는 단편소설집 『유혹을 모르는 사람들(Strangers to Temptation)』의 작가다. 그의 작품은 《케년 리뷰(Kenyon Review)》, 《크레이지호스(Crazyhorse)》, 《뉴마드리드 저널(New Madrid Journal)》, 《캐롤라이나 쿼털리(Carolina Quarterly)》, 《블랙 워리어 리뷰(Black Warrior Review)》, 《뉴오하이오 리뷰(New Ohio Review)》, 《불(Bull)》, 《남부의 신작들(New Stories from the South)》, 《비터 서더너》 등에 발표되었다. 사우스캐롤라이나 거버너 인문학 스쿨 문예창작학과 학과장을 맡고 있다. 현재 괜찮은 미디엄 액션 4 웨이트 중고 대나무 낚싯대를 구하고 있다.

**마크 파월**(Mark Powell)은 미국 남부 독립서점 연합이 선정한 1/4분기 기대작 및 《서던 리빙(Southern Living)》이 올해 최고의 책으로 선정한 최신작 『작은 반역들(Small Treasons)』을 포함해 다섯 권의 장편소설을 썼다. 미국 예술 기금, 브레드로프, 세와니 작가 학회 등에서 펠로우십을 받았다. 2014년에는 풀브라이트 펠로우십을 받았다. 노스캐롤라이나 산지에 머물면서 애팔래치안주립대학교에서 학생들을 가르치고 있다.

**내털리 바질**(Natalie Baszile)은 현재 오프라 윈프리가 공동제작자로 나서서 TV 시리즈로 제작 중인 『퀸 슈거(Queen Sugar)』의 작가다. 『퀸 슈거(Queen Sugar)』는 2014년 《샌프란시스코 크로니클(San Francisco Chronicles)》이 선정한 올해의 책 목록, 크룩스 코너 서던 도서상 후보, NAACP 이미지상 후보에 올랐다. 그녀의 글은 『여성 작가 여행기 선집(The Best Women's Travel Writing)』제9권과 《럼퍼스(The Rumpus)》, 《버즈피드(Buzzfeed)》, 《레니레터(LennyLetter)》, 《O: 오프라 매거진(O: The Oprah Magazine)》등에 실렸다. 샌프란시스코에 거주한다.

마이클 패리스 스미스(Michael Farris Smith)는 『파이터(The Fighter)』, 『데스퍼레이션 로드(Desperation Road)』, 『리버스(Rivers)』, 『이방인의 손(Hands Of Strangers)』의 작가다. 그의 소설들은 《에스콰이어(Esquire)》, 《서던 리빙》, 《북 라이엇(Book Riot)》등의 잡지에서 선정한 올해의 책 목록과 독립서점 연합이 선정한 기대작 목록, 반스 앤드 노블의 주목해야 할 신작 목록, 아마존닷컴의 이번 달 눈여겨볼 만한 책 목록에 올랐다. 《뉴욕 타임스》, 《비터 서더너》, 《라이터스 본(Writer's Bone)》등에 에세이를 기고했다. 아내와 딸들과 함께 미시시피주 옥스퍼드에 거주한다.

크리스 오펏(Chris Offutt)은 『시골의 어둠(Country Dark)』, 『켄터키 스트레이트 Kentucky Straight』, 『숲을 벗어나(Out of the Woods)』, 『같은 강에 두 번(The Same River Twice)』, 『영웅은 없다(No Heroes)』, 『선한 형제(The Good Brother)』, 『포르노 제작자 아버지(My Father the Pornographer)』의 작가다. TV 시리즈〈트루 블러드(True Blood)〉,〈트림(Treme)〉,〈위즈(Weeds)〉의 작가로도 활동했다. 그의 작품은 『올해의 미국 단편소설 선집(Best American Short Stories)』, 『올해의 미국 산문 선집(Best American Short Stories)』, 『푸시카트상 수상작 모음집(Pushcart Prize)』등의 선집에 실렸다. 켄터키주 동부의 산골 마을에서 자랐으며 현재는 미시시피주 옥스퍼드 근처 라파예트카운티의 시골에서 산다.

리 앤 헤니언(Leigh Ann Henion)은 《뉴욕 타임스》베스트셀러 『경탄: 소심한 모험가가 경이로운 자연을 보고 듣고 느끼다(Phenomenal: A Hesitant Adventurer's Search for Wonder in the Natural World)』의 작가다. 《워싱턴 포스트 매거진》, 《스미소니언(Smithsonian)》, 《시에라(Sierra)》, 《오리온》, 《백패커(Backpacker)》, 《옥스퍼드 아메리칸(Oxford American)》, 《서던 리빙》등에 글을 기고하고 있다. 로웰토

머스상을 네 번 수상했고, 그녀의 여행기는 매년 『올해의 미국 여행기 선집(The Best American Travel Writing)』에 실린다.

**가비노 이글레시아스**(Gabino Iglesias)는 『제로 세인츠(Zero Saints)』, 『굶주린 어둠(Hungry Darkness)』, 『것마우스(Gutmouth)』의 작가다. 텍사스주 오스틴에 살면서 소설, 에세이, 서평을 쓴다. 그의 서평은 《일렉트릭 리터러처(Electric Literature)》, 《럼퍼스》, 《3AM 매거진(3AM Magazine)》, 《마지낼리아(Marginalia)》, 《콜라기스트(The Collagist)》, 《헤비 페더 리뷰(Heavy Feather Review)》, 《크라임스프리(Crimespree)》, 《아웃 오브 거터(Out of the Gutter)》, 《Vol. 1 브루클린(Vol. 1 Brooklyn)》, 《호러토크(HorrorTalk)》, 《버비사이드(Verbicide)》 등에 실렸다.

**레이 맥매너스**(Ray McManus)는 사우스캐롤라이나주 출신이며 매일 이곳에서 살고 죽는다. 그는 네 권의 시집 『펀치(Punch)』, 『적점토 예수(Red Dirt Jesus)』, 『태어나기 전에 차를 타고 시골 통과하기(Driving through the Country before You Are Born)』, 『멸종의 반대가 무엇이건 간에(Whatever the Opposite of Extinction Is)』을 펴냈다. 산문집 『재발견(Found Anew)』의 공동 편저자이다. 사우스캐롤라이나주립대학교 섬터캠퍼스에서 아일랜드 문학, 미국 남부 문학, 문예 창작을 가르치며 사우스캐롤라이나 구전 서사 연구소 소장을 맡고 있다.

**짐 미닉**(Jim Minick)은 2017년 데뷔작인 『불이 당신의 물입니다(Fire Is Your Water)』를 비롯해 다섯 권의 장편소설을 썼다. 회고록 『블루베리 시절(The Blueberry Years)』은 남부 독립서점 연합이 수여하는 올해의 최우수 논픽션 도서상을 수상했다. 그의 글은 《시인과 소설가(Poets&Writers)》, 《옥스퍼드 아메리칸(Oxford American)》, 《셰난도아(Shenandoah)》, 《오리온》, 《샌프란시스코 크로니클》, 『애팔래치아 백과사전(Encyclopedia of Appalachia)』, 『웬델 베리와의 대화(Conversations with Wendell Berry)』, 《애팔래치언 저널(Appalachian Journal)》, 《더 선(The Sun)》 등에 실렸다. 현재 오거스타대학교와 컨버스칼리지에서 문예 창작을 가르친다.

C. J. 박스(C.J. Box)는 《뉴욕 타임스》 베스트셀러 1위를 차지한 〈조 피케트(Joe Pickett)〉 시리즈의 작가다. 에드거상 최우수소설 부문 등 다수의 문학상을 수상했다. 2016년에는 웨스턴헤리티지문학상을 수상했다. 그의 소설은 스물일곱 개 언어로 번역되었으며 현재 TV 시리즈로 제작 중이다. 그는 아내 로리와 와이오밍주의 농장에서 산다.

토드 데이비스(Todd Davis)는 『토종(Native Species)』, 『얼어죽다(Winterkill)』 등 여섯 권의 시집을 낸 시인이다. 그의 글은 《그레이의 스포팅 저널(Gray's Sporting Journal)》와 《앵글러스 저널(Anglers Journal)》 등 잡지에 실렸으며 그의 시는 《아메리칸 시 리뷰(American Poetry Review)》, 《알래스카 쿼털리 리뷰(Alaska Quarterly Review)》, 《아이오와 리뷰(Iowa Review)》, 《북미 리뷰(North American Review)》, 《미주리 리뷰(Missouri Review)》, 《게티스버그 리뷰(Gettysburg Review)》, 《오리온》, 《포트리 노스웨스트(Poetry Northwest)》 등에 발표되었다. 펜실베이니아주립대학교의 알투나칼리지에서 환경학, 문예창작학, 영문학 등을 가르친다.

레베카 게일 하월(Rebecca Gayle Howell)은 시집 『미국 연옥(American Purgatory)』과 『묘사/종말(Render/An Apocalypse)』의 작가다. 순수 예술 센터 펠로우십, 카슨 맥컬러스 센터 펠로우십을 수여받았으며, 푸시카트상을 수상했다. 켄터키주 노트카운티의 하인드먼 새들먼트스쿨에 거주하며 《옥스퍼드 아메리칸》의 시 부문 편집자로 활동하고 있다.

실라스 하우스(Silas House)는 《뉴욕 타임스》 베스트셀러 『나뭇잎 두루마리(A Parchment of Leaves)』를 비롯해 다섯 권의 장편소설을 썼다. 미국 공영 라디오방송 NPR의 〈모든 것을 고려할 때(All Things Considered)〉의 고정 논평위원을 지냈으며, 《뉴욕 타임스》에 정기적으로 글을 기고하고 있다. 미국 남부 작가 단체 회원이며 E. B. 화이트상, 노틸러스상, 올해의 애팔래치아 도서상, 홉슨 문학상 등을 수상했다. 가장 최근에 발표한 작품은 『최남단(Southernmost)』이다.

# 우아하고 커다랗고 완벽한 곡선

초판 1쇄 발행 2020년 2월 17일

지은이 데이비드 조이·에릭 릭스태드 외
옮긴이 방진이
펴낸이 조미현
편집주간 김현림
책임편집 김솔지
디자인 디자인_su:

펴낸곳 (주)현암사
등록 1951년 12월 24일·제10-126호
주소 04029 서울시 마포구 동교로12안길 35
전화 02-365-5051
팩스 02-313-2729
전자우편 editor@hyeonamsa.com
홈페이지 www.hyeonamsa.com

ISBN 978-89-323-2031-1 (03840)